U0941660

《彭阳文化丛书》编委会

彭陽文化丛书

散文卷

主编 马文山

黄河出版传媒集团
宁夏人民出版社

图书在版编目（CIP）数据

彭阳文化丛书. 散文卷 / 马文山主编. — 银川：
宁夏人民出版社，2013.9

ISBN 978-7-227-05484-9

Ⅰ. ①彭… Ⅱ. ①马… Ⅲ. ①文艺—作品综合集—彭阳县—当代
②散文集—中国—当代 Ⅳ. ①I218.434 ②I267

中国版本图书馆CIP数据核字（2013）第221749号

彭阳文化丛书 · 散文卷　　马文山 主编

责任编辑 刘建英 李彦斌

封面设计 雷秀云 余文花

责任印制 杨海军

黄河出版传媒集团
宁夏人民出版社 出版发行

地　　址 银川市北京东路139号出版大厦（750001）

网　　址 http://www.yrpubm.com

网上书店 http://www.hh-book.com

电子信箱 renminshe@yrpubm.com

邮购电话 0951-5044614

经　　销 全国新华书店

印刷装订 银川天之健文化传媒有限公司

印刷委托书号（宁）0013870

开　　本 787mm×1092mm 1/16　　印　　张 14.25

字　　数 200千　　印　　数 1500册

版　　次 2013年9月第1版　　印　　次 2013年9月第1次印刷

书　　号 ISBN 978-7-227-05484-9/I · 1387

定　　价 219.00元（全七册）

序　一

彭阳县县委书记　张国彦
彭 阳 县 县 长　赵晓东

彭阳历史悠久，文化灿烂，是古代文明与时代精神高度融合、交相辉映的地方，孕育出了丰富独特的文化资源。

三万年前，就有先民沿茹河而居，由此翻开彭阳文明第一页。自秦迄明，置郡设县。秦长城、汉城郭、唐宋石窟堡寨、明清古塔寺院故址犹存，丝绸之路穿境而过。帝王将相、文人墨客多有造访。秦惠文王“投文诅楚”朝那湫(今彭阳古城镇镜内)；秦始皇西巡、汉武帝北巡均途经朝那(今古城镇)；武帝北巡时，司马迁曾随驾记胜。彭阳人杰地灵，人才辈出。皇甫家族，崇文尚武，学子迭兴。东汉将领、军事家皇甫规抚羌宁疆，荐贤委位；东汉朝臣皇甫嵩，文经武略，戎马倥偬；魏晋间作家、医学家皇甫谧，针灸之祖，文史通人。

明清民国时期，境内有“东山文化之乡”美誉。“东山文化”既包含历史文化传承，也蕴含现代文化因子。其底蕴深厚，内涵丰富，涵盖以礼仪、民居、饮食、婚丧、庙会等为主的民间习俗，以书画、剪纸、刺绣、泥塑、彩绘、根雕、石刻、社火等为主的民间艺术，以伏羲出生地、白马庙、孟姜女哭长城等传说为主的民间文学。“东山文化”是彭阳县地域文化的主脉和象征，集中体现了彭阳人民以待人宽厚、为人诚实、以和为贵、以信立身、民风淳朴、勤劳朴实为核心的人文精神和尊重知识、重视教育的优良传统。

革命年代，彭阳属于陕甘宁边区的一部分，在民族解放和新中国诞生过程中谱写了一曲壮丽的凯歌。红军长征翻越六盘山，一代伟人毛泽东先后宿营小岔沟、乔家渠，写下了壮丽词篇《清平乐·六盘山》。红军西征，建立了红色政权，留有峁堡地下交通站、红河地下党支部、虎家小园子地下党支部等早期革命遗址。解放战争时期，在任山河打响了解放宁夏第一仗。这些红色文化资源，激励着家乡人民在新中国建设和改革开放征程上，以“不到长城非好汉”的凌云壮志，取得一个又一个辉煌成就。

1983 年建县以来，彭阳生态环境的改观形成潜在的人文资源。彭阳坚持“生态立县”的建县方针，30 年来，坚持不懈地改山治水，绿化造林，不断提升了生态环境建设水平。森林覆盖率由建县初的 3%提高到 24.8%，先后荣获全国生态建设先进县、水利建设先进县、造林绿化模范县、退耕还林先进县、水土保持生态文明县、全区生态建设模范县等殊荣，阳洼流域、大沟湾流域等被国家环保总局列为第八批全国生态示范区，茹河生态园、茹河瀑布被列入国家级水利风景区，这都是彭阳县生态建设的典范，已经成为休闲观光旅游的地方。彭阳人民在建设秀美山川的长期实践中孕育出的“彭阳精神”和“彭阳经验”，是彭阳生态文化的精髓。

近年来，彭阳立足现有的文化资源，通过进一步发掘和整理，确立“皇甫谧文化、东山文化、红色文化、生态文化”四大文化品牌，即“皇甫谧故里、东山文化之乡、红色热土、生态绿色新家园”。这些文化资源已成为彭阳地域文化的有机组成部分，是彭阳人民生产、生活的精华积淀，是促进彭阳经济社会发展的重要动力。

自 2005 年彭阳县第一次文代会召开以来，文化建设进入了大发展、大繁荣的时期。县文联及各艺术协会在县委、政府的正确领导下，在区、市文联的精心指导下，团结和带领全县文艺工作者坚持文艺工作的“二为”方向、“双百”方针和“三贴近”要求，开展每年一届的“文化艺术月”“书香彭阳”等主题文艺活动，狠抓《彭阳文学》《彭阳摄影》《彭阳文艺网》等文艺主阵地建设，创作出了一大批弘扬先进文化、反映时代精神、富有地方特色的优秀文艺作品。文学、书法、美术、摄影、音乐、舞蹈、戏剧、民间艺术等各个艺术门类，从无到有、由弱变强，百花齐放、异彩纷呈，呈现出团结、和谐、繁荣、发展的良好局面。

风雨兼程三十载，和谐盛世谱华章。建县30年来，彭阳始终保持了政治民主、经济发展、社会进步、民族团结、人民安居乐业的良好局面，城乡面貌发生了巨大变化，文化事业、精神文明建设更是呈现出勃勃生机。为了让外界更多地了解彭阳、关注彭阳，进一步激发全县广大干部群众热爱家乡、建设家乡的热情，县委宣传部、县文联在彭阳建县30周年之际，编辑整理出版《彭阳文化丛书》。丛书分小说卷、散文卷、诗歌卷、报告文学卷、文学评论卷、书法卷、美术工艺卷七个部分，以宣传彭阳为主旨，以提升彭阳知名度和美誉度为目的，力求多层次、多角度、全方位反映彭阳建县30年来的文学艺术成就。

丛书的编写，是一项系统工程，得到了有关部门的支持，各编辑人员夙兴夜寐，忘我工作，保证了丛书编写工作顺利进行，在此深表谢意和敬意。丛书的出版，是我县文化艺术工作的一件大事、盛事，是我县文化艺术工作辉煌成果的一次大检阅、大练兵、大交流。以丛书的形式集中反映我县文化建设成就，这在我县还是第一次，所以该丛书在我县文化建设史上具有里程碑的意义，可喜可贺。

“国民之魂，文以化之；国家之神，文以铸之。”文化作为一种精神力量，越来越受到重视，并成为一个地区推动经济社会发展的重要动力。近年来，彭阳县在积极发展经济的同时，充分认识到文化对于经济发展的重要作用，建设好、打造好促进经济和社会发展的文化环境，从文化环境建设中获得发展动力，以适应全面建成小康社会的新要求，是我们应积极研究探索的新课题。

文化凝结着历史，文化开拓着未来。我们相信，勤劳智慧的彭阳人民不仅能够不断创造新的经济奇迹，而且能够不断提高文化的传播力、影响力，让彭阳文化放射出更加璀璨的光芒，为加快建设“生态彭阳、宜居彭阳、富裕彭阳、诚信彭阳、和谐彭阳”与全国、全区同步进入全面小康社会做出积极的贡献。

序　二

彭阳县委常委、宣传部部长　马文山

党的十八大报告强调，全面建成小康社会，实现中华民族伟大复兴，必须推动社会主义文化大发展大繁荣，兴起社会主义文化建设新高潮，提高国家文化软实力，发挥文化引领风尚、教育人民、服务社会、推动发展的作用。这充分反映了我们党对当今文化趋势和我国文化发展方位的科学把握，为文化建设指明了前进方向、提供了基本遵循。如何贯彻落实好党的十八大精神，扎实推进社会主义文化强国，是基层文艺工作者一项重大而艰巨的任务。

今年是彭阳建县30周年。30年来，全县广大文艺工作者认真贯彻"二为"方向，坚持"双百"方针和"三贴近"原则，深入挖掘彭阳地域文化资源，大力培育彭阳特色文化品牌，不断创新文艺表现形式，通过文学、美术、书法、民间工艺等艺术载体，充分展示了全县经济社会发展的辉煌成就，展示了全县人民团结奋斗的精神风貌，文化艺术事业蓬勃发展、成绩喜人，特别是文化艺术活动丰富多采、主题鲜明、形式多样、独具特色，全面反映了我县文艺发展成果，激发了全县广大干部群众同心同德、团结奋进、干事创业的热情，唱响了主旋律，为丰富和活跃基层群众文化生活、推动文化事业大发展大繁荣、构建和谐彭阳提供了强大的精神动力。

《彭阳文化丛书》是彭阳建县30年来部分优秀文学艺术作品的集锦，既有对生活在彭阳这块土地上的人民的精神状态的忠实记录，也有对全县翻天覆地的变化的热情讴歌；既有对社会热点和弱势群体的强烈关注，也有对不良风气不文明行为的有力鞭挞。其中许多作品可圈可点，感人至深，不乏振聋发聩之音。这些文艺作品寄托了彭阳广大文艺工作者的思想、情感和期盼，字里行间无不流露出心系彭阳经济社会发展的情感和指点江山、激扬文字的豪迈，充分体现了广大文艺人才“铁肩担道义，妙手著文章”的精神品质。《彭阳文化丛书》的整理出版，为新时期推动全县文学艺术发展提供了范例，让全县广大干部群众更加深刻地了解彭阳的过去、现在和未来，从而更加热爱彭阳，更好地建设彭阳，对进一步宣传彭阳，让外界全方位、多层次了解彭阳的历史文化和当前的发展实绩起到巨大的推动作用。

面对这套浓缩了彭阳县经济社会发展、文化民俗和精神品质的文艺作品，仿佛重历那些波澜壮阔的岁月，感受变革带给人们的心灵体验，其中的艰辛探索和不懈奋斗，已为今天的巨大成就所印证。这足以告慰前人，激励今人，昭示后人。而这样一部作为涵盖彭阳文学艺术全貌的书籍，较为全面地反映了彭阳文艺创作所取得的丰硕成果，作为一种精神资源，其史料价值和文化价值当不会被低估。

当前，面对党的十八大提出全面建成小康社会，实现中华民族伟大复兴的的重要时期，在新的起点和更高层次上推进彭阳经济社会大发展、大跨越，是时代赋予我们文艺工作者的神圣职责和庄严使命，是全县人民的共同心声和热切期盼。全县广大文艺工作者一定要高举社会主义先进文化旗帜，树立高度的文化自觉和文化自信，进一步拓宽视野，大胆探索，创作出反映时代精神、体现地方特色和民族风貌的优秀作品，更好地满足人民日益增长的精神文化需求，更进一步为加快推进生态彭阳、宜居彭阳、富裕彭阳、诚信彭阳、和谐彭阳建设提供不竭的精神动力和智力支持。

目录 CONTENTS

时间草稿

韩　聆

与爱弥尔之旅

一

早晨，城市上空笼罩着污浊的空气，孩子们上课的钟声在那里隐隐飘荡。

看网上一篇《上虞市爱弥尔幼儿园"田野幻想"主题活动侧记》。从孩子们扎的稻草服饰、草编雨伞上，我仿佛又呼吸到了童年那幽绿的气息，爱弥尔活泼、健康的身影像歌声飘在巴黎近郊软软的草地上。"不远的山脚下，波河的水蜿蜿蜒蜒地冲洗着肥沃的河岸，阿尔卑斯山的巨大的山脉远远地俯瞰着田园。"

一句智慧而温和的告白，引我再次走近卢梭，走进《爱弥尔》。

塞涅卡说："我们身患一种可以治好的病，我们生来是向善的；如果我们愿意改正，我们就得到大自然的帮助。"

我知道卢梭将割舍一切，踏上给他带来悲惨命运的把平民劳动者当做人的理想的孤独羁旅了。

在1757年的巴黎，卢梭只有"爱弥尔"这个美好的梦想。那是他的"理想国"，他将在那里尽情遨游。他说凡是在社会秩序中把自然的感情保持在第一位的人，是不知道他有什么需要的。也许他早就知道他要惹祸了，要成为在

作者：韩聆，20世纪60年代生，系宁夏作家协会会员、固原市作家协会副主席。著有散文集《边缘情感》《简静与沉浸》，报告文学集《是太阳，不是调色板》等。

颠沛流离中逃亡的、封建统治者眼里的“疯子”和“野蛮人”了。所以他要教他的“爱弥尔”怎样经受命运的打击，教他不要把豪华和贫穷看在眼里，教他在必要的时候，在冰岛的冰天雪地里或者马耳他岛的灼热的岩石上也能够生活。

二

相对于作家“自然教育”哲学思想的熠熠光辉，我更心痴于“爱弥尔”这个阳光温暖的清新象征和他的脱俗动人的本色。卢梭说爱弥尔是一个孤儿。这让我想到作家本人终身的孤独：孤儿院、打杂、虐待、被逐、寄食、窘困、逃亡。也许孤独和感伤本身就是人性的标志。自然之心让人孤独，孤独又让人神往自然。梵高如此，贝多芬如此。卢梭，因为孤独而有爱弥尔，又因为有了爱弥尔，而找到精神寄思。

“我决定给我一个想象的学生”。这是一个凄美、令人钟爱的虚构。他将做他的伙伴，分享他的快乐。爱弥尔也将在距今二百多年前摇晃在巴黎的一只博爱的摇篮中开始他的成长之旅。他的老师其实是多么乐意做这么一项工作，因为在他将自己的思想渗入对方的心灵时，大自然已经把教育的工作做了一半。

这会儿爱弥尔是婴儿。而教育的活动就像晨间曙色，早已亮暖着生命了。

他给爱弥尔请来保姆了。她从乡间来，长得健壮、品行端净。新近坐过月子，吃面包、蔬菜和奶制品这类植物性食物（因为母狗母猫也吃这些东西，甚至母狼也吃草呢）。

她爱爱弥尔，就像艾青的“大堰河”。她是她的爱弥尔在很远的将来的一个大雪纷飞的日子看到雪而想起了的“大堰河”。爱弥尔也是吃着“大堰河”的奶而长大了的。

爱弥尔其实并不睡摇篮，而是在宽敞的屋子里爬来爬去的长大了。

秘鲁人把婴儿裹在一个布包里，然后放在地上的坑里自在地活动。当他能够举步的时候，母亲就在离孩子稍远的地方把乳头给他看，像一个香饵似的，使他不能不走过去吃。

黑人的孩子多数时候是很吃力地攀着母亲的身上吃奶的。他用手抓着乳房，尽管他妈妈在这个时候还是照常干活，但他仍不慌不忙地继续吮吸，而且还不会跌下来。这些孩子从第二个月起就用手和膝开始学爬了，这使得他们以后用这种姿势跑起来同用脚跑差不多是一样的速度。

爱弥尔想做什么就做什么。他浸在石头与树叶的气息中，在森林与橙花的清新中。卢梭并不急于让爱弥尔掌握另一种语言而代替了这种几乎不知道自己生命的语言。在悠然缓飘着的风影中，爱弥尔真实而简单地投给未来一个摇摇晃晃的无知的影子。

三

我们会羡慕爱弥尔的童年的。如果有一条船能引领你沿着黄昏的水路返回生命最初的地方，你一定会放弃一切而选择爱弥尔拥有过的那块草地。

感官准确而清晰地平衡着一切。这是一个既漫长又快乐的年龄段，它能把那时的所有感觉鲜活地延续到生命的每一个时刻。

卢梭让爱弥尔不用学单车、小推车和引步带。当他知道怎样把一只脚移到另一只脚前边时，只是在有石子的地方有人轻扶了一下。他看着有些恐惧的面具，头不慎碰肿了，小手被戳破了，却并不会有人心疼得大喝一声。老师说，这样他也许有可能得到大自然替他在遥远的地方准备的一份幸福。那些早熟的果实，它们长得既不丰满也不甜美，而且很快就会腐烂。

按计划，爱弥尔到乡间去生活了。

精神的现实毕竟比现实世界辽阔得多啊。黑格尔对此说：“教育家想把

人从日常生活中抽出，而在乡村教育他（比如卢梭的爱弥尔），但这种实验已经失败，因为企图使人同世界的规律疏离是不可能的，虽然说青年的教育必须在僻静的环境中进行。”老舍也曾对卢梭的“极端自由”和“完全返于自然”提出批评，而他笔下的“小天赐”却也跟着纪妈来到乡下了。小天赐乐意和那些“穷却可爱，而且豪横”的纪老者们生活在一起。其实有一点卢梭和老舍是相同的，那就是他们都把农夫作为道德范本和人格启蒙的老师。如果说质朴和善良是一种美德无可异议，那么他们思想的手臂从乡间抚过，这也无疑是一种温暖而文明的思想指向。我们听得地主的儿子、诗人艾青在一个飞雪的早晨也含泪向他深爱的保姆“大堰河”呈送着一首赞美诗：

大堰河/我是吃了你的奶而长大了的/你的儿子/我敬你/爱你

爱弥尔很快有了劳动的概念。

在辍了耕的园地里莳花锄草，给蚕豆浇水，老师说：“这是属于你的。”可爱弥尔在一个晴朗的日子发现他的蚕豆让园主当“贱物（在甜瓜地里间种）铲除掉了，他痛心地喊道：“啊，我的劳动，我的成绩，我所关心的甜美的果实哪里去了？”

童年一次不期的伤害，让爱弥尔在稚气中抵达这个年龄孩子最庄重的情感。

谁能在以后的各种风暴中独立自由地生活？孩子，靠自己的手。靠自己的手做出有用的东西。有一双农夫的手，有一个哲学家的头脑；像农夫那样劳动，像哲学家那样思考。

一切温暖而有秩序。

在泥土与青草的芬芳里，爱弥尔觉得自然景色的生命是存在于人的心中的。在早晨与傍晚的投影间，爱弥尔描画出一条像玫瑰枝一样的子午线。

在亲戚一样的农家里，爱弥尔吃着甜美的水果、蔬菜和奶酪，体会到了哪些关系在暗中要求人们遵循朴素的社会道德，哪些关系要求人们有爱。

四

心儿是冒着危险的
如果对一个牧童
太那么一往情深
……
再到那小榆树下
倾听你的牧笛……

涉入人世最初的感情，总有一些奇异的情趣。苏森姑姑早年反复唱过的一首小曲，怎么也记不全了那隐约的歌词，可它却能让卢梭颤巍着嗓音孩子似的哭泣着哼起来。把这种一心要追忆一支歌的乐趣给爱弥尔，爱弥尔的心便开始激越的跳动。

什么是善良、博爱、怜悯、仁慈？哪些情感自然而然使人喜悦？怎样的胸襟和心灵温馨动人？作家说：

人在心中投身处地想到的，不是那些比我们更幸福的人，而只是那些比我们更可同情的人。

在他人的痛苦中，我们所同情的只是我们认为我们也难免要遭遇的那些痛苦。

“因为我经历过痛苦的生活，所以我要来援助不幸的人。”(《伊尼依特》第一卷)。

我们对他人痛苦的同情程度，不决定于痛苦的数量，而决定于我们为那个遭受痛苦的人所设想的感觉。

这些话语像春风打开一扇豁然敞亮的窗户。爱弥尔知道他将由此走向挂满成熟的果实的更宽阔的世界。在那里,他不是游侠,但会做有意义的事情,敢于说出真理;他也不会挑得两条狗互相争斗,或者叫一条狗去追逐一只猫。他会永远信赖童年,信赖他的一生。

五

蒙莫朗西园林四周恬静的林泉与橙花的香气最终辉印了《爱弥尔》大部分文字别具的清新色彩。卢梭说仿佛能看见马约尔湖内心灵一样美丽的波罗美岛。

引领生命的圣灯终于亮燃在了无法逃脱的那片忧伤的天空。

悠然神往中,作家看见了命运游历在灯下的注视。

离开巴黎。

这是信仰自白的船能够通过的唯一一条明澈的水域了,“因为在我们的小村里,已经有人在窃窃私议”。

——爱弥尔,我的孩子我的寄托。我把我心中对真理所怀抱的爱作为我的全部哲学,领你离开巴黎。可是啊孩子,选择了远方就是选择了孤独,那里虽有为你而亮起的霞色和黄昏撼动原野的钟声,还有让你醉心的许多开着花朵的草木和青橄榄,但这肯定只是我要给你的一部分。

是的。更重要的是苏菲。

一位美丽善良的乡村姑娘。爱弥尔,你会在她的眼睛里找到你的爱情和幸福。

在卢梭仁慈的目光中,爱弥尔让巨大的向往引领着。他离开了显得有些苍老模糊的巴黎。

远方,旭日正燃烧着天际。

原野一片彤红。

望着爱弥尔渐远的身影，卢梭这位平民思想家、大革命之父也唱着忏悔之歌走上屈辱的流亡之路，最终沉于《一个孤独的散步者的梦想》中。

此时，遥望茫茫思想星空，我所看见并景仰的却正是属于卢梭的那颗璀璨过人类文明史的不灭的星座。

红茜草

短歌续，人如斯。今宵敬佳茗，知我谁？

——题记

茜西说，我没有故地

多年前，我人生中叫茜西的挚友在西海固的小客栈里读纪德，读非洲的黄沙、荒漠，盐湖之上最后一棵棕榈枯萎了。而她接下来却读出了“在朝阳的斜照中，阿马尔杜山变成玫瑰色，好像是一种燃烧的颜色”。

我想茜西一定是从这里大片的丘陵孤寂的边缘看到了她远方的故地。不想被困在客屋的炉火边与我相对而坐的她却摇摇头说：

“我没有故地。”

茜西的话让我惊愕。

人不可能没有故地，如同人每时每刻都会有一个相对意义上的归宿。那么，她的让火光轻轻撩起的长发背后一定铺陈着一长串故事。

和茜西认识是在一个西部画展上。在一幅叫《西海固》的版画前，我让画面上浪波似的山地背景弄得有些眩晕。一头驴子形态变异，显得怪谲。我感觉我很痛苦。我说这不是土地是海浪，是海浪的旋涡里唱着咏叹调的海妖。

我一个人说着，使劲摇摇头。

她也摇摇头，说你是西海固人。

我看她。

她在我旁边，也看这幅画。

我说凭什么？……一些人眼里的西海固根本就没有人，或者说人根本就不是人。

她笑，说："凭什么，凭你木棍子往地上一戳的西海固话，凭你有痛的眼神……"

如此就算认识了。

茜西告诉我她是一家画报社搞摄影的，在西海固呆过三年，而且是小时候。她说"小时候"时，两只眼睛有如雨中的凝视，从那里可以看见一瓣遗落的花叶似的窄窄的童年。

有炉火的小屋在西海固仿佛更温暖一些。

茜西说："那种毛茸茸的暖无法抗拒，即使一个清贫的人身边正发生着凄凉的故事。"

难怪她会选择一个雪天忽然撞进西海固，难怪人刚一落脚便专往背街处有青绿冻麦田旁的小客栈里钻。

茜西说："再回西海固是我梦中的心语。"

茜西说："凭我二十八岁的人生经验，唯有西海固，岁月有四季。"

茜西说："就叫你老木吧。老木啊，我这是将现实的赶开，又追逐飘逝的。"

窗外有雪片纷纷密密芦花似的飘飞。小小的客屋旺着炉火。炉火也像一株开放的蓝茵茵的花朵。天地间的万物此时不管是在眼前的还是在心间的，都原色、庄重、悠长。

我让茜西说说茜草。在西海固，春天没有丁香，夏天没有茜草，秋天没有玫瑰，冬天没有寒梅压枝，唯有围拢在火炉边望临窗的少量的雪花。

茜西会意地笑，说不亏到了盛产作家的土地。然后给我说茜草。茜草有一种根是红色的，带刺的茎枝也是红色的，火焰红。老木啊，以后你得小心，我就是一枝带刺的红茜草，走近了我会依恋你，远去了我会思念你，可我是茜草……茜西看我脸上有不解，就补一句：你深爱着你贫瘠的土地。

她这人有意思。

可我不懂她。

她继续给我说茜草。说比如随风荡起来，会袅袅舞蹈，飘摇总一付相思风雨的样子，降落总一付怀念自由的样子，找不着落点，这时老木啊，你可得救她，救她到一家燃着嫣红炉火的伞巢似的小屋，西海固式的黄泥巴小屋。

就着炉火，我们从非洲荒原上的那几棵枯萎的棕榈谈及西海固遥远的过去。

茜西说，几乎能望见三千年前同样从这块土地上枯萎而倒的最后一棵棕树，那湖泊湫池，那大片的青竹林和牧场上站起来的第一个牧人。

据《山海经》称：其时六盘山区“其木多棕”。新石器中晚时，游牧文化与农耕文化交响，这一地区“森林茂密，草场辽阔，沃野千里；谷稼殷积，牛马衔尾，羊群塞道”。走过时间的沧海桑田，这块母性的土地便布满了累累伤痕。

而茜西，这株远方的红茜草，是缘何故曾经用童心丈量了她与这块后来成为干旱荒疏偏地间的距离？又是什么力量使她于二十年后在史书中追望它的远古，相亲它依然土朴的内里？

我知道茜西是为重新感知，而不是规避。西海固也不会因为它的粗朴而遮蔽它的每一记形迹。

我让茜西依仗我。

我们走向冻麦田的雪野、林地。

茜西像个故人。她惊叹：就是这幅图景。美国诗人 RobereFrost 看到过：

我知道何人拥有这片森林
尽管他的房屋坐落在乡村
他不会看到我停留于此

望着他的林子白雪冰封

……

空气有些冷凝。

而茜西，往事重游地，浑然不觉冷。她在放飞心情，解除一段累积的疏疑。

她说："老木，告诉你我的过去。那是一场政治风暴，把父亲和母亲刮到了这里，我被株连了，那年我 9 岁。按说这根本不算啥，我们家呀从一开始就在长长的迁徙途中匆匆赶路，母亲从安徽出发，一路北上，找到了从河北出发的父亲，他们一路西去新疆就有了我。但青春已去人难留，斯心应往何处去？岁月晴朗，意东去，又到了宁夏；再然后，流放西海固再改造。母亲算个名门闺秀，对一生的颠沛流离，用'朝开暮谢，零落成灰'看开，父亲搞科研，人拗，思想始终偏右，到后来还念叨：'真人不媚时，但改造不彻底呀！'至于我自己，一开始就是一本残损、散失的小册子，在岁月的岩隙尘土间风化、拆裂，以致无从翻捡，无法装订。"

然而，茜西这次来，却放弃了去窑村——她曾经生活过的那片村子的计划。窑村便暂时像往日一样在她的心间被复杂的想象刻画着。

我们在雪地上另外草拟出一份临时行踪图来，把西海固几处要地全划进去。结果计划只实施了一小半，去了六盘山和须弥山，用茜西的米诺塔拍了一些雪峰肃立、冻麦田里的草屋、古道曲幽之类的外景片子回来。

茜西说："收获不小呢，仿佛要重叙一些故事了。老木啊，这一圈遛哒呀，让我更坚定了一个看法，西海固这块外围大文化的夹角带，它的色彩绝不仅仅只是贫苦悲壮的黄色。"

茜西带走我几本地方志书和我的一些作品，恰是一个纤纤女子所能负之重。

风标指向哪里

1997年夏末,茜西风火燎燎打电话给我,让我到固原车站接她。

急去了。

她正登上一辆白色的采访车。见我到,便返身拉我至车尾,说:"想你了老木,我们一行组一期老区的片子,擦边这儿,你来了,真有被宠爱的感觉。远去了我就再回来。"

完了塞我一记杂感的本子和一期发有她一组"盲流题材"作品的摄影杂志。

当白色采访车在我面前划一道美丽、优雅的弧线的那一刻,我觉得我和茜西这个人之间铺着一大片正在挤压心灵的难以忘怀的情调。

其实不久,我们就去了窑村。

这个村子是一个典型的西海固村落。倚山,勺头形的庄势显得聚气、温暖。有沟溪清清浅浅地从村中流过,村子就分为了上庄和下庄。官场里扎着麦垛与胡麻垛。下庄的沟畔上,小学校的白粉墙上空一面红旗。山顶上有庙院,两棵古柏,茜西说还那么大,村道敞了,有了盖瓦屋的人家,红砖红瓦显得悦目;树木凋了,狗吠声稀了,但亮暖多了。

窑村就在眼前了。

而茜西却忽然感叹:"物是人非了,老木你说我这样的寻顾还有意义么?"

我说:"不知你想要什么?如果你的心真正离开了市井,你会在西海固的任何一个地方感受到久违的古朴的人情。"

茜西说:"父亲对自己的审视有道理,真人不媚时,但改造不彻底。西班牙人说做西班牙人是人间最沉重的事,我此时真怀疑我就是一个西班牙人。因为,老木你不知道,我来窑村,是要受到窑村人目光的切割的。我的母

亲曾经贱视过他们。我为母亲伤心。”

我哑默。

秋日晴空白云,大地洁净、饱满。可茜西,一次寻顾却带着隐痛与怨艾。

当然一到了她要去的当年的邻居禾禾家时,她的情绪就好多了。

茜西说感恩之心把遗忘了多年的一些琐事的碎片全找回来了。

禾禾不是女娃,是个黑黑壮壮的小伙子(西海固人给男娃取女娃名儿图吉利),媳妇却灵秀得多。禾禾与茜西同岁。两人一见面,禾禾憨憨笑着说:“你就是茜西?”茜西说:“你就是禾禾?”

一时愣怔、端详。

继而两人又都笑,笑声里伴着对季节、成长的新奇与惊叹。

茜西说:“盖新房了,日子过好啦?”

禾禾说:“糊弄着能过就是,哪能跟你比呢。”

茜西说:“好你个假黑妞,你想搞阶级对立啊!”

拭去岁月积尘,少时的玩伴,又回到异乡的泥土上笑闹。听说老人们人都已去,便相惜感叹,时间怎么这么快就把那一代人挡在了一边?

提到禾禾爸,茜西对我说:“禾禾爸那会儿当队长可厉害,他管我爸叫电线杆,我爸嚷着要下地干活,他冲我爸喊:‘你能干啥,能挖牛粪?能犁地?能做场活?你给我好好蹲着别捣蛋就成。’我爸无奈便门前弄块菜畦畦,蹲在萝卜白菜间直叹气:我这不成了资产阶级大老爷们了嘛。现在想,他那是在保护我爸呢,我爸有肝病。”

茜西接下去讲禾禾怎么怎么护卫她,怎么允诺般的付出与无悔。

她说:“那时刚来,一说话孩子们便围住学舌,学怕了,上课回答问题总回头看看这个又看看那个,他们就哄笑,老师以为是我在逗,狠狠批我,就委屈哭了。禾禾呼地起来揭发了他们,老师才又罚了他们站。我给女同学表演双手倒立,裙摆倒垂下来露出了小裤衩,文文他们几个看见了就吆喝,禾禾见状就给了文文当胸一拳,结果让人家反擒拿,打得鼻血直流。我拿小手绢给他擦鼻血，捣蛋分子就喊：‘茜西，要禾禾；花手绢，捉蝈蝈……’母亲知道这事了，却怪了禾禾的不是，可他还护我，就护我。”

茜西正说呢，禾禾媳妇提一竹篓青玉米棒子进了院子，顿时一股玉米的甜香拢上来。

为“花手绢”的事，禾禾媳妇又一番逗。她说听那时的女娃娃讲，人家茜西那会儿就用雪花膏、化学卡子，她们见都没见过。

在窑村，茜西被乡村社会色彩斑斓的融融温情围裹住。

在白净的土路上走，听微风怎么摩挲树叶。

坐在禾禾家小院房前的砖台阶上啃着青玉米棒子，看菜园里的葵花怎么以特别的抒情韵质回望阳光。

爬到山顶上看整座村庄。

茜西眼里闪着泪影。

她说：“秋天美丽，使我旧情难忘。海子的诗此时记起来，像童年的风筝。如果我会有故乡，它会是哪座村庄？”

当年住过的老房子拆了。茜西说那是全村唯一的老房子，是一家地主的宅院。地主早被赶出去了，他们住进空宅院去。那房子好宽敞，过庭的地砖让脚步踩出坑来，门前的廊柱让时光的手摸得油油滑滑的。住进那里便也成了地主了。母亲赶走过找她玩的穷孩子，母亲嫌他们脏。母亲倒掉过禾禾娘端过来的喷香的扁豆面糊糊……所以宅院里总是孤寂一片。

在禾禾家，我们真还吃到了当年茜西未能吃到的扁豆面糊糊。

茜西无意提到了，禾禾说家里正好有两升扁豆种子，干脆到下庄里留了石磨的人家磨了。

茜西急了，说那哪成，怎么可以吃了种子呢？

禾禾不依，说种子春上再到别家换么。

禾禾媳妇把扁豆种子在火锅里炒了，黄灿灿的，两口子就背着去了下庄。等扁豆面糊糊已经冒着热气，香在嘴边上了，我们似乎还能听到下庄里

一盘古老的石磨轰隆转动的声音……

那回离开窑村，茜西一路上郁郁寡欢。她只谈一样东西——风标。

她说父亲当年在老房子最高的檐脊上树起一杆风标，她和父亲常常坐在院中的矮凳上看风标在微风中飘摇。知道父亲是因为孤寂，在飘忽的旅途中他努力寻找着内心的安宁。

风标现在消失了。

还有什么随着消失了？

1999 年，茜西说，再也看不到风标。

时隔半年，在西海固一个针叶林区，我让茜西重读旧情。

那是一条百余里长的山坡。我和茜西走在松软的草地上。我们侧耳倾听，大口大口呼吸，并爬上一道山梁，看沟谷里坐落的一个补丁似的小山村。

这时，我们看到了风标。

在几条种植着洋芋的硷地畔上，竖着几支白色的风力发电的风轮杆。其中有一支风轮上又竖起一面小小的三角风信旗。旗子在朔风中舒展旗面，当时正指东南。

茜西屏息凝神，一动不动。

她看住它。

她是怕风标再次从她的面前消隐掉么？

我们长长地看住它。

又有困惑：我们同时还能看住些什么呢？

——时间？生命？友谊？爱？

我们互相注视。

真想说：茜西你走。

可茜西赖着不动。

她说看到过许多风标:山西圆觉寺释伽舍利塔上黑色的铁鸾凤,至今已有近千年的历史了,塔铃仍然声声作响,鸾凤的头尾仍然随风转动;浙江宁海天河的古代羽毛风标,徐霞客当年经此上华顶山观赏水母溪风光,为之击节;云南曼飞龙佛塔上的"风神鸟"在橡胶林与灌木林的掩映中;还有《孔雀公主》里姐勒金塔上面的宝伞风标……它们,见过了就只是记住了。它们都一样渺冥,又堪称奇观,但我觉得它们又都一样地比不上西海固随意做出的一支:父亲的那支,眼前的这一支。

后来又接到过茜西从远方发来的关于风标的短信——

老木:听舒伯特的《冬之旅》,又看到风标,听到封冰河面上的风雪声和邮车的叮铃声。

怀念西海固。

我们并肩走过山塬

有一段时间,常待在"写镜头"的午后。

橘黄色的阳光总是透过窗户照在书案一角的书本上,那是威廉·巴特勒·叶芝的《苇间风》,茜西送我的。它总是让我看到岁月的留痕。

茜西曾说过:"老木,在《苇间风》的片影里给我写镜头。"

这确是一个温煦的像手势一样的诱因。茜西每隔一段时间,就把她拍摄的作品发过来,多是一些低层民众生活及其价值系统的忧戚之作。她用相机不动声色地捕捉生命细微的脉动及生存的原貌,而儿童题材在这些作品里更显精神探索的价值。我感觉那不是一般意义上的爱与善,那里面有凝重丰赡的人性思辨。

我沉浸在想象的一个人的世界里,多是如此。茜西只在照片的背面写一些少量的点示性的记事文字,我得从这些文字出发并高越过它们来建立对整幅作品的理解。给这些镜头写文字,叶芝是不倦地为我带来灵感的一

位诗人。他为我的文字赋予更具透视感的色调。但其实我并不特别明白，这是为什么。我们操的是不同的语调。比如叶芝说："我们都曾做过什么，想过什么，我们的一切所做所想都将漫流、稀薄……"而我并不这样认为。

这是一种从近处走向遥远的过程，如同儿童伴着隐痛成长并融入这个世界。

时间远远地踩开了，但我可以不凭借它甚至不需要翻阅记忆而随手把一些情景描摹下来。比如我们踏雪并肩走过山塬时的情景。

茜西总是最钟情西海固的冬天，按她的话说是雪季。

我们坐车走完乡道，茜西便坚持要徒步从山塬的一边走到另一边去，大约四公里的距离。

这四公里的路程对于茜西可不算短。山塬被厚厚的积雪覆盖着，能从依稀的方向感中辨认出一条横穿山塬的雪路。走雪路犹如蹚一条河，好在因为有雪路在干旱山区漫长的冬季的极其罕有而带给人的好心情的相诱，所以挺苦累的事倒多出几分绚烂的浪漫情味来。

我们就沿着这样的心情、这样的雪路往前走。脚踩在雪面上，发出咯吱咯吱的声音，在寂静的雪塬上显得很响，感觉有些空灵。天气晴朗一片，阳光和雪光相互辉映，闪烁地散布在天空，强烈的光线使人头晕目眩。视野一派茫茫，地平线消失了。

看来，茜西真是和冬雪有缘呢。真的，有些心情，只能用素白来表现。

茜西仰天吸着雪气，像歌唱者。

一切似乎都是新奇无比的。

她说："老木，我好像刚从睡梦中醒过来，你不觉得？"

我说："觉得。刚发现世界上最具象的声光与形色，还有更广大无边的遐想。"

她说："从未这么的从山塬上走过。西海固总是把它最超乎人想象的一面留给我。"

我说:“这么的是怎么的?”

她说:“就这么的。”

噢,这么的。是神奇的喜悦?是隐秘的温馨?是恍然的震撼?

茜西在雪地里憧憬的剪影好美。我远离开几步,在雪光里看她。她佯装不知,只是埋头说:“老木啊,还得借你的笔替我记着,就一句:有一天,雪光如焰,在西海固的荒塬中漂泊。”

她的话像古代传教士说出的,像是对前途的预感或渴望。惊奇的深度让她怀疑身临其境的雪塬体验是否是真实的。

快接近塬地的另一边时,我们的体力明显不支,尤其是茜西。于是我建议稍作休息。茜西听了,一下子跌坐在雪地上,周围跳荡的雪光顿时将她围裹起来。她望我,眼里蓄满依赖的满足,脸上洋溢着能烧灼整个雪地的烫热的激情。而我至亲的山塬,此时因为有一颗远方的人的心与它的脉搏一起跳动,更显得生动而迷人。

这时,我们看到了一架驴车。有一位老乡赶着车子从我们刚走过的雪路上经过。我指给茜西看,她惊喜得一跃从雪地上坐起来,像鸟儿一样振奋。她对着我急切地小声说:“老木,你求求这位老伯,让捎咱们一小段路吧。”声音和目光同时透出小心的渴望。我说:“肯定没问题,山塬上的老人胸襟和山塬一样厚朴,你有求于他,他会百分之百地理解为你在尊重他,而不是麻烦他。”

果然,老伯未等我们开口,就喝住牲口,把车子在我们跟前停了。我说明意思,老伯笑呵呵地说:“没走过这么长的雪路?这些年冬雪少了,你们俩这么的走塬地,还真是难得遇上呢!”说着便让我们相扶上了车。茜西坐不稳当,把我抓得死死的,而我在想老伯说我们“这么的”可能会是什么意思。

剩下的一段路,我们就这样和老伯说着话,在阳光和雪气里,在那样特有的氛围中。其实,对于我而言,这种体验以及由此而引起的知性所能达到的感触却并不比茜西的来的浅。从她身上,我又重温了对纯粹熟悉的山塬、

阳光、雪地、雪路同时映现，以及面对这样的情境和美丽时刻难能地闪现于心间的那份庄严与崇仰。它是难以忘怀的：它凝缩在“这么地从山塬上走过”的极短暂的一段生命路途上，却又真够我追索和回味一生。

盛夏的孩子

2002 年夏天，我帮茜西寻找两个孩子。

有位作家说，一片橘红色的云，不是被太阳点燃的，是童心点燃的。

茜西总是一次又一次让我重新深悟我的故土。

在西海固，我能铭记的和未能记住的事情，我能承受的拥有的和不慎丢失的那些事物，我对它们精心的看护和追记，总是在遥远的一束目光的注视中。我忘掉往日的冷淡与艰辛，心情淳朴得像地皮上刚露出芽尖的稗草。

这个夏天的西海固一开始就是一块清凉之地，一切都显得随意洒脱，尽情生长。由于庄稼、丛林、青草地的缘故，天蓝如洗。

茜西说：“一触摸到西海固，情感就被打湿，更加缅念又害怕童年。一些画面让我吃惊意外，铭心刻骨；一些想法遥远却执着、纯粹彻底。一次坐火车，看大卫·特恩利的纪实图片《有一道目光盯着我们》，片子摄于索马里，画面上一个孩子骨瘦如柴，但目光逼人。它让我想到当年窑村的一个孩子，也和我同班。他父亲夜里偷队里的玉米不慎跌崖死了，母亲一只眼睛瞎了，家里有六个孩子。冬天他常常冻得浑身哆嗦，也是饿得皮包骨头，身子发绿……后来，饿死了。所以，我想资助两个孩子，我找不到更好的方式，可我不想让我的内心与昨日一同停留。这也是我父亲的遗愿，他说过如果能把自己的退休金用于两个西海固孩子的教育，可否以此荫庇留在西海固的一份孤情？”

对着茜西的声音，我无言。

……

一个星期天的早晨，我一人骑车又去了一趟与茜西一起去过的那道山梁。

我又看到了风标。

前年种植洋芋的硷地里今年间种着玉米。夏天的风漫过玉米田，玉米宽大的叶子发出泉水似的流淌声。看风标，声音流去的方向还如昨日。风声舒缓，山野起伏着，似乎要跟随风声飘走。

又见窝在沟谷里的补丁村落。

在那里，人们忙碌着。

村子显得寂静、安逸。

好久没有这么好好地看看我们自己的村庄了。

暗暗地有些震惊。

就这么一个村庄，没有太多的理由去细考和描述它，也没有理由忽视和不去感觉它。它像一支静歌。

一些形象多么熟悉：打麦场上，妇女们头顶着彩巾怀绣花一样的心情，肩膀一晃一晃地挑选着饱满的种子；女娃娃攒在山杏儿树底下，欢快地捡拾落在青草地上的鲜黄杏儿；耕牛在耕茬地，有一个男孩儿，他手里抓着一荡一荡的牛套绳，白褂子一飘一飘走在牛队前领着牛队。他在唱什么歌儿，亮亮的声音和着泥土的清香荡在风里……小学校里，他是那个手臂高举过头顶的小领唱么？

茜西要来。

她说："去南宁出差，带回两只"茜草花环"，想带给两个未知的孩子。西海固，季节可好？老木，你可别声张，说好了这是一条秘而不宣的路，只待我一人抵达。"

我说："会的，有童心滋养，你的茜草花环会变成一地花树，枝繁叶茂西海固。"

茜西说："等我。"

我说："夏天，等你如歌……"

彭阳三记

瓮志明

山记

彭阳多山。那山推推搡搡，仿佛看大戏的堆或赶集市的流，一个个高挑着头颅，其他部位则挨得紧紧，只显出大致的轮廓。又如除夕夜团圆的一家，老老少少围坐在一起说和气的话题儿，不曾有一个生分地独自独立的。是呵，那绵绵延延的群体是亲近得手拉着手肩挨着肩的。

在这绵延起伏的群体中，人家恰如撒下的一把豌豆，落成零零散散，在任意一个山坳或沟畔扎根发芽开花结果。山是人的屏障，人是山的风景。或可说，人和山原本是浑然的一体。山是琴，人是弦，弦因琴而存在，琴因弦而鸣响。山与人有着共同的生命节律。

于是，推开门眼前便是山，近近地伸手就能摸着。转过身，才发现人原本就居在山的腹中呢。那浑圆的窑门，分明是这山的简笔画。再看，一个个山峁，很少变化，只那样浑然的圆。山与山相像得如同亲兄弟，也无势态，看不出什么走向，只稳稳地坐在那里，仿佛一群休憩的牛。山势起伏平缓而迟钝，没有了大起大落，也就没有了大喜大悲，一切都那样缓慢、平静而安分；没有不挺拔俊秀、铮铮棱角，便一味的敦厚而拙朴，一副憨态可掬的样子。憨得可恼，憨得可爱，憨得你不忍长久对视。山上少树少草也无名石，因而也少了梦样轻朦的云雾缭绕，纯然是土的堆积，在蓝天白云下袒露灰灰黄黄的

作者：瓮志明，20世纪60年代生于彭阳县新集乡。现供职于兰州市民政局，曾有小说、散文等作品发表。曾任固原地区文协理事。

褶皱。习惯了色彩和装饰的眼睛猛然对这裸露的肌肤竟会有一种不知所措的感觉。山上没有什么野生禽兽,只偶尔有野鸡,在早晨或黄昏发出高亢的鸣叫。有野兔,见人便狂奔。或蛇,多细如手指,不足为惧。这里是人的一统天下。山里亦无甚矿藏,最丰富者唯有黄土。于是,人的生存只是对黄土的开发,人与山,是人对黄土的一厢钟情。但这里的山自有它的审美价值,浑圆裸露是它们的形,敦厚拙朴是它们的神,憨直坦荡是它们的情,便像了这里的人,于憨直坦然中表现另一种含蓄,于纯朴宽厚中孕育别样的丰富,只让你在内心丝丝回味。

因为山是浑圆,坡便不陡。从山根到山顶是一旋旋的梯田,愈高愈小,愈小愈圆,山便如一个巨型的蜗牛壳。也有陡坡的,如斧砍刀削,却无缝,是平平的顶,绵绵地连在一起便成为塬。塬上土地肥沃,却少水,人家大多居于塬畔,惜地也。大者有孟塬、刘塬、长城塬,最小是牛耳朵塬。山的起伏是没有规律的,一沟一当梁,缓缓陡陡全在漫不经心中完成,仿佛顽皮孩子的游戏,你才发现这山是活泼泼的,虽静默却不呆滞,在气韵流泻中充满生命内在的活泼和骚动。混混沌沌的群体中,间或有小巧如手指者,则于拙朴中透露一缕灵秀,使人在博大厚重中吐一口轻松。设若你是外乡人,走在这绵绵的群体中,头顶一轮太阳,脚下的群山绵延起伏,平缓而气韵相连,一望无际,仿佛凝固的海之波涛,你会突然发现自己的渺小和无奈,你的心中陡然会涌起一股浓浓的思乡情绪。再看这山,亲亲地怀抱着人家,人家就在这山的怀中,雨淋不湿,风吹不透,你突然觉得这山充满了母性的温暖和情爱,你便明白了这里的人为什么永远厮守这山,不愿稍微远离的原因。山与人,正如母与子。人对山的依赖,正是儿子对母亲的依恋。他们之间有一条无形的割不断的脐带,这就是长期以来山对人思想性格的影响:敦厚、纯朴、保守、狭隘,勤劳而懒惰、坚韧而脆弱。勤劳是他们的手,懒惰是他们的脑,坚韧是他们面临苦难的生存意志,脆弱是他们对外界冲击的心理承受能力,正如这山总是经不得暴风雨的侵袭啊。

在任意一个山口，那小路岔开的地方，你会发现有草和土相压垒起的堆，那是敬山神的，看来，这山神并不需要什么香火纸钱，有土有草便是故乡，这却正成了这里人生存观念的特写。

这连连绵绵的山，或高或矮，或大或小，或成脉岭，或成山湾，分明是一种精神、一种气韵的流动和凝聚，不然这里的人为什么生要择山而居，死要择山而安呢？山是人的生命，人是山的精魂。

彭阳的山大多没有名字，应是自我个性的缺乏抑或是群体共性的强烈？人们只根据它与村庄的方位，笼统地称作南山、北山、东山或西山。有名有姓者，西有黄峁山、罗山，前者是彭阳的门槛，后者记载着一场战斗；西北是无量山，那里有佛教石窟，是须弥山的姊妹；东有五峰山，是彭阳的文笔山；北有七个山，是宁夏南部唯一一座古塔的联袂；中有灯盏山，是彭阳城的屏障。而最独特最有气度者，当数县西南新集乡境内的帽儿尖山，它是这群体中的伟丈夫。君临群山中，远看像蹲着的虎，雄视天地，气宇轩昂，似乎随时都要发出那震响山林的呼啸，随时都会跃然而起。山上草木葳蕤，云雾缭绕，有珍草异花。山顶平而有池，早年有水，现干涸尽生白草，晶莹如雪。山下有河，对岸为青龙二山。青龙山通体青石，逶迤而下，牛大的青石悬于石崖，距河不足一米。黄龙山遍体黄沙，行至河岸平地愤而抬头东望。有传说若这两条龙喝到石河的水，帽儿尖山就会崩塌，这里便会成海成川，成水桑田之地。只可惜在行进中被一孕妇道破天机，二龙便僵死了，只徒然看河水东流，空有遗憾。这传说是否真实是另一回事，但它却让彭阳人借这最大的山传达了一种愿望，这却是真的，什么时候才能摆脱这山的局限？安于山又想摆脱山，这正是彭阳人内心潜在的一种矛盾。但山的存在是一种客观。那么，山与人的关系呢，却取决于人的态度。山是人生命的重负还是依托？

默默地你坐在一个山包上看山，看得久了，你会觉得不是在看山，而是山在看你。你会感觉到山的目光有一种期盼，你会听到山的喁喁私语，仿佛讨论着山里人的今天和明天。

你站起来朝前走，分明是一座山……

水　记

如果说山与水是自然的孪生，自然却没有赐予彭阳相对多的水。

但彭阳的水自有它的形态和韵致。

因为多山，便多沟。在任意一个沟里，总有一汪清泉，小小而圆圆，仿佛谁家女子遗失的一面镜子，又如天上落下的月亮。泉下有细如手指的流水，曰溪。溪在沟底淙淙流淌，天真而欢快。溪的两旁长浅浅的草，开小小的花，因而溪水便永远澄澈，散发淡淡的幽香。这是人饮食的主要水源。在黎明或黄昏，在白天的任意一个时刻，你总会发现有担着桶或赶着驮了桶的驴的人，往来在泉与家的路上。水担“吱吱”，驴铃“叮当”，溅起一串音符。那泉小得似乎能合盘端起，或者顺手即可拎走似的。有人蹲下来哼着小曲舀水时，那溪便不流，不知是被小曲迷住了，抑或是一瓢水就减去了它流动的力量。但那泉总是舀不竭的，且不浑浊，虽然周围是软软的黄泥。细看时，才发现泉底原来有无数细细的水柱儿向上激射，你舀得越忙，它射得越快，不舀时便是盈盈的一汪，平静如一面镜子。

溪的流淌总不会很远，或融入沟口的小河，或在半路就悄悄地没有了，只留下一片湿漉漉的绿坪，长青青的水草，开星星的小花，是蛐蛐的伊甸园，是牛羊的筵席。那草地软软的、柔柔的，有玩耍的孩子用手掘下去，会又是一盅清亮，仿佛眼睛，你会记起这山里的女人，那份清亮，那般轻柔，似那种无怨无悔的奉献。女人不就是这山里的泉，山里的溪吗？

彭阳没有大江大河，却有足够宽阔的河道，这是很有意思的。宽阔而辽远的河道，坦荡荡是蓝格莹莹的石沙，在阳光的照射下蓝得刺眼，而那河便是柔和而绵长的一根银线了，又仿佛一记针脚。偶尔有巨石伏于沙滩，如牛，静静的，若伏其上侧耳细听，却有洪水的轰鸣，它分明是一种提醒，一个警

戒。河道两侧是一堆堆的柳树，皆矮身而长臂，人一伸手即可攀枝坐其上。矮身是泥沙淤积的结果，臂长是根系发达的象征。柳树成了河道的最大风景，初春如火炬，稍后又白絮飘飞；夏天是绿屋，暑热的天气，羊儿和赶集下地的人会在树下纳凉；秋天黄叶纷纷，冬天满身冰挂，如披甲的将军，又如挂着风铃的塔。河岸是峭立数丈的悬崖，岸上是平坦而肥沃的土地，是彭阳的天心地胆。

河水的源头在某个山脚下，一块石板底，或者窄窄的石缝里，你便相信了每个山下都是一片海的说法。河皆小河。最大的是茹河，也宽不足丈，深不足尺，于是便少桥，这平坦而宽阔的河道，其实就是一条天然公路。河虽有水，却四季不涸，河里有泥鳅，细如竹筷，假若是盛夏，捉一个吞下，清凉解热，顿感一身轻松，那小尾巴扫着你嗓门的痒痒，使你有一种重大发现的快感，欣喜得直想唱歌。也许你会想，有这样的宽阔平坦的河道，为何不开辟种庄稼呢？若是暴雨的日子，汹涌的洪水便会漫卷而下，巨大的浪头在水中翻滚，惊天动地，仿佛天地都要从河道流走，你才知道，这宽畅的河道原来是专为洪水留着的，你不禁有些悲哀。冬天里，河道是一川晶莹的冰，又成了娃娃们天然的溜冰场。

彭阳的河是兼具了旷达和纤细、汹涌和平静，一如彭阳的男子汉，宽阔坦荡的河道是他的形，纤细平静的流是他的神，而那汹涌的山洪，不就是他来势凶猛去如清风的脾性吗？是平和中的刚烈，宽厚中的愤懑。这河，是一道人的长廊。

河流最主要的有三条，北有蒲河，中有茹河，南有红河，三条河成为三个流域，在群山中写一极象形的“川”字。蒲河较小，红茹两河流域是彭阳气候最湿润、土地最肥沃、人民最富庶的地方。两河皆发源于六盘山，贯通古城、彭阳、红河、新集、沟口、白阳镇等乡镇，经甘肃镇原、径川注入径河。荡荡平川，有几大水库灌溉良田，绿树成荫，粮丰果甜，鸟语花香。两河流域，不仅是彭阳的产粮区，也是彭阳文明的发祥地，有人戏称“两河文化”。两河流域若进一步开发，当成为宁夏境内避暑的好地方。

相对而论，彭阳北部干旱少雨，水量不足。前些年这里的人们是一碗水洗一家人，完了还要喂猪饮牲口。他们吃窖水，但总是不够，于是便打数十丈的井，井口有辘轳，却无把，太长的井绳过重，是手臂摇不动的。长长的井绳吊着桶长久地放下，桶和水相触的沉闷而空洞的声音使地球也有丝丝的颤动。尔后，或驴或人拉着露在地球外面的绳头，一步步向远方走去，使人疑心他们会拉出地球的心脏或太平洋下的沉船。有“花儿”唱：拉绳子的哥哥哟你慢慢走，太阳还在山那头。意思是说，拉水的哥哥你不要急，等太阳出来你一定能拉出水来。为了水，他们半夜起床，或者去很远的泉边，或者到深沉的井旁。但大家都起得早了，大家又都得等待。水既培养了他们的勤劳，也培养了他们的忍耐，水使他们很团结，从不曾像某些川里人因抢水灌溉而斗殴。近年来，在政府的关怀下，北部干旱地区基本都上了扬水，村里建起了水站，有的家里也安上了水龙头。水自来了，便如城里人，这是彭阳一个不小的发展和进步。

关于水，最自豪的要数彭阳城里的人。他们的用水是真正的自来，不经水塔也能爬上五楼。前几年他们说彭阳的水比啤酒还好，所以城里的男人健壮，女人健美。今年，经地矿部等几家科研部门检测，才知道城里人喝的竟是矿泉水，而且是优质。于是，他们雄心勃勃要开发，要参与市场竞争，让这水增值。这真是自然赐予彭阳人的一份好礼，它不仅给彭阳人健康，也给彭阳人一个机遇、一种提醒。

彭阳的水能满世界流淌吗？

城　记

很早以前，茹河一定是条很宽畅的大河，在群山中汹涌。后来河水小了，便在这群山之中留下一道平坦开阔的二百里长廊，西通固原连镇原，两面

山排成整齐的行列，像要出操。只是在中段，那离固原东去百里许的地方，北山南向，南山北折，形成交错状，又如北山南山要拥抱的两条胳膊，像是当年茹河的漩涡。这漩涡旋出一座城，便是彭阳城。也许这地方还不曾想到自己会成为一座城市，于是在人们走近它时总有一种偶然相遇的感觉。周围还是农舍次第，鸡犬相闻，一跨步便到城中了。

城中有一山，名曰灯盏山，因其状如古灯也。山不高却危，势陡而险，当是这漩涡中的一块巨石。山上草木葳蕤，桃杏成林。春天满山芬芳，花开如云；秋天色彩斑斓，红叶似枫。新栽的松柏虽不高大，却也四季常青。有平台、石穴、曲桥列座其间，是这座的天然公园。山顶有暗堡，两道城墙逶迤而下，勾出城的旧影，推想是北宋时城的轮廓。这轮廓断断续续，是这城唯一的历史遗迹。新建城时，也只是一条土公路，几间砖瓦房。因此，这城的历史就只是这密锣紧鼓的十年了。

十年，便是一座年轻的城。年轻使她还没有充分的机会发展壮大，年轻使她尚没有足够的经验和力量把自己打扮得更漂亮更气派。楼不曾长高，路也不很宽畅，只一条街道从西向东又拐成从北到南，那方方正正的楼也就整齐地排在街道两旁，是一副对仗工整的对联，从上到下，一口气便读完了。街上的车辆行人不多，太阳清亮亮照抚每一个角落。风是刚从田野里走来的，清新而甜润；小树袅娜，羞涩地看自己的影子。没有雍容大度，便一味地简洁明快；没有了史诗的恢宏，便如绝句。

城市居民大多来自农村，家口是农村一半城市一半，因此他们的生活方式是介于农村和城市之间的。城市化的倾向是一种学习、一种要求，农村式的根据则是头脑中固有小农意识和在经济条件下对农村的一时无法摆脱的依赖。因为，城市人口的多数是那些靠自己的工作资历而实现农转非的干部职工及其家属子女，往往是一个人的工资要养活几口人，农村的支援便是生活的一种补充。而那些大中专学校回来的学生，几年前还是农村娃，城市的濡染不过是外在的着色，并未影响根本，也一时难以走出农村的影子。外地人不多，最多是浙江的裁缝和木匠。又因为地处偏僻，过客少，于是，你便很少见这城里有下食堂进饭馆的，他们宁愿买了肉菜在家做着吃，省钱而自在随意。饭馆里常见的不过两种人：一是进城的农民，是图新鲜，但不过烩面炒面而已；一是机关中礼节性陪吃的，只图实惠，没什么大的讲究。所以城里的食堂饭馆旅社不多，也没有几个热闹的，都是卖牛羊肉炒面烩面而已。但要找一个比这小城更能大块吃肉大碗喝酒的，大约没有第二个。他们在这方面不求精细，只图过瘾解馋，“偶尔为之，便似大家”。服装最鲜艳的是青年妇女，她们是讲穿不图吃，往往土而不俗。对城市环境最熟悉的是孩子，最颇生的是老人。因为城市年轻，老职工老干部不多，且大多退休后都回农村安度晚年，而一些从农村出来的青年为报答父母的养育之恩，都把在农村劳作几十年的老父老母接到了城里，他们对城市生活总是不习惯，常常念叨要回去，又怕难为了儿女的一片孝心，生活的内容便是整日地看电视，慢慢地受到现代生活观念的启蒙，常会说电视上怎样怎样，有时的表现比儿女还通达，但对城市总免不了有一种身在他乡的客寄感觉。只有孩子才是真正的城里人，是这城市的主人。他们对这城市的一切是一出生就接受了、认同了的。如果说他们的父母回到农村老家感到的是一种亲切的话，他们面对窑洞表现得更多的是城里人的自豪和一个旅行者的形象。城里的节假日除传统的和规定的外，还有农忙日，收麦的季节总是要轮流放假。也还保持着两天一集的习惯，集日里街道拥挤，多是赶集的农民，这城和农村是近乎孪生的，新城和旧城的连接处，那街道拐弯的地方，是农贸市场，不大，供求却齐全。商品的售价是铁钉对木板——硬定(钉)，但价格却合理，没有漫天要价，体现了诚实经营。假若正碰上熟悉的卖主，价钱是不低的，但买卖后总要送你一点，或免收价钱的零头，既遵守买卖原则，又情义无价。

城太小了，大家便都熟悉，人与人仿佛有一张网，任何人一有动静，别人都会知晓，哪怕是小两口夜里斗嘴，第二天也会满城传响。这也维护了这城

的社会治安和道德风尚，保持着别的城市难得的和睦敦厚与人为善的人际关系。因为谁都认识谁，谁都有用得着谁的时候，要是什么时候细数起来，不定拐弯抹角都是亲戚。在街上走，向一个人点头招手，便是向全城打了招呼。有人说这城小得来下个人便拥挤，去一个就会空洞。这话未免有些夸张，但只要有一个陌生人出现在街头，就会立刻引起大家的注意，这却是真的，特别是操不同口音的人。但这里的人并不排外，相反，对外来的人都有着格外的亲热和敬畏。来工作的，会把他们当作对这城的理解和支援，而给以各种条件上的优待；来经商游玩的，会把他们当做客人，招呼备至，因为民风的敦厚，因为对自己主人地位的自觉。

城里没有什么特别的景致但有山有水就够了。要说特产，则数羊肉、杏仁、矿泉水。羊肉肥嫩而不膻，四季皆可食，滋阴补肾；杏仁制成罐头叫杏仁露，苦中有甜，养血健胃美容；矿泉水是最近的发现，那是满城流淌着的清凉甘甜。最宜人的是城的气候，春夏秋冬，四季分明，风花雪月，变化丰富。有人说，如果开发利用，这城将会成为避暑胜地，这话不错。城虽小，却年轻，年轻便好！

赶　路

马君成

那四散惊逃的鹿群

“此身合是诗人未？细雨骑驴入剑门。”诗人陆游曾发出了这样的天问。

我常常吟咏着这句诗，一次次地问自己“此身合是诗人未？”

我不知道，真正的诗人是否有过这种强烈的心理体验：即诗句常常在眼前晃动，你却抓不住它。这是灵感吗？像哈利·波特的金色飞贼，我称这种现象为美丽的鹿群，我曾多次惊散它们正常的生活。

我相信，每一个人都是天生的诗人。

因为我具有诗人的天生气质：敏感、多情、忧郁、孤独。

即使此生再也写不出一行诗，我依然相信，我是一个天生的诗人。

我之所以坚定地相信这一点是因为，我相信人类都有潜能。我更相信自己的潜能，虽然我今年已经31岁，仍没有成为一个诗人。可是，人的潜能需要激活。李白斗酒诗百篇，杜甫“白日放歌须纵酒”。现当代诗人每要论诗总要饮酒。我不喝酒，我尚不知道自己的诗情激活点是什么。但是，罗素可以在80岁之后开始写作长篇小说，仍然可以写得很成功。对于我来说，诗人之梦也将继续。正如聂鲁达所言：“即使文学界张开牙齿/要吞噬我前进的双脚/我也不会去理会/仍然迎风歌唱。”

我曾无数次地在梦里梦到诗，朗诵诗，那是一些全新的、奇特的语言，我

作者：马君成，1978年2月生，古城中学教师。在《宁夏日报》《朔方》《六盘山》等刊物发表小说、散文、诗歌100多篇，散文曾获固原市第五届文学艺术评奖三等奖。

在人世间还未见过的诗句,只觉得美妙无比。可是每当醒来,一切都逃之夭夭,无影无踪。

梦里,我的诗句像是色彩斑斓的鹿群,它们隐藏在我的生命内里,在我内心世界的大森林里。它们昼伏夜出,在我思想的青草地上散步、奔跑、跳跃,生生不息,它们从来不肯走到梦的边缘,它们从来不让我在醒着的时候看到它们。它们是一个强大的群体。它们总会把留在我记忆中的任何一点痕迹都抹去,让我无法在自己的笔下留下一丝半点它们的光辉。

啊,梦中的鹿群,我呼唤着你们。为什么不肯走进我的生活中来呢?你们是怕现世的生活太吵闹,你们不愿被打扰平静的生活吗?

但我知道你们的心,你们渴望着被人类中那些伟大的眼睛欣赏。

梦中的鹿群,我呼唤着你们。

赶　路

中午的时候,我睡着了。

我虽然有一双明亮的眼睛,但却常用在十字路口迷蒙彷徨。我总是看不清道路,我很想睁大眼睛看清道路,看清前面的障碍物、危险处,可是,眼睛却不听话往一起阖。这时候,我想,很多时候,我一直都是这样的:看不清道路,在人群的裹挟中顺流而下,随波逐流,跟着感觉走。

生活中的许多所谓的有经验者常常教育后生:要睁一只眼,闭一只眼地生活、工作,或者干脆闭着眼走路,或者半睁半闭地走着;不能对什么事情都看得太清楚,"水至清则无鱼",世道看透了往往就没意思了。

曾经一度,我也认为这是一种生活的哲理,必要的逻辑。

可是,我也看到了身边的一些人,正是在这种理论的误导下,原先同我们在一条道上走,走着走着就迷路了,有些身陷囹圄,有些遭遇不测,有些迎面飞来横祸,有些惨遭灭顶之灾……这些人,这些事,由于我太熟悉了,印象也太深刻了,常在我耳畔回响,警告我的良知。

在瞌睡和各种炫目利益的诱惑下，眼睛常常疲倦，打盹，迷惑了对是非的判断能力，每一次滑到危险、悬崖边缘，总有个声音在暗处提醒我。猛回头，惊出一身冷汗，心中除了满盈的感激，还有愧疚。

忆往昔，风急雨斜处，为了走稳脚下的每一步路，我付出了多少血汗的代价啊！

在眼睛缺乏智慧时，我用手来探路。只有我的手付出更多的劳动，才会换来在每一次山穷水尽处的峰回路转，只有这样才能摆脱困境，化险为夷。

在梦中，周而复始地这样赶路。其实，在生活中，我们每个人又何尝不是如此呢？

我快乐，因为我活在人间

"我快乐，因为我活在人间。"这是诺贝尔文学奖获得者卡尔费特的诗句。

这是对快乐返璞归真的解释，快乐原本很简单，幸福原来伸手可及，只是由聪明的现代人把它变得越来越复杂了。

是的，活在人间，不是行尸走肉地活着，而是积极地参与人类生活，参与人类的正义建设事业，这个世界总会提供给你展示才华的机会。

在滚滚红尘的追名逐利中，在尔虞我诈的商场竞争中，我们发现快乐离我们越来越远了。

不是快乐抛弃了我们，而是我们疏远了快乐。

我们是在追求快乐的过程中失去了快乐。

即使我有一千个理由不快乐，但只要给我一个理由，我就应该忘记不快乐，而去拥抱快乐。这个理由就是：因为我活在人间。

常言道："热也好，冷也好，活着就好。"

自然界有许多生命，只有人才能体验到最丰富的快乐，只有人才能懂得享受快乐。在艺术创作中享受快乐，在欣赏自然美景中享受快乐，在生产劳动中享受快乐，在科学研究中享受快乐……这一切，是人类的特权。但凡是

生命都会死亡,又有谁可以长生不死呢?曹操在《龟虽寿》中说:“神龟虽寿,犹有竟时。螣蛇乘雾,终为土灰。”神龟和螣蛇虽然长寿,但它们还是死了。相比之下,活着,就是一种幸福,一种拥有生命的幸福。

谁也不知道,我们晚上睡觉时脱下的衣服、鞋子,第二天还能不能亲自重新穿上。当黎明时你能睁开眼睛,又看到阳光明媚的一天来到了你的生活中,你又可以不痛不痒地、精力旺盛地生活和工作一天了,去完成未完的计划,去赴当天新的约会,去享受大地给我们的馈赠,你还不应该说一声“我快乐,因为我活在人间”吗?

我们和许多人、许多生命一起来到世间,经历了各种生死考验,当我们终于能够死里逃生时,当身边的许多生命忽然就在眼前消失时,难道我们还该躲在安全的避风港,自舔着伤口哀叹命运的不公吗?还是应该感谢命运,对自己说:我快乐,因为我活在人间。正如那首耳熟能详的歌《感恩的心》中唱到的:“感谢命运,花开花落,我一样会珍惜。”

当我工作了一天,拖着疲惫的身子回到家,又回到那个可以遮风挡雨,养精蓄锐,普通温馨的家里时,我该说:我快乐,因为我活在人间。

诗人食指在《相信未来》中说:“当我的紫葡萄化为深秋的露水/当我的鲜花依偎着别人的情怀/我依然用凝霜的枯藤/在凄凉的大地上写下:相信未来。”因为我们活在人间。

当你风华正茂的青春一去不复返,当你的身体一天天衰老下去,当黑发一天天减少、白发一天天增多,当你品尝了人生的酸甜苦辣,当你走过了一个个春夏秋冬的奋斗之后,依然清贫,依然功败垂成,依然被对手打得落花流水、伤痕累累……你还是应该说:我快乐,因为我活在人间。

我在朝阳初升的晨风中朗诵着杰克伦敦的《热爱生命》,在落日楼头断魂声里读着《老人与海》。我依旧应该说:我快乐,因为我活在人间。

朋友,人生在世,不如意者十有八九,谁也不是天生的幸运儿。何必把自己陷在痛苦的泥潭中不能自拔呢?快乐是一天,不快乐也是一天,我们何不快乐地面对人生呢?英国作家萨克雷说:“生活就像是一面镜子,你对它哭,它也对你哭;你对它笑,它也对你笑。”

朋友,忘了这世间的烦恼,拥抱快乐,像诗人海子所言,“从明天起/做个幸福的人”。让我们唱响生命的旋律,让我们永葆青春的激情,为生命喝彩。

如果要我给快乐一个简单的理由,我会说:我快乐,因为我活在人间。

笛卡尔说:“我痛,故我在。”我说:“我快乐,故我在。”

痛

半夜里,胃疼,醒了。

再也无法入睡。

原来身上的疼痛一齐强烈聚合。背、腰、腿都疼痛难忍。犹如万蚁噬骨,疲惫的双眼总是合不拢,而瞌睡却在强烈地侵袭。眼睛强闭着,喉咙干涩、酸痛。

这痛来自两天的割麦。

我不是没割过麦子。自从十二岁开始,年年从麦黄割到麦收结束,从头至尾都参加。那时候身体棒,没那么多毛病。累了,休息一宿,第二天精力恢复如常。可是近几年来,养尊处优的生活,使我很少下田割麦了。今年为了父母的薄田,又来到了麦趟里。正如白居易在《观刈麦》中写到的“足蒸暑土气,背灼炎天光”,挥舞镰刀,仅仅两天,自己就多处“负伤”。

农活之苦,割麦是极限。因其持续时间长,并且要蹲身而行,身体前倾。我仅仅两天,就伤痛如此,而那些连续多日面朝黄土背朝天的农人们,他们“负伤”了,又该对谁说呢?他们一个个早早地累弯了腰,累坏了身子骨,未老先衰,都是农活给苦的。

每一次的割麦,就是一次“负伤”,每一天的割麦,就是伤上加伤。久而久之,这种劳动总在积攒着一种隐患。

当脆弱的生命再也不肯忍受这种伤痛时,各种疾病便会接踵而来。

许多上了年纪的庄稼人都是一身的病,没有一日不病痛,只要不死,就是平安。这疾病,这疼痛,大多都是年轻的时候过量劳动留下来的。在疾病的

折磨下度过晚年是许多父老乡亲相同的命运和结局。

细想人的一生，谁又不是在疼痛中度过的呢？大有亡国之痛、骨肉生死之痛、别离之痛、离乡之痛，小有亲友分离之痛、失恋之痛，各种意外之痛。从出生到死亡，都伴随着疼痛和泪水。这就是于丹教授所说的人活百年要受千年之罪吧？或者，正证明了笛卡尔所谓的“我痛，故我在”。

是的，生命并不仅仅因感受快乐而存在，也因能感受疼痛而存在。

想到这时，天亮了。

香草美人

我曾在博客里狂妄地宣称：愿倾我生平所学，为你点亮一盏心灯。

也许我不配为谁点亮心灯，但我愿倾尽生平所学。我有很多不足，与生俱来，无论才情、学识和天赋，都没有丝毫骄傲的资本，我所能做的一切，除了努力和真诚，别无选择。

愿我的文字和努力，哪怕只有流萤般的光芒，照在你人生之旅漫漫长夜里必经的路口，那我也就心满意足了。

古往今来，大凡名著，几乎没有不写美人的。《乱世佳人》如是，《红楼梦》如是。但我所说的“香草美人”指的是屈原笔下的香草美人，即忠贞之人，同时我想赋予它另一种意义，即源自心灵深处之美文。

张潮在《幽梦影》中说：“美人之胜于花者，解语也；花之胜于美人者，生香也。”虽是二者不可得兼，但我固执地既要美人的解语，也要花的生香。

其实，香草美人是每一个人心里想要的，也是生而为人都会在一生中强烈追求的，有时可能是一生都不能完成的夙愿。古人云：“若无花月美人，不愿生此世界。”

我们的生活需要这样的忠贞之人，也需要这样的忠贞之文。

拥有忠贞的美人，便是一生的幸福；品读忠贞的美文，可时时擦除心头的污渍。

我之所以呼唤香草美人，是因为我们的生活中不全是香草美人，毒草荆棘也总是围绕在我们身边，丑陋邪恶奸诈愚蠢强暴这些东西正在侵占我们美好的生存空间，世上已有人公开以丑为美，以变态为美，我们只有呼唤香草美人来与之分庭抗礼。

我之所以呼唤香草美人，是因为现在的美人大都不是香草，或者大都并不忠贞。

我们的生活需要香草美人，需要忠贞之人，需要不背叛的人。设若父母、爱人、亲人、朋友、领导、同事、下级和各种生活圈子里都有香草美人，那我们至少已营造了一种精神上的桃花源。

我常常举起双手无限虔诚地祈祷：

请把甜蜜的爱情赏赐给那些忠贞之人，请把香草美人奖给忠于爱情的人。

请把温馨幸福的家庭给予美丽善良的人。

请把美好的前程伟大的事业给予兢兢业业的人。

请把两世的吉庆让给那些从生至死清正廉洁的人。

我是一个以笔为犁，以心为田，以情为种，以书为粮的识字农夫，却有幸让那么多的人喜欢我的文字，我觉得很满足。

渺小如我的一草野小民，似乎无能做出什么大事，那么，我只想呼唤兰心蕙性的香草美人。

我只愿，愿我的文章就是香草美人。能给你的生活带来芬芳和悦目的欢喜。

那么，我一定很开心。正如张潮说：“有学问著述，谓之福。”我能写此拙文，也定是幸福一件。

杨建虎的散文

杨建虎

周围与身边

一栋陈旧的五层小楼，位于我所居住的小城的中心地段，据说，这是明清时代的孔庙所在地，它就是我供职了十多年的报社。现在在即将搬迁撤离这座小楼时，却有许多感触涌上心头。

多年前，我从县城的一家单位，怀揣着梦想和激情，来到了这里。那时候，我多么痴爱文学，梦想中的单位就是文联和报社。后来，由于报纸扩版的需要，我被调到了报社，从此，开始了在文字的丛林里纵横驰骋。刚调来时，我委身于报社印刷厂三楼的一间屋子，但却度过了几年美好的时光。那时候我还年轻，每天编完报纸，便到隔壁的活动室打乒乓球。晚上则读着余杰、摩罗、林贤治们激扬的文字以及里尔克、海子等人经典的诗句。或者与朋友相约，去政府巷里的小酒吧喝酒、唱歌，醉了还会朗诵诗歌。政府巷离报社很近，这个小城最早的酒吧，大概诞生于此。巷子里杨柳依依，每到夏日，绿树掩映，别有一番风味。回到小屋后，一边听着一楼印刷机传来隆隆的声音，一边继续和同事朋友喝酒聊天，纵论天下。

那时候，我们在市政府的职工灶上吃饭，中午一般是米饭炒菜，下午是

作者：杨建虎，20世纪70年代出生于宁夏彭阳，20世纪90年代初开始创作。曾在《人民日报》《人民文学》《诗刊》《青年文学》《十月》《散文诗》等报刊发表诗文多篇。作品入选《诗选刊》《青年文摘》及多种文学选本。多次获国内文学、新闻奖。出版诗集《闪电中的花园》、散文集《时光书》。系中国作家协会会员、宁夏诗词学会理事，固原市作家协会副主席。现为《固原日报》编委、专刊副刊部主任。

很好吃的面食。从省城派来的领导们在应酬之余，也会和我们一起享受单身汉的快乐生活，在政府后院，我们散步交流，甚至还会谈论诗歌。如今市政府的旧址已被一家商业广场占据，服装店、药店、酒吧、发廊、茶楼、会所——这一切都散发着浓浓的商业气息。

而在报社后面曾经喧嚣纷繁的车站已经搬迁至新区，老车站留下的院落常常被用作商品展销、商业演出的场地。我记得是在今年夏天的一些晚上，猛烈的摇滚伴着商业的炒作震动着居住在楼上的我。一个雨夜，我带着儿子去听雨中的摇滚，竟然碰到了一支我熟悉的摇滚乐队的表演。那是苏阳在带着他的乐队演唱自创的现代民谣《贤良》，熟悉的旋律让我彻底领悟了摇滚艺术的魅力。老车站的周围，则被几个大型购物中心占领，像什么商城啊、新时代购物中心、万国商业广场、五指广场、女人世界等等，是这座小城最繁华最热闹的地方，惹人眼目，引人驻足，也彰显了消费主义时代最根本的一些特征。

我居住的报社前面叫中心路，其实是这座小城名副其实的步行街，我曾在诗中写到它——

我来到这座城市已经十年
十年了，我离亲人越来越远
我离乡音越来越远
只有一个人躲开世事的喧嚣时
才会静下心来想故乡

中心路，躲在城市中心的一条街道
像童年时村庄里那条山路一样
我再熟悉不过了
这里人很多，像许多城市的步行街一样

布满了超市、发廊和服装店
当然，还有一些精致的酒吧、茶楼
它们叫绿草青青、部落、情缘、彬云阁
这些青春气息逼仄的地方
偶尔，我也和朋友一起去

我所供职的报社，就靠在中心路的一边
十年了，走在这条繁华的小街上
心境，时而繁华满院
时而杂草丛生
我知道，我青春的一大段落
已经留在了这里
我诗歌的一小节
已经留在了这里

是啊，偶尔的一些时间，我会和朋友们去对面的茶楼里喝茶，或者到咖啡厅里听音乐，享受生命中一些或快乐或忧伤的时光。在这样一个日益浮躁的时代，我们需要在这样的空间里倾诉心灵，在喧闹的城市中寻找一条回家的路。

我初到报社上班时，我记得夜班上完后，我和同事会去商城门前的文化街去喝啤酒、吃羊头，那一个个灯火灿烂的夜晚，一条街的两边布满了各种小店铺、麻辣烫、啤酒摊、小商铺、烧烤店，应有尽有。后来由于城市发展的需要，这些小吃店铺被整合收容到了“清真小吃城”，白天或者夜晚，人们尽可以到那里去消费。从中心路往下走不过几百米，便是老体育场，是这个小城人们最初的健身休闲的地方，由于年久失修，设施老化已不能满足人们健身锻炼的需要，今年在政府的关心下终于被改建成人民广场，成为市区一道靓丽的风景，我曾在我们的报纸上做过专题宣传。因为它是一个民生工程,所以备受着群众的赞誉。早晨或者下午,有时间我会去广场上转悠。我会一次次穿过广场,看走动的人们。初冬的一个上午,当阳光洒满广场的时候,我在广场的休闲椅上闲坐,看工人们正在用水管浇灌那些草坪。当我看到,一棵小松树在阳光下被水淋湿时,闪着亮光,让人忽然感到生命的真实。其实在生活中,我们多么需要雨水和阳光。有时我想,阳光就是另外一种雨水,它会滋润和温暖我们在尘世中疲惫的心田,给心灵投下永远的光亮。

有时候,我也会去城市中心的西湖公园。这是一个老公园。公园虽小,但也有山、有湖、有碑。一到春天,公园里绿草复生,一树树的桃花、杏花竞相开放,为公园增色不少。夏日时分,一只只游弋的小船及小船上其乐融融的男女老少则是一道道动人的风景。几年前我在杭州游历了西湖之后，再回到自己身旁的这座公园,才渐渐明白了被人们称为“小西湖公园”的真正内涵。它的破旧和寒碜,大概是我见到过公园里少有的,但却带给了这座小城的市民们许多乐趣和记忆。

是啊,周围与身边上演的故事太多,婚丧嫁娶,生老病死,人世的苦难与欢乐,都让我感受到生命的孤独与丰富,人生的短暂与永恒。无数的瞬间在时间的河流上漂泊、沉寂,许多事物在记忆中燃烧、熄灭。而在瞬息万变的世间,我们都在努力地过好每一个日子!

渐渐远去的雪

冬天在一日日加深,昨夜梦中的一场大雪在梦醒之后渐渐远去——那是令人激动的一场雪,在大雪覆盖村庄之际,思乡的病已入膏肓。

当纷纷扬扬的雪花落向高原,我知道,银子般的大地上会异常寂静。没有鸟鸣,冬日干枯的树枝萧条凄然。河流已然冰封,只有风还在吹刮着寒冷

岁月茫茫的身世。这样的时刻，我愿意久久地眺望。在窗外，远处的山坡上，飘荡着雪的身影，延伸的桥梁，荒凉的山野，这些都让我感到陌生而迷茫。我祈祷，在那遥远的地方，但愿也有雪，飘在正午稀薄的阳光下，白茫茫一片，像我们的爱情，苍茫而又空白。我确认这是自己深爱着的事物，当一颗泥土之心，渐渐脱离孤独和哑语，命里的道路旁，已经开满了洁白的花朵。

其实，我是多么喜欢走在雪后的村庄，当冬日的阳光洒向田野、山坡、河流、牛圈、鸡舍，世界豁然明亮。这时候，我喜欢在村庄里转悠，踩着雪，让干涸的生命享受阳光的照耀。山坡上的荒草在雪中露出细小的身影，使我想起昔年的羊群，即使在冬天，羊儿也会上山啃食干草和阳光，而我也曾是那个孤独的牧羊人，一边听风儿刮过荒原，一边守住小小的梦想，唱着悠远的歌谣。

在我的童年，雪落大地的时候是快乐的时候。那时候麻雀很多，一群一群在村庄飞翔。雪落之后，麻雀无食可吃，便聚集在院子里的大杏树上，叽叽喳喳叫个不停。这时候，和小伙伴们一起在院子里扫出一片空地，支起筛子，筛子下面洒满谷米，待麻雀下来觅食之际，拉倒支起的筛子，这时，很多麻雀会被扣在里面。当我们把捕获的麻雀埋在炉火中烧着吃时，还不知道这是一种残忍的杀戮。我的小伙伴中还有打弹弓的高手，会用小小的石头将树上的麻雀击落，当然，击中麻雀的高手会显得异常自信和骄傲。只是，如今乡村麻雀越来越少，麻雀渐渐远离了雪野、树木、家园，远离了我们的生命世界，麻雀的迁徙和消亡真该为人类敲响警钟！

我记得小时候，每到冬季，雪多且大，忽然间觉得现在的雪似乎明显少了。譬如这个冬季，第一场雪已经落过，薄薄的，在一个夜晚来临，不久之后，便被风吹刮得没有了身影。雪似乎躲了起来，躲进远山和记忆深处去了。而我只能在梦中和雪相遇。我喜欢在白雪覆盖的村庄的老屋里围着火炉烧洋芋、喝黄酒，听父亲母亲讲那些远去的事情。我喜欢看雪、听雪，当雪花覆盖打麦场上的麦秸垛，当脚下的雪发出吱吱的声响，当阳光照彻雪原，当雪花漫天弥漫，都会使我无限迷恋。只是，这些让我迷恋的事物和风景都已渐渐远去，远到了不可知的地方，远到了梦境里……

我永远记着那一个个远逝的落雪的黄昏，弥漫着一种无边安宁的美——没有什么让我感到躁动、烦乱，一朵朵雪花徐徐落着，爱抚着茫茫的大地，整个世界是白的，没有什么能惊扰大地的梦，这样的黄昏，我透过窗户读漫天雪花，屋内的炉火正旺，红红的，映照着墙壁，白的雪花，红的炉火，就像两个隔绝的情人，在这个世上各自为伴。这种时候，一边听着熟悉的乡间歌谣，一边想着远方的你，多想让你坐上时光的旧马车，在宁静的黄昏，来到梦想的村庄。

是啊，那些美好的黄昏里，我独自享受着雪天的幸福，寂寞的路途上，我希望有你伴着我，让一个个词穿过无边的静默，当那些忧伤的歌谣席卷纷纷扬扬的存在，我知道，这些弥漫而来的雪花，将穿过一生黯淡的光阴，静静抵达我们的生命世界。

只是那一场场雪已与我们渐行渐远……

最后的村庄

又一次在冬天回到村庄。这是一个上午，阳光开始洒向日渐荒芜的土地，而渐渐扩展过来的县城已经靠近村头。村庄向阳的山坡上，已经被盖成了老年公寓，一条宽阔的环城公路将村庄切割成两半，一半在河岸边，与县城相互对应，一半靠着几座大山，还保留着村庄的基本风貌。

在冬天，村庄显得十分安详。几块麦田晾在旷野中，波澜不惊，冬小麦嫩绿的身影，依稀可见。风在不停地吹着，但不大，我知道，风是村庄的信使，不断传递着村庄的语言。风会吹过那几棵老树，萧萧瑟瑟的声音撩动人心。风还会吹起田野里那些还未拾尽的地膜，张扬成独特的风景。我知道，一年四季，村庄大部分时间被风吹着，山梁上的那棵老榆树，像个智者一样，见证

着风的传奇。而充满烟火味的鸡鸣、狗吠、羊咩、牛哞，这一切则是村庄基本的声音。冬天里，我喜欢坐在老家的屋檐下，享受阳光的抚摸，捧一本书，阅读、沉思或者张望。

村庄里有山、有川、有沟、有岔，还有河流、田野、树木，这是一个村庄的物质构成，也是我永远爱着的村庄的永恒风景。

每隔一段时间，当心灵异常浮躁的时候，我会回到村庄，在村庄温暖的怀抱中，我静静感受人间的烟火，品味五谷杂粮。我会像冬日窖藏的白菜一样，活得一清二白。我会吃上本色的搅团、洋芋面，这些渐渐消失的乡村美食让人经久回味。是啊，冬天了，一家人守着暖暖的炉火，烤红薯，烧洋芋，熬罐罐茶，喝黄酒，这是生命中最美好的日子，也是永远抹不去的温暖记忆。在两间瓦房里，有着让人睡得踏实的热炕，那是母亲用柴火和牛粪煨的，温暖着我们的一生，也抚慰着我们日渐潦草的心灵。

母亲看见我回家了，拄着拐杖，将我迎进屋子。

母亲为我端来老家里窖藏的苹果，我也拎着从街上买来的她喜欢吃的柿子，搁在茶几上。我扶着母亲上炕，母亲蹲在炕头上，我坐在火炉边，听母亲讲述村庄里发生的事情。炉火旺旺的，在老家的瓦房里，我和母亲感受着这个冬天特有的温暖。不久，父亲回来了，父亲的咳嗽声在老家的院子里显得空旷而又清晰。一个月前，父亲从西安看病归来，不愿在我生活的小城居住，便急匆匆返回自己的村庄。经过一场手术之后，父亲显得更加消瘦。由于医生的忠告，父亲和自己痴爱的旱烟告别，也不再喝那浓浓的砖块茶了。父亲不能再干繁重的农活了，闲下来的父亲喜欢在村庄里转悠，田野边，山坡上，河岸边，常常会有父亲孤独的身影。父亲常用的架子车已经废弃，静静地搁在院子里。而老家牛圈里那头毛色棕黄的牛，似乎永远是父亲的忠实伙伴。每天，父亲按时给牛添草、拌料、饮水，这仿佛是父亲必修的功课。

父亲喜欢在冬日的阳光下，静静蹲在牛圈门口，独自守望村庄和土地……在冬天，几近荒芜的土地可以尽情地舒展自己，在经历了耕种、成熟、收获之后，劳累的土地可以休息一下了。而在远方的城市里，打工的村庄的儿女们也可以在临近年关的时候赶回村庄，像我一样，游子们浮躁慌张的心灵，需要村庄的温暖轻轻熨平。

是啊，这也许是最后的村庄了。零星的窑洞和依稀可见的瓦房依山势而立。炊烟袅袅的影子已不多见，城市正以宽阔的臂膀伸向村庄，几家店铺和修理厂已经落户村头。村庄里的麻雀少了，鸟儿的影子稀少，河流也在变得瘦小，河水冲抚着寂寞的河床。顶着冬日稀薄的阳光，我独自走向山梁，习惯性地背手、伸展腰身，俯视渐渐缩小的村庄。不远处县城的高楼扑面而来，公路上车辆穿梭。我坐在山梁上，听风吹动一些过往的事情，干枯的蒿草包围着我棕色的运动鞋。山脚下的土地盛着冬日的阳光，也盛着老旧的时光。我知道这是累了的土地，累了的土地需要休息……是啊，越来越多的人离开了土地，而村庄已经成了城市的边缘地带，成了城市的一部分，城市和村庄正在一种默契中融为一体。在山梁上，我独自守着最后的村庄，像守着一个梦一样。

清晨的第一缕阳光

冬日的清晨，天空一碧如洗，我把目光从书本移开，透过六楼的窗口，我眺望着远处被雪覆盖的山头。

一杯茶刚刚沏好，阳光开始打向窗户，穿过层层楼群的上空，清晨的第一缕阳光铺洒而来，像丝绸一样的阳光，穿越晨曦，以清澈动人的光线，弥漫开来。我这才注意到，我从来没有这么细心地阅读阳光。在此之前，我在城市的一间屋子里阅读切·米沃什的一首诗《黎明》：

盖上双腿，以免他们
因露出的淡紫色的静脉，记起

这个冲下楼梯的孩子
远处仍能听到笑声——
重新，这孩子将重新发现一切
沿着宽广、空旷、结霜的路
穿过响着脉搏如雷声的空间

而阳光沉默着，渐渐铺向城市的楼群和郊外的大地，这时候我想，清晨的阳光和诗歌密切相关，它真像切·米沃什诗歌中“这个冲下楼梯的孩子/这个冲下灰暗人行道的孩子”。清晨的阳光带着潮湿的诗意，在这个冬天，如水一样宣泄而来，让人感受到了一种新鲜的气息。这个城市的人们在阳光的簇拥中开始暂时的行走，或上班，或出行，或走向早点摊，或在阳光下读着属于城市早晨的报纸……而此刻的我，蜗居在城市的一间屋子里，像一只乌鸦，落在自己的巢中，我的羽毛已经黑透，我更想着故乡大地，故乡的荒原，故乡的村庄。其实，我真想像一只乌鸦一样，飞在故乡宽阔的臂膀上，我真想在荒原之上，自由飞翔。而冬日的清晨，在乡村，当阳光之手抚遍山野的时候，声声鸟鸣会传遍村庄，那是故乡的灵感和诗情。那些落满树枝的麻雀和野鸽子，会在故乡的大地上尽情飞越，它们没有痛，没有伤，没有悔恨和欢乐，它们会自由地飞，它们会自由地对话和歌唱，它们是乡村永远的伴侣。当故乡的荒草地在阳光的照耀下迎风而卧的时候，我会明白，那其实是孕育生命的一种方式，荒草地给乡村带来宽广和空旷的美，那里曾是留驻我童年的梦幻之地，我的青春我的成长，我终生的苍茫，与那片荒草地有着内在的联系。而最令人心安的是，在冬天的阳光中，我的父老乡亲们，在这个季节会抛却劳累，抛却众多的烦恼，他们会在阳光中闲散地走动，从羊圈到牛棚，从邻舍到田野，他们会尽情享受这个季节的休闲和幸福。忙了一年的农人，终于可以以清闲的姿态享受生活，迎接新年，迎接春节，让生活的根系在传统节日的底蕴中散发迷人的气息，让心灵自在地游牧在乡村温暖的怀抱中……

这一切,像一幅幅图片,缓缓掠过我的脑海,使我感受到了活着的美好。尽管这座城市里密布着冷漠和孤独,但也收藏着美好和温暖,就像清晨的第一缕阳光一样,它会给我带来回忆、遐想和希望,我多愿顶着这缕清新的阳光,在这个冰封的季节里,为生命寻找一种恒久的宣言……

大雪来到高原

大雪是在黄昏时分来到高原的。

大雪来临前的种种迹象表明, 有种无声的事物会补充冬之完美。不像冬天的风,会那么强硬、干燥,会那么让人感到寒冷。

当大雪开始舞蹈、飘落,真正覆盖高原、大地、街道和屋舍的时候,我的心中开始充满难以言说的温暖。大雪属于现实,它真真实实飘落着,同时,大雪又属于记忆,它是记忆的回复和张扬,不管你的生命走得多远,面对大雪,面对落满雪花的村庄和城市,我总会感到,大雪是光芒本身,是经受了时间考验的持续飘扬。

这些年,为了生存,我从乡村来到城市,我在城里忙碌着,我无法摆脱尘世的猥琐与虚荣,正在远离自然的本真,远离大地的呼唤。而黄昏时分来临的大雪却让我陷入记忆的真实, 让我突然想起脚下这片无比沉寂的高原,让我于雪的深处流连忘返。

是的,大雪来临,大雪正在淹没我的灵魂。

我想起了银子般的山野, 想起了大雪覆盖的村庄。老家窑洞里温热的土炕上,该有我身体的印痕,当大雪落满村庄的时候,围在静静的炉火旁,在大雪与炉火之间,我寻找着久已失散的诗歌。想起我在激情年代里,给孩子们的笔记本上流过的句子——雪落大地的声音, 就是我爱诗歌的声音。尽管这个世界已被高楼、钞票、股市、技术挤压得忘却了许多珍贵的东西,但面

对大雪，我的诗歌之梦还在延伸，那从温暖之乡传递过来的声音，依然让人感到亲切，依然让人充满了激情和幻想。举杯邀故人，围炉思旧事。大雪的村庄，梦很静，我愿在这样的氛围里向往暖色，我愿在这样的日子里收集梦想。

大雪飘落，继续落向高原上的村庄和城市，我感到一种如释重负的冲动，雪似乎掩埋了一切，却在无边的宁静中点燃了世间的诗意。

感谢大雪，来到高原，来到我所居住的城市。感谢大雪，让我于心灵的安慰中追忆逝去的美好时日。大雪，让一切显得更加清晰，明净，让我在一种意境中继续做着无边无际的巨大的梦。

穿过广场

这差不多是这个冬天最寒冷的段落了，我不愿意骑车上下班，我更愿意选择步行。在这座小城的街道上，开始渲染着节日里特有的气氛，街道旁的大店小店里传出喧闹的声响，显示着生命的忙碌和紧迫。而从家到单位，几乎每天我都要穿越一个广场，这个广场是我经过许多城市见过的最小的广场。但它让我感到了空旷，也使我感到了说不清的宁静，仿佛一首伟大的诗，正在睡眠中一样，于沉默的大地上，我尽力搜寻着大自然的另一面。

也许这是寒冷的步行，但我喜欢这样，我喜欢一个人走在广场上。有时候，我看见一对相爱的人儿在寒风中相依相拥；有时候，我看到一群大学生在广场上拍照、嬉戏；有时候，我看见广场上的雕塑和花朵沉默着，但又显出其固有的色彩与芬芳；有时候，也会碰到和我一样孤独的遐想者慢慢地穿过广场……是啊，在广场上，我的思绪像鸟一样飞翔，在遥远的生命旅程中，我的孤独如天堂的马匹，驰过阳光和草地，驰过雪山和河流，在这样的背景下，我思念着村庄和城市中许多亲切的事物，而大地正在承接着这个季节的梦和真实。

这使我想起故乡的田野，在冬天，田野沉默着，一片片荒凉的景象诉说着岁月的古老与忧伤。冰封的河面下，河水喁喁而语，一头牛站在荒凉的河岸，平静地寻找着生命的水……这是我在这座小城梦中的风景，一次次掠过记忆的广场！

"天空一无所有，为何给我安慰？"我不知道这是谁的诗句，但和所有以梦为马的诗人一样，走在广场上，我仍然固执地追寻着荒原上鹰的影子，追寻鹰眼中最后的词语和景象。而风云莫测，人生无常，在现实的旅行中，我们必须面对和经历生命的一些境界，我们搭乘生命的车辆四处奔波，谁都不能预料生命的最终走向。此时，我就想起前不久读到的印第安人的《大地颂歌》：

> 一切活着的，是她的歌，
> 一切逝去的，是她的歌，
> 吹着的风，也是一首大地颂歌，
> 而大地，要唱所有这些歌。

在这个寒冷的冬季，我在广场上的散步是在搜寻生命存在的安详，就像在乡村，收割后的田野在阳光下充满了神性一样，而在这座小城，当各种欲望和浮躁渐渐远离我的时候，我就想着，腾出一点时间，腾出一点空间，让心灵浸在一片安详和宁静中。尽管生存的忙碌和紧张不时地向我挤压而来，但我感到，时间是呈旋梯状上升的，生命需要经历时间的考验，我必须像矿工一样不断开采自己的内心，我追求创造的欢乐！而每天穿越广场，我都是以一种缓慢的行走试图对抗这个紧张匆忙的时代，有时我似乎隐隐感到在城市中建造广场的意义，它可以让我思考许多东西，它不仅仅是为了休闲啊。

冬天的焦虑

这个冬天，西海固很少落雪，我是一个心灵干燥的写作者，我心中的真实和激情日渐荒芜起来，在整段整段的时间里，我深居简出，感受山区特有的宁静和孤寂。日子像一只在寒风中瑟缩的麻雀，寻找着生命的季节。

这个季节，我守望灰蒙蒙的天空和苍茫的大地，我仿佛感到天地之间隐藏着某种神秘的力量，我试着在这个冬天去打开另一扇窗，好让阳光照进来，抚摸所有的经验、过去和梦境。许多已经消逝的事物又在梦中升起，片片记忆的叶子覆盖深沉而巨大的梦想，我重新回到出发的地方，像一个牧人一样，我驱赶着自己的羊群，开始漫长的旅行……

当岁月的梦醒来的时候，我依然在山区写诗，宁静而僻远的山峦苍苍茫茫，河流冰封，红辣椒挂在老家的屋檐下，村舍中升起袅袅炊烟……我的故乡情结使我对自然、对生命充满了敬畏。依靠着真实的生活，一些逼近的词语迫使我拿起手中的笔，给每一条河流每一座山峰每一个村庄写下恰当的诗篇。是啊，这就是山区，自自然然又特别本色的山区，我希望用真实的词语形容它，就像在秋天，苹果熟了的时候，数不清的红苹果挂在树上，是我梦想中的星辰，又是山区无比喜悦的心情的象征。而现在是冬季，无雪的冬季缺乏故事，阳光照在古老的城墙上，我坐在阳台上，让透进窗户的阳光落在方格稿纸的一角，我在这特殊的光与影中写作，风从屋顶刮过，这是个适合抒写苍茫和绝望的季节，我似乎感到，风开始撕扯我的声音，一颗孤单的心在焦灼地等待，一种不可捉摸的感觉席卷而来，以前拥有的光亮逐渐消失，灵魂陷落的时刻突然到来！

这就是西海固的冬天，山塬裸露，斑驳错落的村庄镶嵌在贫瘠的土地上，四野寂寂，一切仿佛都在远逝。许多时候，阳光隐隐闪现，整个山区的城镇和乡村，处在一种寂静的气氛中。宽广的记忆中，漂泊者的爱情犹如小小的灯盏，结在山区枝头的座座村庄，是我真实的家园。村庄中的干草垛，像士兵一样，等候着离家出走的灵魂。这就是西海固山区无雪的冬季，我找不到流动的温情的河水，但我常常怀念温暖的土炕之上朴素的日子，那窑洞中燃烧的炉火是我心中的美和光明，我该永远守护它。但我仍然在路上，我用双脚和双眼生活，尽力追寻着记忆中的场景，我越过了很多陌生的事物，我继续着自己的创造。

在这个平凡的季节，我的诗歌常常带着整个山区的疼痛和幸福，我的心情和这个冬天一样焦虑！

穹宇散文选

穹 宇

知遇的人

收到大洋彼岸美国的一本原版书《你打电话的地方》，前后还收到了标着加拿大元定价的一本国内民刊《中国诗歌在线》的样刊，都与网络与博客有关。

顺此感谢把我博客翻个底朝天的所有美女朋友们，你们是我最好的情人。

我把手头的工作干好，要不枉受你们的青睐。

只是自己——几个约稿，还不知何时完成，汗颜。

有好多人问投的稿子的情况，其实我比你们还急，想想，塞不进去，硬着头皮塞进去，不协调嘛，别难为我还有我的领导啊，我保证不为功利发稿，私底下没交易，我发表自己小说基本上全是在宁夏范围内的报刊上，曾在《人民文学》有一篇，那是被宁小龄先生从他们的公共邮箱里捞出来的，据我观察，周围的朋友对我这个说法感到有那么点不相信，他们说这个刊物老难上了，但确实是这样的，理应是这样的啊，这才是《人民文学》的常态嘛。还有

作者：穹宇，本名李向荣，1973年9月生于宁夏彭阳县城阳乡，曾先后在乡村小学、县城中学任教，现为专业作家，《黄河文学》杂志编辑。已在《人民文学》等杂志发表短篇小说若干篇，部分被《小说选刊》《中外书摘》《微型小说选刊》等杂志转载，有作品入选《2007文学中国》（花城出版社）等年选本和作品选集，出版短篇小说集《去双喜那儿》。曾被评为“西海固小说创作十颗星”之一，获“银川市文艺创作突出贡献奖”和“《小说选刊》年度排行榜优秀编辑奖”等。

一个小说被《小说选刊》和年选本选载啥的，选刊编辑是欣力，很好的美女作家，至今不认识，年选本的编者是林贤治先生，名字如雷贯耳，还是不认识。其实这个是原发在《黄河文学》的，几年前了，那时候，我不在这儿做编辑，在县城中学当老师。所以没有交换稿。做个清白的编辑我感觉特别好。

有好几个美女发纸条多次提醒我，晚上早点休息，我为自己比不上你们心疼我感到惭愧。我到现在还不会很好地照顾自己，一个成功的男人身后都应该有一个多事的女人——来管着我，我这几年情况特殊，夫妻分居两地，你们这句也许随口的话真的让我感到了很好的爱情。

编小说我很喜欢，就像一直和好多人谈恋爱，特别是女作者的稿子，这种感觉更强烈。不要想跑偏了，其实……男作者的感觉更更强烈，就好像“同志”爱，是一种超常规的爱。孰轻孰重，不说也明白。

感谢，真的，我是平凡的，但我不是大而不当的那种人，所以自认为适合做编辑。

说完了。感谢中央气象台，银川今天天气不错。

村子里的事

我说的不是我们所说的童年生活的村子的事，是“地球村”。

关于这件事，好像谈起来会很潮流，很现代意识。

我对好多宏观的东西，系统的东西一向很懵懂，在我校对一期稿子的时候，我看到有时候那些离得近的朋友总让人惊喜。之前，金瓯其实很喜欢我的，因为我会谈他的小说。实际上，如果偏爱一种文体，并且自己在实践创作，大致会不至于被难倒，所以，“陌生化”是我阅读短篇小说的期待，金瓯给过我这种阅读的体验。

阿舍把我的一篇博文转了，她就说我这么说她的小说她“很吃惊”，大致以为，我的说法跟她写这篇想要到的一个指向不太一致，事实上我那个是

说一些她里面的细节，比如写一个家庭主妇的愤怒，一个宴席上放开吃肉的村妇的吃相，还有之前的，比如决定怀孕或者伪装的盲人……，小说必须细处入里的。

事实上，阿舍没有制造什么麻烦，比如，指向不定，或者给阅读者设置障碍，在我看来，是不存在这种麻烦的。阿舍的这个“渔村”，是我文前第一句的这个“村”——地球村，在此意义上说，实际上她的想法和切入意识已经把我们大多数惯常的小说家们撂下一个距离了。刚才与一位外地作家交流时我大致说了这样一些关键词，全球意识、人类意识、生态意识、女性意识以及南方的想象。这都是阿舍这个新作给我们要思考的。

记得我们那个系列丛书（“文学银军”丛书）的研讨会上，有评论家说了阿尔诗歌的“世界性”，阿尔后来站起来说评价过高，不是这样的。那时候还以为确实是那个评论家由于时间匆忙，也是有些冠冕堂皇大而化之的随口说说。但当我校对一期阿尔的新的诗歌时，我深刻地感到那个说法不是那么貌似匆忙的一个评价。之前我从没说过阿尔诗歌的好，我大致是说，他人好，对他的诗歌就不评价，事实上就好像他在说“穹宇的小说”这话题时，会有一个停顿，后面舌头好像大的不利索起来，嘿嘿，我们都不好说。但这次必要得说，因为我突然发觉这个不注重发表的宁夏混子，是多么精致起来的了。

虽然还有好多好诗好文章在第一期，比如诗歌当中，杨森君和单永珍的，都是新的好的诗。但是我还要强调“二阿”的（就像我喜欢短篇小说“三卡”一样——卡夫卡，卡尔维诺，卡佛）。

这于我的本文标题相关，为“村子里的事”，为他们的小说和诗歌喝彩。

艰难的童真

做什么事也是有代价的，比如你做慈善事业，必须得有足够的实力，那你财富的原始积累，这个过程，说起来就很复杂了，为什么你会暴富，如果当初仁慈一点，让利多一点出来，也是一种功德吧？这个就很有意思了。

比如念庄子的人，可能就是入世最深的人。

充满悖论。

我有个小兄弟，在追求进步，有大小事及时汇报给领导的“好意识”，这样下去，也肯定进步很快的。

而我是个不入世的人，所以有关一些事，朋友们肯定不会让我知道，倒落得我的耳根清净。

不是我不会做，而是我不愿做，有些事，我肯定懂，说不定更敏锐。

有个美女编辑对我说，读了那么多书，学了那么多理论，得了很好的学位，在杂志社编稿，几年了突然间发现，编起来并没多大优势似的，怎么和大家一样呢。我一时想不出说什么。

以我做编辑的体会，我想也许经手的稿子至少底色是不一样的吧。

还有我的一位同学对我说，另一位同学追求进步，胆大，善于越级汇报工作，所以进步快。

我无言，因为我没有进步。

四十岁的男人，这么傻也就罢了吧。那一天喝的多了点，我就叨叨了，可能说的是自己没有职业荣誉感，那是因为，我不免要在标签社会中活着，恰好自己没有标签，不免失落。

阿谀奉承，打小报告，积极“走动”，投靠权贵，傍大款……总之，原先教育我们做个正派人的而不屑的龌龊事，已经被冠以这就是“本事”了，总之，“会来事”是夸你，“老实”是骂你，现在大家都知道好像也接受了这种评价。

我想起原先读“文化大革命”时期出版的一个小说来，关于描述“阶级敌人”或者“投机倒把分子”的那些人那些事，现在看来，怎么看都是正面形象的成功塑造，至少是一部分先富起来的那种人早知、觉醒和第一桶金的光荣往事。

宣传模范人物王振举说给亲戚收税的事，给子女不安排工作的事，不抽公家烟的事，怎么看，都好像是叫大家以他为榜样做个“没本事”的人，那意思是老百姓要学习他，像他那样更“没本事”吗？

大领导在视察，接见普通老百姓，握手了，交谈了，以我自己的体会，最好的老百姓，肯定不撵上前去的，他们在远处，怀着一颗敬畏和无限真诚的心，仰视着领导——

童真在悖论中艰难地呼吸，这就是我们的世界。

假 期

父亲安顿说，你一定要把学礼的婚礼参加了再回来。

说这话的时候，父亲已经在县医院的病床上了。他是帮我弟弟刨木料时，伤着手指了。我要赶回去时，他执意让我参加了这个婚礼再回来。这个学礼是我在乡下村小教书时的一个学生，也是我的邻居。上完国防生，在军区教导队服役。他父亲和我父亲是发小，是个乡村兽医，后来还是个很有名的乡间中药材贩子。我所知道的情况是，据听说我父亲跟这个人的父亲关系不错，我至今还是没能弄懂父亲总跟几个可以做他长辈的人关系要好。这几个人，现在都已经不在人世了。父亲让我一定去，因为我在银川。而且我记起来，就是这个人那一天把我媳妇看着娶到我家的，我们那一年买房子，最困难的时候，他还借过钱给父亲。他偶尔一次对我说过，在我很小很小的时候，父亲坐在我的旁边给我拉二胡，他在边上看，说他十几岁的样子。他比父亲年龄小一些，我都清楚地记得这个人的婚礼呢。

我在银川阿拉善饭店参加了学礼的婚礼后，搭乘他家从与我们村子交界的甘肃的王嘴子租来的大轿子车当天晚上赶回去直接到了县医院病房。这个开车的司机叫平安，而代表我们村的家门们来参加学礼婚礼的人叫永生，我还把在银川附近的灵武工作的万顺叫来参加了婚礼。从这些名字上可以感觉到婚礼办得挺好的。

父亲解开手上裹缠的纱布让我看,我看到伤口很深的,四个指头都伤了,中指最重,都缝了三四针,我感到了心里的痛。

我每天都到医院看他,他由母亲伺候吃喝。我知道他们又吵架了,看样子这次吵得还比较厉害,但我见不到这个场面的,他们在我当面不吵,尤其是母亲。我这期间抽空到县医保中心给父亲申请到了属意外伤残性质的医疗保险。也顺便在医院隔壁的城关派出所办好了我和女儿的户口迁移手续。

母亲住在县城,她跟我媳妇还有我女儿住一起,主要是接送小孩上幼儿园。父亲从银川给我看着装修好新房子后,就回县城待了几天,然后回了村子弟弟那里。出事的前一天,据说母亲给父亲打了好几个电话,第二天,父亲的手就受伤了,然后是弟弟将他送到了县医院,我媳妇给跑着看着安顿的。母亲伺候他,按时吃饭,可是他们吵。

我就单独跟母亲说了几句好话, 母亲接下来几天就不吵了。后来单位把我找回去了说参加年终考核,我就回到了银川。我上了几天班,接到父亲的电话,说又在吵了,而且不可开交。古尔邦节假,我又连夜赶回去了。第二天一早,弟弟从乡下赶到县城,我们就开了个家庭会议。这是我有史以来第一次主持会议,我是个不太操心的人,性格这样,别人看不出我是家里的长子。我才知道,母亲吵的内容其实不是就事论事的,她在顾左右而言他,我就知道了事情的缘由。我知道,我已经能够判别表象和实质的东西了,我都三十多岁了。

我理解母亲表达的方式,我不感到奇怪。我是她的儿子,我能够深切感受到这一点。其实母亲的脑子最好了,我小时候,什么东西找不见了,父亲说,你去问你妈。我母亲总知道它们在那里。我们一家人谁找什么东西,都习惯问母亲。我遗传母亲的想象力多一些,我爱好文艺,这点使我受益。母亲没有上过学,这却是个很大的不利。母亲其实有着某种艺术天赋,她给自

已抄了个电话通讯录，照着父亲的抄，我们都知道她不会写字，但她的通讯录，字很端正，她可以知道都是谁的电话号码，任何识字的人拿着这个电话通讯录都可以给对方打电话。我感慨于我秉承了她的一些艺术天赋。

其实，父亲的字也写得很好，除了曾经是乡村教师、小学校长、县教育局干部外，还曾是我们村最好的木匠，父亲做家具，体力不足就叫别的木匠同行来帮他，总是会被推脱，因为他们有压力。

在这个家庭的会议上，弟弟就提出来，回家后让他室兄哥把老家的庄子刷扫一下，我们一家都说好。他室兄哥是我们那个地方的阴阳先生。

我第二次回到银川的那晚的当天上午，父亲就回乡下去了。不曾想，母亲在第二天上午也自行坐车回了乡下。弟弟在电话里说，这回他们再没有吵。

老人们老了，像孩子般任性起来。比如，我弟弟年轻力壮的，做木工，父亲就非得自己上去刨木头，也不承认自己手脚毕竟不那么有力灵便了。母亲说好接送孩子的，再者也和孩子们是个伴儿。这样赶到乡下去了，我媳妇做着中学的班主任，一下慌了阵脚。

当时对他们说，待父亲手好了，春节了，也是我媳妇和女儿放寒假了，就把父母、媳妇和女儿接到银川过年，住几天。

我的心里一直隐隐的，我写过一个叫《左手》的小说里面就写了一只受伤的左手，我写过的叫《我们县医院》的一首诗里面就写到了县医院的外科大夫张生金，而这一次，父亲伤的就是左手，包着纱布躺在医院里，父亲告诉我说，他的主管和手术大夫是张生金。那一刻我对自己的文字产生了过多的疑虑：如果写的文字已经预言了家人的受伤害，那我写它干什么呢？

很男人，很女人，很中国

《色戒》和《画皮》，典型的中国男人手笔，如果换成西方导演和西方女子来演，断不会有汤唯、赵薇和周迅的优秀表现——十分情愿的表情一脸真诚——中国男人眼中的女人的样子——中国女人在中国男人眼中本来的样子。小说原作者张爱玲有着那样的甘心情愿，蒲松龄老先生怎么写也脱不了封建士大夫的那张“画皮”。

无论李安还是陈嘉上，他们在继续暗合当下某种潮流，或者，中国式男人，他们在品嚐着自己的一贯尊严。

李少红版的《红楼梦》《金陵十二钗》是否还继续《大明宫词》和《橘子红了》式的女子深情的形式主义的呻吟腔调呢？而宝玉这个曹雪芹笔下的叙事人物，是否会被她演化成一个中国女人眼中的中国公子？

刘晓庆的《武则天》最后说：我终究是李家的媳妇。

我们的影视依然是中国式的男尊女卑，多少年的流传。导演和女演员在作品中潜规则，呵呵，很男人，很女人，很中国。

女观众看得如醉如痴，接受着教化，浑然不觉或者心甘情愿。

《士兵突击》，一路上许三多在成长，班长、连长和袁朗，他在不断长大，康洪雷很牛，直接用摄影机写成长小说，他不谈爱情，没有战争，也要让女人走开。

我们村子，在毛泽东时代成年女人都有自己的名字，包括我的母亲，大人小孩都知道。

之前，是某奶奶，某太太，某表婶，之后是某某的媳妇，她们到底姓什么，得弄清小孩的姥爷和舅舅是谁。

尴尬了

参加了个研讨会，突然觉得好没意思，本来发表都困难的文字，却可以把最知名的评论家请来若有其事地评价，北京上海的几个，本地的几乎全部。听评论者的口气，一代文豪好像今日起横空出世了似的，说着比评价鲁

迅还要高的话能吓死人。却有人实在是为自己留有身份的一点尊严忍不住在冠冕堂皇中隐晦地嘲讽一句,引来会场一片会意的笑声;还有几个人只好绕到文体的概念里去;有一个新锐批评家,说我的大学老师来了,作为学生,我今天就不说了,我把时间留给我的老师来评价——也逃脱了。大家都心知肚明。

因为这个“伟大的思想家、文学家”是个文化官员。

大约媒体要把现场发表出来的,文字上,估计只会留下比评价鲁迅还要高的那些话了吧。研讨会发言纪要的话,缺点、不足和嘲讽的话发出来不是自讨苦吃吗?我想如果把被评论的人的原创文字附上一两篇,谁都别去润色加工,估计会把出席者和发言者全都给卖了。所以原创还是淡化了不发出来了吧,只提书名和篇名,谁也不知道写得什么具体怎么写,查无实据,这事就这么个混过去算了。

有个学会,开小型研讨会。俩作者,一个有一篇刚上了全国刊,还有点势头;一个呢,好像只适合给贺年卡画面配短句而已。却把大学教授请来评论,大家围坐一起,挨个就说“我没有细读……”很讽刺。

最近我收到本地一邮件:“老师,我是XX大学200X级现当代文学研究生,投来一个中篇小说,请您指导。”看时,三千字,疑是没寄完整。再联系,说是完整的。三千字的中篇小说?现当代文学在读研究生?我很困惑。还有一南方某大学现当代文学研究生给我博客发一纸条:“老师,非常想认识您。”跟着人家为了强调迫切愿望重复语气又发了一个:“老师,非常想认识在下!”我被某重点大学现当代文学在读研究生尊称为“在下”,我至今不知道如何回复人家。

评论家—文化官员—作者—在校文学专业研究生,这些这些事儿让我尴尬。

这就是文坛吗?

留 白

挫败感是我最早对一位朋友说的，大致是，在这个城市里，我在某一回挤最晚班1路公共汽车，抬头从前向后看满车厢的人，我才发现，基本上是较为年轻的妇女，还有几位老人。而像我这般年龄的中年男人，没有第二个。他们人呢？

我惊奇地发现，在我们县城，在小区的一家麻将馆里面，两块钱的小麻将，有公安局政委、县农行行长在打，当然他们抽的是软中华烟。这个事情，有点给我的假期一点微不足道的温暖。

翻了翻原来任教的中学出的校园文学作品集，突然想起，这个书中的文章都是先前我一篇一篇审阅过的，十年文学社指导老师，加上一枚至今还在使用的校徽，我想我对得起这个地方了。尽管我在那里一如我现在一样微不足道。

先前的朋友请我吃暖锅，说我就想和你在一起，没想当官没想发财，多么真实啊。这句话实际上刺疼了我，我说，其实我为我的如此行为不能带给亲人物质和世俗的幸福感到深深的愧疚。洒脱一个人，是最可恶的，如这一世的我。

先前，我是比较沉默的一个人，自从这几年后，渐渐地接触到一些城里和乡下的女人们在酒桌上听到黄段子也要放声大笑之后，我的男人的羞涩感也慢慢消退，开始主动讲话和发言。这导致了自己对自己位卑言轻的身份的现实估计不足，导致了对一些人的伤害。这种情况的直接原因其实是，由于没有动笔，没能把自己的敏锐和判断力付诸于小说当中，而是从嘴里说出来了。

我们的舞蹈

我被陌生女人邀请入舞池,我看她时,她的头勾得很低,相貌平凡,年龄看不出来,舞场的灯光其实是不明亮的,她跳得很认真,但是跳得确实不太好,我原以为,她会说点什么,但是没有。我那时其实想起几年前一回,也是一个陌生的女人,她也曾经请过我,当时,她还在舞池的边上自己舞蹈,很显然大家嘲笑她,因为她撩起了自己的裙子,她的长筒袜在大腿处一处开线了,我想人们就为这笑她,她跟我跳时说李老师,我知道你家小孩的事……她知道的情况其实比较完全,我突然有些心疼,不仅仅是为那个夭折的孩子……我知道大家在看我们俩,我没有管。她又过来说我请你喝一杯。我们来到吧台,她掏出钱包,底朝天,一毛钱也没有,我给她要了一杯,然后,我就请别的人跳舞去了。第二天,我老婆说听别人说昨晚你怎么怎么了,我什么话也没说,后来就陆续听人说她神经出了毛病,据说是个离了婚的女人。她好像当时对我说过,自己是县城某中学某副校长的妹妹。

当我和陌生女人跳完后,她一直没有抬头。后来,我终于在一个角落看到她,站着,再也没有跳,后来就不见了。在我跟她舞蹈的时候,确实在脑海中显现了这样几个字:那些花儿。

那么后来呢?

我最忌讳别人问这个,因为,也许已经不了了之,没有下文了,也就是说,有始无终吧。

刚开始,不论是谁,都是一腔激情和充满新鲜感,我们都会好奇,对未来,对随之而来的期待或者意料之中的意料之外。

就比如婚姻,后来,越来越没有交流,只剩下“她(他)是个好人”这最后的维系和良心。

现在,我们找不到当初的义无反顾和轰轰烈烈,或者跌跌撞撞的误解和喜悦,只有冷眼的寂寥和浑浑噩噩的自以为是的对对方看透了般的评定。

无病而终也好,有始无终也好,或者有一件事一句话一个早已注定的时刻,作为理由,一拍两散,从此不再提及,或者消失于彼此的视线和消息源。

也许,这个年龄,我们明白了一些事情,想要追回一点自己,或者留下一点最后的浪漫用以回忆,或者是告别自由的恐慌支持了我们,不甘心从此以后,定型为现在的、已然过去的和即将到来的轨迹、规则或者习惯。

但是,我们确实已经迟钝和迟缓,我们学会了冷眼打量对方和自己,投身其中却能够优雅地抽身事外。优雅到近乎完美,就好像从来没有发生过一样。

无耻的中年。

婆娑的恩情(外一题)

庄　农

在广袤的北方大地，树是零零星星的点缀，没有亚热带森林潮湿而散漫的气象，没有亚马逊原始森林的缠络与热闹阔绰，没有依山傍水的画意，也没有曲径通幽的妙处，只是一直沉稳的制造着奇迹，那些高尚的以及平凡的奇迹。

突然间有一次翻开一本旧杂志，杂志里有我 1997 年发表的一篇散文《一夜乡村》，散文的题目嵌在一幅画里。画面上有一座山，很浑圆，曲线分外精致、流畅，像哺乳期女人的乳房，山上有一棵树，插在地上，那树便是大地的乳头了，我很荒唐地想：这是大地给天空喂奶。树在那所梁峁上婆娑着，氤的人心里发困、口里发干，一种恹恹的醉醉的感觉就没来由的散漫开来……照片是黑白的，像小写意，执拗得很，熨贴得很，能抚平人心灵深处温情而疲惫的体验。

好美的一棵树啊！

其实，很多时候，我们都把树当成了一种风景，习惯地把她和阳光和鸟语和蝴蝶联系起来，组成美丽的想象；很多时候我们都情愿地躺在风景里，从闪闪烁烁的树叶的缝隙里等待幸福落地的声音，惬意的憧憬那些明媚得

作者：庄农，原名邵昭才，20 世纪 90 年代初开始文学创作，先后在《朔方》《散文诗》《青年文学》《六盘山》等报刊、杂志发表文学作品一百多篇，现供职于宁夏王洼煤业有限公司，为宁夏作家协会会员。

近乎灿烂的浪漫情节和温馨的细节，倘若在风景里引入一溪水，再引入一袭白裙的操琴者，在绿莹莹的朦胧的绿里活跃青春的旋律，诗意就泛滥生命纤细的季节里，挥发热情。

但这幅灰蒙蒙的画面，却意外地击碎了我某种近乎天然形成的观念。一种直觉告诉我，树，原是一种至高无上的恩情，以静默的方式翻译并接纳我们所皈依的一种精神。以亲娘的方式庇护所有的情结。

我一直在想，树也许是祖先的思想开始起步的地方，我们在树梢上裸奔，吸纳阳光、雨露、果实和林子营养丰富的气息，这种深谙的生命情结毋庸置疑的潜入我们的血液或者基因之中，仿佛母性柔柔的情愫，让人产生一种知倦而归的引诱，让人联想到根源一类的意念，这种意念在绿荫深处。洁净而隐秘、祥和而宁静，诗词一样的青草，笑容一样的鲜花，明眸一样的溪水，皓齿一样的栅栏，智者一样的尖顶茅屋，自在天然的先民……都在阳光下随风而舞，都在树的羽翼下软绵绵的孵着、弥漫温暖的爱意。

日子比流水还快，我们不安分的灵魂探出树叶的缝隙，渴求完整的太阳、开阔的原野、浩渺的水域以及遥远的地方如同灯火一样的呼吸，几十万年的时间里，依旧牵着碧绿的叶子生存和思想。

鸟在树上鸣叫着，仿佛从树心射出的歌谣，底气十足而又轻松自在。鸟是最先憧憬树的物种么？应该是。鸟在丛林深处学始祖鸟的模样长出了翅膀，又在繁叶茂枝中间建一个巢，把歌声和繁衍做得十分隐蔽而又十分诗意。我想，在鸟的经验里，树是家园、是安全、是理想、是一种居高临下的皈依，只是无论怎样飞翔，也没有飞出林子。而人类，尽管没有在树荫里长出翅膀，却在林子边缘长出了语言、长出了思想、控制了树林，在树下跪着哺乳，让每一片叶子都成为暗示。“思想是比翅膀更能远翔的东西”，因而，我们的诸多心愿都老实地依偎在树下，用稚嫩的目光打量着树和人生死相依的衷肠。

在所有的陆地上，树如同旗帜，指引我们生存、发展和思想的方向。在

贫瘠的西海固土地上，树就是活着的全部凭证，尽管荒凉，只要有零零星星的树在，人就有滋味的活着，树的身旁就有炊烟袅袅，就有孩子的嬉闹，就有一声鸡鸣，就有空旷的犬吠……树在干涸的土地上，瘦瘦的簇拥季节的轮回，默默地打量家园的一切。确切地说，在树的那点绿色抚慰里，人的心里就多了一份相对稳定的安然，或者农家小院，或者都市深处，树就是生命的宠物，在我们生活里构成一种特殊的呵护。

记得曾祖母慈祥地说，有树的地方，风水好，可住人。六曾祖母的蜡质微笑，光滑而又灿烂，在那半山腰上神奇着。后来我发现南北东西的民居，都在院子周围种上各种树，四季绿荫笼罩着，似乎院子也生气勃勃地活泛起来，仿佛福祉瑞气就会一圈一圈地散发着，弥漫着一种情怀，似乎所有的路旁都长着树整齐地抖擞着，你才兴奋地“走在乡间的小道上”，散漫而自在，仿佛一种自信油然而生，感觉前途很美好。那些整齐的树影从耳边擦过，听见甜甜的风声，嗅着焦烈的阳光，给你一种期待已久的幽默；甚至有写坟茔里也长着几棵树，茂腾腾地摇曳，叶子阔气得像一种手势，随风而舞，呵护着先人镌刻沧桑和梦幻的墓砖，搅扰着那些作古的名讳，让人觉得一种安慰直达心灵，盈盈填补骨头，庇佑一种繁华和荣耀。

树是一种昭示，民以食为天，我们仰望一棵树，其实在仰望那些橙黄的果实，在长些，有点情窦初开的意思，我们仍在仰望，仰望一朵花里所承担的芬芳；长的再成熟些，我们仰望一只蜂的歌唱，释放着生命中多余的一点能量；那么有一天仰望一片旋转而前的叶子的时候，对生命的某些感悟会走上一声意味漫长的唏嘘；行将就木的老人，肯定在仰望那洁净的树干，希望用树干作成一个盒子，把生命最后的遗物盛进去，种在土地里，幻想长一株奇妙的植物。

树就这样在我们的视野里和生命里恍惚着、引惹着，仰望树的时候，树就解开了自己的纽扣，敞开了胸怀，这个瞬间，我们就成了小草，在树的隐蔽里，雀跃成长，把自己努力成一棵树。

树同时也是一种宗教。树下培养了生命中难以割舍的情结和生命中熠熠生辉的感悟。一棵大槐树，在不远不近的山西，似乎所有的华夏儿女都是在那棵树下用山草遮盖住羞处，扶老携幼，寻找扎根的泥土。用落叶的方式流浪，用种子的仪式驻足，在华夏大地上茂密着，但至尊神圣的怀念、回味和荣耀，都与大槐树有关，树是根源一类的暗示。

一棵大杏树，在儒雅清逸的曲阜，多年前的先生，用一种慈祥的智慧对一群后生诠释人生的诸多意义、生命的种种意趣，回得执着也罢，点得潇洒也罢……，都在杏花调零的时候，把一部儒学著作看成果实青涩的标本，回荡在我们血液深处；也在杏花绽放的时候，把安逸的风气侍奉为一缕清爽蒙昧的春风。杏树下，一种蜕化开始了史无前例的演义，开始了疗救灵魂的诊治，几千年风雨飘零；杏树下，有一条坚硬的路，记载提升思想的痕迹，呵护敏锐的双眼，靠近智慧的胸膛，让哲学汁液浇灌一个种族大气而皴裂的灵魂。

域外亚热带的一棵菩提树，郁郁青青，王子在树下冥想生老病死的溯源，在七天七夜之后，他一定看见了撒满阳光的露珠下那个闪烁阳光的叶子上徐徐降落，在接近泥土的刹那蒸发为天空，于是“色”也罢，“空”也罢，都是一样的韵致，天下大大小小的义里，都在这方寸土之中了了于心，人生也不过是穿过树叶洒在地上的阳光玫瑰，生命也不过是露珠在奔向大地的蒸发过程，艰辛而无化，张狂而渺小，满眼空无一物的王子，成了灵山之上的佛陀，主宰苍生空灵的精神地域，把月亮掬在手中，把和风系在须上，把万物渗在水上，把季节别在身后，看云卷云舒，听花谢花开，来自来时，去向去处，使一种宗教长成奇迹，放大了人类的思想。

此时此刻，一种母性的情怀，一声天堂的足音，一种家园的仪式，一种教徒的虔诚，一点回归的启迪，一抹温暖的引诱，一缕梦想的光芒，都在树下等待生命返璞归真的本相。

树，总以一种天然的别致吸引了所有的物种，叶子内外，阴晴之间，春秋更替，树总以安静祥和的姿势接纳、融化、启迪所有的生命意图，在我们的骨

髓深处扎根，涵养平安、涵养如意、涵养吉祥、涵养思想、涵养灵魂之气，让一种形象抵达另一种形象，缱绻生命中最为可爱的光亮与慈祥。

树是我们生命中的特殊引诱，不管你承认不承认，总是以充满磁性的方式，视端容寂、了无痕迹、素面朝天的俘虏了我们的灵魂深处那隐秘的愿望。无论什么风向，无论什么环境，树，以绿绿的色泽，让你心灵空寂；以婆娑的姿态，让你思绪归真；以梦幻般的平和，让你生命认同；以智者的慈祥，让你劣性尽敛。树原本是我们生命中的根源，吸纳所有的生命形式，昭示繁荣与萧条，丰厚和贫瘠、大气和猥琐，开阔与狭隘，让你用千百种不同的方式靠近一种唯一，在另一个春天的领域，捧起梦想和翅膀，为你所有的行走祈祷。

合上那本旧杂志，树仍滞留在眼底，栩栩然的绽放着一种思想，叩问你在天底之下呵护一切的雅量。

走出门外，我看见，一只猫伏在树下，闪烁着迷离的双眼，陷入冥想。一群鸟盘旋的树梢上，体验一种天然的循环。也听见一声婴儿的啼哭声，伴着晨露从树叶的深处徐徐渗出……

生长的声音

小时候，语文老师讲得最生动的一首诗是《悯农》，老师说谁瞧不起农民谁就不是人。老师是亦工亦家的角色，七块钱的工资外加工分，老师讲“谁知盘中餐，粒粒皆辛苦”时，用柳条做的鞭子指着我的鼻尖问：谁最辛苦？我站起来，指着后脑勺，嗯叽了半晌，突然想起麦子，就大声说：是麦子。教室里短暂的寂静之后爆发出了笑声和哗啦啦的倒塌声，老师大怒打手心，并痛心疾首地呐喊：孺子不可教也。我那时傻，没有在意老师的痛苦。

以后，我看见麦田就觉得亲切，那密集自在绿色的植物，在阳光下晶莹得母亲似的，在风中自在得舞蹈似的，在雨中清纯得处子似的，在云下散漫得羽衣似的。零零星星地羞痛了双眸，使我浑身发紧，旋风一样的感觉，把一种生长过程渲染得触目惊醒。

守住一畦麦子，生命中诸多的体验都澎湃、惊悸，甚至有点张扬。几十年的风雨漂洗，开始褪色的情绪里却一直横着一种意念。在脑海里冲撞，只有靠近麦田这种浮躁才会宁静下来。

当初回答老师的那句错话，如今却十分准确地烙在生命的那个隅角，期待一个抽象的春天。

种子是一种欲望，那种欲望是与生俱来的。种子想用自己的生长方式来占据天空，充满霸气，横刀立马而不可一世。青春的麦苗，真诚地感受着阳光舔过的温馨，仿佛一幅率真的油画，宁静而平和的闪烁着清凉的光泽，散发一缕淡雅的芬芳，在午后的平静里，塞满心头所有的隅角。风轻巧的拨弄着叶子，那细微的娇弱的沙沙的声音，在反复的摩挲之中，仿佛一首简洁的童谣，晶莹的玲珑的透明着、明媚着、爽朗着。

无时无刻的生长，微妙而隐秘，神奇而悄然，倘不是隔些时日，断不会发现麦子涨潮的迹象。这执着的过程，牵引着麦子的希望，或者说是梦想，将种种的努力都做成了歌声。

麦子按梦想的线索穿越风雨，穿越阴晴，穿越偶然莅临的灾难，穿越季节更替的疼痛，高举灵魂，想把他们送入浩渺的天空。我知道在麦子的生命中，它依靠时间的颗粒，用赤裸的语言在诉说着它们梦想的蓝图。麦子成长的方向就是抓住那云朵一样的梦想，这个梦想里只有麦子自己知道。麦子的肢体语言，我们解读着：或者是为和一只鸟的翱翔，或者为和一朵云的自在，或者为了清晰太阳的面容，或者为了高远地方那种潜在的呼唤。麦子疯狂地生长着，痛苦地延伸着，想摆脱大地地吸引，想摆脱根系地羁绊，但麦子仍然明白大地和根部是她靠近天空的唯一根源。

麦子在梦想的天空和实在的土地之间彷徨，然而蓝天之上的那种情愫日渐清晰，又令麦子迷醉。

麦子膜拜着我们无法知晓的天空，那咔嚓生长的声音有一种撕心裂肺

的苦疼以及有着千百次拔节过程中的痴迷。仿佛一种绿色的旋律被阳光揪起,被和风托起,被天空吊起,被云朵惹起,垒砌成一种精神的意象。浩渺而辽阔的天空是麦子梦里的花朵,阳光仿佛一个温柔而诗意的隧道,是麦子永远向往的住处。麦子神情虔敬,麦子心潮澎湃,麦子的想象力姹紫嫣红,麦子的热情覆盖了天籁的喧嚣,麦子急切地唱歌,歌唱太阳,麦子明白:太阳是天空之外一个巨大的洞穴,那里有温暖的所有意义,有激情的全部内涵,有光明的象征样式,有甜蜜的纠结,有永远幸福的格式,太阳是麦子真正意义上的向往。

万物生长靠太阳,太阳给了麦子生长的勇气,给了麦子做梦的空间,给了麦子独特而微妙的热情。

太阳成就了麦子的偶像。

然而秋天一袭黄裙,用干巴巴的口哨声警惕了情愫饱满的麦子,麦子没有发现阳光用一种冷淡斜视着自己,麦子身心俱佳,麦子仍每天重复着阳光热情而明媚的笑容。

麦子没有来得及喊“疼”,一柄寒光闪烁的镰刀把他和他迷醉的想象放倒了,麦子所有执着便支离破碎地散落了一地。伤心的麦子发现天空更远了,阳光的隧道里没有一粒籽实跃进去。

失去知觉的麦子被捆绑着运进一个场地,一块飞动的石块剥夺了它所有的情怀,麦子被关进了一个叫仓廪的房子里,麦子突然发现阳光的影子仍不时的照在那座房子的墙壁上,薄情得很,一眨眼便不见了。这种遗憾是伤心伤肺的。这是麦子真切的痛。

雪花之后是春天,麦子又一身阳光,以种子的身份感受土地湿润的呢喃。麦子骨头深处的一种欲望又活泛了起来。一个早晨,麦子看见了清爽的光亮氤氲了起来,麦子用嫩生生的眼光打量着天空,和那个光芒四射的光穴,麦子就认定,光穴是她遥远的天堂,是收留她全部精神的寄托。麦子又重新意气风发,尽管残存的记忆里那冰寒光闪闪的镰刀仍会偶尔划伤她最为末梢的神经，但一束光束仍是无法替代的牵引，仍是难以割舍的魅力，那是麦子毕生需用心呵护的“虚无”。

麦子沉浸在又一种天然的轮回之中。

难道放弃真实的籽实，去追逐无法靠近的明媚，是一种美丽的错误，还是错误的美丽？难道我们一生的梦想是生命唯一的支撑？

麦子的辛苦只有麦子自己知道。

谁甘心情愿的背负一种缥缈地包裹，让梦的枝杈成为唯一的拐杖？

谁看清了无言的结局，又将风声搓成一种走向彼岸的旋梯？

我突然明白，生命以锋利的方式靠近梦想的时候，崩塌的恰是生命本身，而梦想会幻化成一种声音，从骨头深处开始艰辛的萌芽。

西海固速写

张 嵩

西海固，不知从什么时候起就成了一个地理名词，近几年间，西海固在全国也渐渐有了些名气，并不是因为这里有什么名胜古迹，或是发现了金矿、煤田，而是因为贫穷。贫穷就像痼疾一样深深地困扰着西海固，困扰着这片满怀期望与深情的土地。

连绵不断的荒山丘陵，像一条条巨大的长虫蜿蜒、盘亘在西海固的每一寸土地上，首尾相接，纵横起伏，隆起来是山峰，沉下去是沟壑。山与山之间由河水冲积成的不是很宽的川道，由于灌溉条件较好，而成为山里土地中的"天心地胆"，城镇村落也大都聚集于此，占据了不少"有利地形"。其余百分之八十以上的耕地都是开垦的山梁坡洼，根本存不住少有的雨水，大风一起，种下的粮食就会被连根刨出。西海固的农业除了广种薄收，就是靠天吃饭。

大山深处，在每一道山梁的避风或向阳的地方，都坐落着几户人家，显得很零落。同是一个村的，你住在山的东面，他住在山的西头，中间隔一道长长的深沟，有事喊一声听得清清楚楚，但要走起路来至少需要一顿饭的工夫。傍山而居的人家，依崖凿几孔窑洞，一孔住人，一孔是厨窑，一孔蓄存粮

作者：张嵩，1963年8月1日生，1979年7月毕业于彭阳中学。现在自治区政协任职。20世纪80年代初开始文学创作，在海外及国内报刊发表诗、散文、散文诗300余首（篇），作品入选《中华当代边塞诗词精选》，著有散文诗集《遥远的岸》，宁夏作家协会会员。

食或柴火或圈养牲口。空落宽敞的庭院，也没有围墙，一只狗、几头猪、数只鸡，另外还养有猫、羊、驴、牛之类，大牲口拴在树桩上，小动物来回逗趣，自得其乐。一家之中能同时看到有七八种动物，这在山里人家中并不稀奇。住在偏僻的大山沟里，几乎没有什么交通工具，干啥都得步行。走在弯弯拐拐的山道上，大风一吹像晃来晃去的绳，一边是陡坡，一边是悬崖，着实叫人心惊肉跳。在西海固东部的深山里，前几年许多人还未见过汽车。有一次，山外不知怎么开进来一辆卡车，由于路窄坡陡翻到了沟里，生产队长一看，这家伙比牛还大，就喊队里的人分汽车肉去。当然这是一个笑话，褒贬不说，足以说明山里的落后与闭塞。

西海固十年九旱，除了粮食连年歉收外，深山沟垴的饮用水也很奇缺，吃水常常要到很远很深的沟底或泉坝处用牲口去驮。在清晨曦光微露之时，在黄昏太阳即将西沉之际，就会传来驮水的人吼得“花儿”漫过苍凉的山野，听来有一种牵人心肺的感觉：

山梁梁来个沟垴垴
不见(者)长一根草草
吆上个驴娃子驮水水
十里八里(么)跑断个腿腿
下坎坎那个爬洼洼……
汗水(者)湿透了褂褂……

西海固的旷野与山塬上，最具野性的是风，风沙起处，一片黄风土雾，刮得人睁不开眼睛。西海固的人皮肤都比较粗糙，红脸蛋儿是最明显的特征。春秋两季几乎天天刮风，不要说生活在尘土飞扬的乡下，就是在城镇的柏油路上行走一会儿，都会变得蓬头垢面，风沙满身。即使是最恬静的夏日，有时连续几个晚上都是风打门窗，树枝摇曳，不羁的风声凄厉着吼个不停，

使人难以入睡。

风刮走了天上的雨云，风汲干了地上的流水，风助旱势，四五月麦秆抽穗孕实的时节，几场大风，麦子就枯个半死。恶劣的自然环境，是西海固贫穷的症结之所在，生存的地域无法选择，但祖祖辈辈生于斯长于斯的人们，那种在苦难中顽强的生存精神，与自然抗争的精神，却常常令人感动不已。在贫瘠的土地上，备受生活磨难，穿着补丁摞着补丁衣裳的我的乡亲，在风沙中扶起一株株倒卧在地的秧苗，像扶起跌倒在地的孩子一样，轻轻拍去它们身上的泥土，默默地不吭一声。在烈日的暴晒下，他们担光储存的窑水，舀完了坝堰的蓄水，再给秧苗浇洒上自己的汗水，也不能断了世世代代对粮食的虔诚。听一听这饱含着辛酸的"花儿"吧，是多么哀怨凄怆，它也是西海固自然条件的真实写照：

山里头那个西北北风
刮得(者)一时时不停
树上刮没了树叶叶
能把天上的日头(者)刮跌
泪眼眼对着风线线
你再不要(吗)刮咧……

望着个能晒死人的老天爷
你的心儿(么)狼得慢些
照着(者)活命命的麦苗苗
你就下上个一滴(么)两滴……

尽管西海固是苍凉的，山川沟壑中充满着艰辛，但生活在这里的人们依旧执着地爱着这片土地。

西海固流淌着搏动着的也是祖国的血脉，现在扶贫攻坚的希望工程已经启动,改土治水、打井挖窖、植树防沙、吊庄搬迁,都在循序地进行着，希望之神并没有将这片土地遗忘,西海固终将走出贫困的峡谷,而它积淀下来的厚如黄土堆积层的纯朴的乡情、憨实的“花儿”以及在这里的人们顽强不屈的与自然抗争的精神,都将深深地植入每一个熟知它、热爱它的人的心中。

千里之外，我追寻着你

——深圳游记（外二题）

马江驰

2011年11月23日至12月23日，在固原市委组织部和教育局的组织下，我有幸参加了宁夏第四届赴深圳中小学研修班，闲暇之余，游览了深圳的几个代表景点，略有感触，是以记。

莲花山

24日下午，我们研修班40人，在班主任姚冬苹和副班长唐玲的带领下，乘大巴来到深圳美丽的莲花山公园。

这个季节，西北人来到沿海，天赐良缘，不热不冷，爽快舒适，神清气爽。

莲花山与其说是山，倒不如说是海边的一座小丘陵。山不算高大，但很美丽，天然的原始森林与独具匠心的人工绿化有机搭配融合，绿草如茵，古木参天，老藤缠绕，鲜花盛开。拾级而上，山上是一座邓小平青铜塑像，他面带自信和蔼的笑容，目光如炬，矫首昂视，做昂首阔步状。塑像让人又看到了那个曾大刀阔斧推行改革开放，带领中国人走上富裕路的一代伟人，心

作者：马江驰，1970年1月生，现任红河中学校长，宁夏杂文学会会员。《"奸人"不该古今异义》获宁夏第六届杂文优秀奖，在区内各级报刊杂志发表小说、散文、杂文100多篇。

中肃然而生敬意。

站在莲花山顶，眺望四周，一切尽收眼底，只见各种风格的现代化建筑鳞次栉比，错落有致，在高楼空地和街道两旁，种植着各种热带花草和树木。现代化街道、立交桥、摩天楼、南国华草、热带树木……一个经济特区的不同凡响的气息扑面而来，令人窒息。

我知道，这座城市，就是这位慈祥的历史老人用他那如椽大笔画的那个圈，那一笔，饱蘸着一位政治家高瞻远瞩的智慧，饱蘸着中国人民的儿子的无限深情，饱蘸着一个民族五千年艰苦卓绝的探索，力透纸背，惊天动地，空前绝后。那一笔，画出了一个城市的未来，一个国家的未来，一个民族的未来。那个圈，会永远被历史收藏，成为国宝。

龙的子孙不会忘记邓小平，他老人家理当站在这个城市的制高点，不，他理当站在华夏历史的制高点，慈爱而犀利的目光击破时空的束缚，穿越历史的迷雾，亘古地注视着这个城市，注视着这个城市的南方，注视着整个世界。

世界之窗　锦绣中华

26 日，正常休假，借此机会，我与参加培训学习的几个同学相约参观了深圳的“世界之窗”和“锦绣中华”。

从宾馆出发，走不了几步，便到了地铁口。深圳的地铁共有四条线，图示简洁明了。虽是无人售票，但操作简单方便，很人性化。也许是周末人们大多在家的原因吧，乘地铁的人不太多，一上车便很容易找到了座位。一会儿工夫，便到了“世界之窗”。

“世界之窗”，顾名思义，就是展示各国标志性建筑和特色文化的一个窗口。走进这个主题公园，世界各国的代表雕塑和建筑扑面而来，让人目不暇接。所有的作品虽都是按一定比例仿建的，但严格遵循原建筑的结构风貌，只是缩小了一定的比例。仔细观察，发现所有的仿品不但不是粗制滥造，而

且用料极其考究，每一处都精雕细琢，哪怕是一块砖头，一片瓦当，或是一抹颜色，足以把你带入那个魂绕梦牵的神秘国度，足以让你身临其境，流连忘返。中国有一些古语，“窥一斑而知全豹”，“尝一脔肉而知一镬之味，一鼎之调。”此时此刻，你不仅能感受到中国古人的高深，中国古语的精妙，更能佩服深圳人的智慧和创造力。

在这里，你可以尽情地欣赏世界雕塑大师的经典作品，可以在侏罗纪与恐龙来个零距离的亲密接触，可以乘着电梯登上埃菲尔铁塔一览深圳全景，可以昂首阔步地穿过凯旋门感受胜利者的骄傲与豪迈，可以与美神维纳斯尽情合影，可以一睹美国白宫的风采，可以尽情地在莫斯科红场游玩，可以在英国的巨石阵里捉迷藏，可以让尼亚拉瓜瀑布的蒙蒙细雨淋湿你的面颊，可以大胆地猜测斯芬克斯之谜……

从“世界之窗”出来，往东不远，就是“锦绣中华”。沿着深南大道，悠然而行，这条大道，绿化得很好，两旁是高大茂盛的高山榕树，榕树后面“时有幽花一树明”，一打听，才知道那就是大名鼎鼎的紫荆树，树墙的后面，是各种富有创意和不同内涵的青铜塑像。树丛中，鸟儿呢喃，花朵上，蝶舞蜂喧。放眼望去，楼房在园林里探着头，树木在楼房间错落有致地生长，花草则见缝插针，或是树底，或是桥边，或是阳台，或是楼顶，一朵朵，一株株，一丛丛，一片片，生机勃勃地生长着，争先恐后地点缀着这个美丽的城市。楼在林中，林在楼间，花草处处点缀。

进入“锦绣中华”主题公园，发现其布局分为两块，一块是中国各地的名胜古迹，一块是全国各少数民族的风土人情。“名胜古迹”的创意与“世界之窗”几乎一样，都是采用微缩的手法，集中展示了全国各地的名胜古迹，其做工之考究与“世界之窗”一模一样，无论用料，还是做工，都精益求精，如果不是比例缩小，足以以假乱真。最让人印象深刻的是空地的花草树木都是精心挑选，刻意修剪，合理搭配，处处有绿，时时有花，且与建筑主题搭配得天衣无缝。假山乱石，江河湖泊，幽径回廊，小桥流水，雕栏玉砌，亭台楼阁，精致绝伦,美轮美奂。“民族风情”不只是几处民族建筑,与众不同的是这里全是生活实景,每一处的少数民族,有自己民族风格的代表建筑,有真实的生活用具,有真实的人在活生生地生活。游客可以观赏,也可以融入他们的生活,品尝他们的美食,领略他们的民风民俗,交流相互的感受。

一日之间,两园之内,已经尽情地领略了古今中外的名胜古迹风土人情。虽多少有点没身临其境的遗憾，但如此高效而经济地饱游足以让人兴奋不已。

兴奋之余,又引人深思。深圳,以前的一个小渔村,短短的三十年,座座高楼拔地而起,城市发展一日千里,经济建设如火如荼。似乎一夜之间,在深圳海湾,又崛起了另一个香港。

这是伟人的智慧,也是深圳人的智慧。深圳历史短,无文化古迹,无历史遗存。就像北京不能没有故宫,西安不能没有秦始皇兵马俑,杭州不能没有西湖,南京不能没有中山陵……一个城市,缺少了这些,就缺少了积淀,缺少了厚重,缺少了磁性。但聪明的深圳人用穿越时空的智慧弥补这一欠缺,他们用高度浓缩的艺术手法,似乎在时空隧道里,充分展示了人类的历史文化艺术,也展示了深圳人的无穷无尽的想象力和创造力,充分诠释了“古为今用,洋为中用”的精神内涵。

深圳用开放热情的胸怀吸纳融汇消化着中国和世界的多元文化,中国和世界也慷慨地用丰富的文化营养滋润着这个年轻的城市。

深圳，你用开放博大的胸怀揽国人和世界人你的怀抱。世人也将继续用慈母的目光关注着你这位年轻的王子。

大梅沙

大梅沙是一个小海湾,位于神奇秀丽的南海之滨、风光旖旎的大鹏海湾、深圳特区的东部。三面环山,南面正对大海,沙子细绵,海水湛蓝,海风阵

阵,波涛层层。今天是礼拜天,人们携家带口,呼朋引伴,堆沙堆,看游艇,击浪花,完全忘记了经济特区的高节奏的生活压力,释放着心中的块垒,享受着大自然慷慨的馈赠。我们几个旱鸭子,一见到大海,极度兴奋,除了拍照,也甩掉鞋,在沙滩上尽情地奔跑,让沙子舒服地按摩脚心。甚至忘记了自己完全不会游泳,脱掉衣服,扑入大海怀抱,与大海来个亲密接触,海风的清爽,海水的咸涩,海天的一色,让人如释重负,深压在生命底部的自然性情顿时被撩拨得激扬起来。

金色沙滩,蔚蓝海水,朵朵白云,点点白帆,阵阵椰风,多姿风筝,碧绿山峦,缥缈海岛,让人不由自主地迷恋上更加辽阔的南海。记得小时候,在小学课本里读《美丽富饶的西沙群岛》,对南海无限神往,今天,我终于扑进你的怀抱,任你的波涛温柔地梳理我的头发,抚摸我的肌肤。

在惬意的享受中, 我忽然有了一种莫名的愤怒和伤感。南海原属于我们的 53 个岛屿,我国才占了 8 个。现如今,南海诸岛主权归属问题,在日益复杂的国际形势下,错综复杂。80 年代以来,为了争夺南沙海域丰富的石油、天然气资源,越南、菲律宾、马来西亚、印尼、文莱等国大肆瓜分我领海和岛屿,疯狂开采当地油气资源,对我国利益和领土主权造成了严重侵害。

其实,南海诸岛绝不是无家可归的孤儿,他有根,他有家,他有妈妈,他的心始终朝着北方对岸,他不姓越,也不姓马,他有他成长的记忆,他有他魂绕梦牵的家。

他能听到母亲对他声声呼唤, 海风中送来了徐千雅的《我的南海》: "……你是我心中最近的边疆,勇敢的人啊在为你守望,任沧海变桑田,不变我的诺言,祖先的叮咛永远不会忘……"

东部华侨城

今天是礼拜天,与几个朋友约定,前往东部华侨城游玩,大约半个小时的车程，便到了目的地。这是一个依山傍海的海湾，三面环山，南面是碧波荡漾的大梅沙海滩。其地理环境与青岛的崂山极其相似，但没有“海上第一山”奇丽秀美，也远远没有崂山悠久而令人神往的人文景观。但智慧而开放的深圳人因地造势，巧妙地利用此地的山水，极力打造了一个集各种游乐于一山的游乐城。游乐城里有咆哮山洪、木质过山车、云霄飞龙、登峰造极、童趣乐园……在这里，如果你有足够的心理承受力，可以尽情地挑战心理的极限，感受极度的刺激。

一路玩来，感受最深的不是各种世界顶级的游乐设施，而是这里的交通。交通方式有公路、缆车、索道、电梯、台阶、滑道、小道。各种交通设施巧妙地把各种游乐场连接起来，如果你想直达山顶，可以乘坐大巴，直奔山巅，北望深圳林立的高楼，南望大梅沙湛蓝的海水和缥缈的海岛，海风涤荡，心旷神怡。如果想曲径通幽，你就选择斗折蛇行的小道吧，一路慢走，一路游玩，优哉游哉，无限惬意。如果你体力好或想游玩锻炼，那就选择台阶吧，一段阶梯，一段平地，绝不像泰山的十八盘，让你走到中间，疲惫之时，欲上不能，欲下不能。在这里，精神时走走，疲劳时歇歇，高兴时玩玩，不亦乐乎。如果体力不济，那你就选择电梯吧，这里的电梯几乎让你不用走路，可以从山下一直到达山腰。到了山腰，你既可以坐缆车，也可以坐索道。坐缆车，一路上欣赏轨道两旁的奇花异草，坐索道，在高空荡荡悠悠鸟瞰山色海景。坐滑道，必须是下山，在风驰电掣中感受速度的快乐。一路玩来，你会发现，这里把各种交通和游玩巧妙地交融起来，无论哪一种方式既是交通，又是游玩感受，这种创意极具智慧，这种智慧是深圳人的品格。

也许，有人说，这里的山没有名山大岳雄奇秀丽的自然景观，这里的景没有厚重久远的人文景观。但绝不会有人轻易否定这里。在这里，你感受的是速度的刺激，极限的挑战，心理的承受，游乐之余，是压抑的极大释放，心理的极度放松。深圳是个高速度的城市，平时人们压力大，生活节奏快，但周末很休闲很享受。而华侨城的游乐项目与这种生活达到了如此默契的吻

合，这也许是这座城市与众不同的景观和文化。

与“世界之窗”和“锦绣中华”一样，徜徉在“华侨城”，你在佩服深圳人智慧的同时，不得不佩服深圳人的创造力与细致，在这里，一日之内，一山之中，你完全可以享受到世界顶级的游乐项目。虽说山有假山，但惟妙惟肖气势逼人，瀑是人工，但不缺“飞流直下三千尺”的气势，树有移栽，但与自然有机搭配。在这里，除了路面交通建筑，你很难发现裸露的土地，一片软软的草坪，一畦吐蕊怒放的鲜花，一株搔首弄姿的树，一盆造型独特的景，一笼呢喃的鸟……就像苏州园林的创意，无论何时何地，你视线的前头总会有意想不到的惊艳。

在这里，是绝对拒绝敷衍塞责和粗制滥造的，在这里，是一种沿海特区兼容并蓄的大气和精益求精的品格。

菩提祖师的“盘中暗谜”

“孔子弟子三千”，但“贤者”只有“七十二”，不知孔圣人的教育有没有“盘中暗谜”的潜规则？也不知这七十二贤者是否受益过孔子的“后门”教育，才如此出类拔萃？但菩提老祖的教育却实实在在有“盘中暗谜”的潜规则，孙悟空从“后门”教育中受益匪浅。

话说那猴王到了灵台方寸山，拜见了菩提祖师，得了姓名，怡然踊跃，作礼启谢。祖师登坛高坐，唤集诸仙，开讲大道，讲得天花乱坠，地涌金莲。孙悟空在旁闻讲，喜得抓耳挠腮，眉开眼笑，忍不住手舞足蹈。这个不遵守课堂纪律的猴子竟然得到了祖师的青睐，但他对“道”字门中三百六十旁门不感兴趣，他要学的是长生不老的真本事。对于如此无状的学生，祖师走上前，将悟空头上打了三下，倒背着手，走入里面，将中门关了，撇下大众而去。正当同学们惊怵埋怨时，那猴王已打破“盘中暗谜”，暗暗在心。原来他心有灵犀一点通，祖师打他三下者，教他三更时分存心；倒背着手走入里面，将中门关上者，教他从后门进步，秘处传他道也。子时前后，他从那半开半掩的后门来到祖师寝榻之下。祖师见他破了“盘中暗谜”，十分喜欢，便传他长生之妙道，七十二般变化，一筋斗就有十万八千里路的筋斗云。三年间，每当夜深人静，可怜的是其他的同学还在呼呼大睡，殊不知悟空已得了这般好事。

“小灶”的滋养，让悟空学了浑身的本事，艺高人胆大，他有恃无恐，藐视天地鬼神，演出了龙宫借宝、大闹天宫、西天取经、降妖镇魔的传奇神话，修成正果，成了众星捧月的明星，拥有众多的粉丝。自古名师出高徒，而今是高徒出名师。悟空的“火”，让菩提老祖也”火”起来，烈火烹油，鲜花着锦，成了赫赫有名的“名师”，一时声名鹊起，如日中天。求仙问道者慕名而来，他门庭若市。对于众多弟子，菩提老祖在课堂上摇头晃脑，大讲三百六十旁门，对于正门中的长生之妙道等却只字不提。

这众多弟子都是凡夫俗子，懵懂愚拙，哪里像灵猴，对于菩提老祖只是顶礼膜拜，对于课堂所讲只是牢记在心，哪里能悟出其中禅机，即使菩提老祖用戒尺把后脑勺敲烂，也不解“盘中暗谜”。这样一来，可就急坏了菩提老祖。这几年，在经济大潮的冲击之下，他再也耐不住寂寞，解放思想，与时俱进，千方百计，广开财源，积极开发灵台方寸山的旅游资源，招商引资，吸引香火，大办学堂，四处讲学，紧锣密鼓地进行原始积累，时刻准备着三星洞的上市。而课堂之外的有偿家教是他收入的主要来源，看着讲台下一群傻里傻气的土老帽，菩提老祖喟然长叹：“真是一代不如一代！”看来“盘中暗谜”需要给弟子们点化，于是在课堂上启发点拨，为了弟子们早日得道成仙，修成正果，他愿意牺牲宝贵的休息时间和假期的旅游，忙中偷闲，在课外办几个辅导班加强，地点就在后门外的学堂里，有需求的请和本仙的书童联系，电话：51851851888，明码标价，按小时收费。

果然奏效，马上就有几个家庭经济条件好的弟子交了学费，每到周末，菩提祖师便关了中门，打开后门，登台高坐，大讲长生不老之道，附耳低言暗传七十二般变化之口诀，手把手演练筋斗云之妙法。而在课堂上，他虽然滔

滔不绝，但对道法之要宗却浮光掠影，蜻蜓点水，浅尝辄止。暮去朝来，后门求教者果然道法精进，功力大增，每次测试，名列前茅。其他弟子一看，心急如焚，急忙与家长商议，家长心切，无可奈何，便横下心来，节衣缩食，东挪西凑，赶紧交上辅导费。辅导的弟子一多，菩提祖师一到周末，便忙得焦头烂额。忙不过来，他便寻思着精细化管理，把辅导班分成短训班、长期班，三百六十旁门班、长生不老班，三十六变化班、七十二变化班，爬云班、筋斗云班，“术”字门班、“流”字门班、“动”字门班、“静”字门班，并聘请那些游仙闲神担任辅导老师。这下，弟子们什么都得学，班班都得交辅导费，家里债台高筑且不论，一到周末和假期，便夜以继日，疲于奔命，身体严重透支，精神恍惚，呆若木鸡。

看着菩提祖师一天天先富起来，西天佛老、菩萨、圣僧、罗汉，南方南极观音，东方崇恩圣帝、十洲三岛仙翁等大小尊神再也耐不住清规戒律，纷纷效仿，趋之若鹜。一下子，各种辅导班广告铺天盖地，各种辅导班如雨后春笋出现在大街小巷。正当菩提祖师财源广进之时，殊不知他的弟子们不但没像孙悟空一样修成正果，却个个走火入魔，披头散发，青面獠牙，张牙舞爪，咆哮怪啸，好似凶神恶煞，煞是吓人。

杞人忧指

中国有一句俗语：“十个指头伸出来有长有短。”这句话说得极是，因为它科学准确地描摹了人手的生理特征。在从猿到人的漫长进化中，有一个里程碑的飞跃，那就是直立行走，解放了双手。人们用这双手制造工具，改造自然，创造了灿烂的物质文明和精神文明。手成了人体上最灵巧最具有创造性的生理器官。

手的灵巧，功在十指。其长短不齐，粗细不一，力量不均，才参差有致，精巧灵活。

老大哥大拇指虽五短身材，但粗短有力，又身处要冲，沉着稳定，自然是领袖气质，其他四指唯其马首是瞻。食指灵巧聪慧，足智多谋，能力超群，自然是辅佐大拇指出将入相的名臣。中指修长挺拔，英俊潇洒，自然是儒雅风流的骚人墨客。无名指憨厚老实，兢兢业业，默默无闻，活脱脱一个无名英雄。小拇指乖巧可爱，机灵聪颖，风情万种，天然一位三栖明星。

十指参差，各尽其才，各显其能，取长补短，才无所不能。

天生人不齐，就像十指，也有长有短。其体质、资质、思维、兴趣、创造力不尽相同。

但曾闹出"忧天"笑话的杞人，隐居山林，沉寂了两千多年后，最近又不甘寂寞，茶饭不思，辗转反侧，夜不能寐，很是担忧人的十指会长短粗细一模一样，人手最终会进化成很规则的长方形的铲子状，人人都兴趣相同，才华相当，能力一致，个个都才高八斗，学富五车。

这次担忧并非庸人自扰，杞人发现，当代人把孩子成才教育放在了人生的首位，迫切的心情近乎急功近利，他们都希望生儿成龙，养女成凤。

家庭、学校和社会便成了培养人才的三大熔炉。

在家庭，家长望子成龙心切。孩子还没出世，家长就不知从哪儿买来一大堆乱七八糟的光碟进行胎教，孩子呱呱一落地，便步入了严格的被教育阶段，除了语数外，还有理化生，学好政史地，还有音体美，忙完整五天，还有周末两天，忙完一学期，还有两假期，各类书籍一大堆，各种老师一大群。

在学校，一流学生重点班，二流学生次重点，三流学生加强班，末流学生普通班。在班里，座位前后凭成绩，要当干部凭成绩，评优选模凭成绩，推荐大学凭成绩，高考选拔凭成绩。家长深谙此理，孩子一上幼儿园，便千方百计要孩子上示范学校，进重点班，于是各种名目的择校费、赞助费应运而生，家长也不管孩子能否跟得上，也要勒紧腰带，节衣缩食，东挪西借，四处张罗，哪怕费用是天文数字，也知难而上，毫不退缩。于是重点学校门庭若市，普通学校门可罗雀，学校一旦成名天下知，便步入名师荟萃优生聚集资金

充足的良性循环，学校一旦衰落，便坠入缺名师无优生短资金很难复兴的怪圈。于是在教育界有一句很流行的术语，叫“生源才是学校的生命线”，难怪就连中国最顶级的大学清华、北大都要为每年的各省高考状元争得头破血流。

在社会，“学而优则仕”的规则依然流行，文凭依然是一块熠熠生辉的敲门砖，成绩依然是一把金光灿灿的钥匙。据麦可思每年的就业排行榜统计，“211”院校、非“211”本科院校和高职高专院校的就业率有很大差别。就业是求学的最终目的，难怪每一个家长殚精竭虑，千方百计，也要把孩子培养成一流的优生，要让孩子上一流的大学，要让孩子找一流的职业。教育孩子动辄“你看看人家的孩子……”看来杞人的担忧不无道理，他发现人们正企图颠覆“十个指头伸出来有长有短”的生理规律，家长们对孩子的要求是一个标杆，老先人“人比人活不成，马比骡子驮不成”的古训已成历史陈迹。

不知杞人的这次担忧能否成真，也不知杞人这次会不会再闹出笑话，如果成真，不知这样的手是健康还是畸形。总之，杞人这次是豁出去了，他已不怕贻笑千古，一腔“先天下之忧而忧”的悲悯情怀，很是担忧十指会进化得一模一样。

如果“杞人忧指”成真，也许钱老临终“为什么我们的学校里就培养不出杰出人才来？”之问会迎刃而解。

相聚在鄂尔多斯草原(外二题)

杨耀雄

知道内蒙古,知道鄂尔多斯草原,最早追溯还是小时候看过的一部《鄂尔多斯风暴》电影留在脑海中的朦胧印象。而真正领略蒙古草原风情,触摸蒙古包,品尝马奶酒,则是今年9月随同政协彭阳县工业经济考察团鄂尔多斯之行的切实感受。鄂尔多斯丰富的资源,靓丽的城市,发达的经济,都在诉说着西部地区一个新的发展奇迹,感觉好像哥伦布发现新大陆一般,令人艳羡,我有意用自己的笔将其描写一二,可惜走马观花,只怕言之不准,道之不尽。

汽车出石嘴山,经乌海东进,不足两天的车程到达东胜。透过车窗,我照了很多照片,可惜多数都是在行驶的车上拍的,有些虚。"天苍苍,野茫茫,风吹草低见牛羊"是内蒙古大草原的真实写照。叠嶂重峦,丘阜墟谷;绿波千里,一望无垠。微风过,羊群如流云飞絮,点缀其间,草原风光极为绮丽,间或传来骏马的嘶鸣和牧羊人的音哨,令人心旷神怡,浮想联翩。对久居山区的人来说,这一切都是那么遥远而亲切。鄂尔多斯草原,正是镶嵌在这片广阔而神奇的土地上的一颗璀璨明珠!

东胜是鄂尔多斯市的一个辖区,名扬四海的鄂尔多斯羊绒衫就出在这里。可贵的是,鄂尔多斯人不仅用它温暖了自己,也温暖了全中国,甚至全世界。城内高楼大厦遍布,酒店宾馆林立,车水马龙,人流如织,一座现代化

作者:杨耀雄,政协彭阳县《参政议政要报》副主编,在《六盘山》《固原日报》等发表散文、诗歌30多篇。

大都市的气息无声弥漫。

鄂尔多斯近年来的发展完全可以用“狂野”这个词形容。2009 年 8 月，鄂尔多斯市委书记杜梓在接受香港《大公报》记者采访时称，鄂尔多斯人均 GDP 将会在 5 年内超越香港。事实上，早在 2006 年，鄂尔多斯人均 GDP 已达到 16600 美元，首次超过北京 400 美元。因此，被称为“中国内地最富的城市”。缔造鄂尔多斯暴富神话的功臣依然是丰富的资源。鄂尔多斯市面积 8.7 万平方公里，约有 80%的地下都含煤矿，储量为 1 万亿吨以上，另约有 50%的地下含有天然气。

这是一座崭新的城市。东胜区政协的同志向我们介绍东胜经济开发区和康巴什新区的发展规划。我记得光其中一个体育馆就投资 7 个亿，我心里不停地拿这些数字和彭阳的财政收入相比，实在是不可同日而语的呀，我们连人家体育馆的一个角也盖不起。这般规模的投入规划，如果不是经济的极大发展和经验的极度丰富，哪个决策者有这样的胆魄呢！

鄂尔多斯市就建在康巴什新区一望无际的草原上，道路四通八达，十分宽畅，让人心旷神怡；建筑气势恢宏，美轮美奂，令人叹为观止。东胜政协的同志骄傲地说，鄂尔多斯拥有价值 500 万元以上的宾利、劳斯莱斯、迈巴赫等豪华车约 10 辆，百万元以上的卡宴、宝马、奔驰、路虎等有近 3000 辆。鄂尔多斯每 100 户城镇居民拥有私家车 28 辆，平均每 5 个人拥有 1 辆私家车。东胜区党政大楼建在东胜经济开发区，鄂尔多斯市党政大楼建在康巴什新区，这两座党政大楼，即使放在中国经济开放的东部或南部沿海城市，都堪称豪华，眼界开阔，气势雄伟，广场也修得甚为宽广，大家笑称步走太累人，只好车览。整个城市给人的感觉是：繁华之中不失原韵，大气之中暗藏精致，庄严之中尽显灵动。只有北方，甚至只有地广人稀的内蒙古人才能建造出如此恢宏的城市，只有内蒙古，甚至只有财大气粗的东胜人才舍得享受如此“奢华”的建筑精品吧。

尤其令我们震撼的是以秦文化为主体的秦直道文化产业示范园。园区位于鄂尔多斯市东胜区罕台镇，占地 10 平方公里，总投资 10 亿元，分为入口引导区、草原文化主题区、秦直道文化主题区、秦文化主题区、文化产业动漫数字化产业制作区五大区域。主体园区依据历史事实，深入发掘民间掌故以及各国建筑特色与文化风貌，并结合现代文化产业园区的需要，既满足人们对民俗文化和历史文化的需求，又可作为旅游休闲的好去处。园区包含路文化基地、草原特色文化基地以及中原文化基地。一期工程于 2007 年开工建设，主要以秦直道为历史文化背景，分为古战车竞技模拟体验、北方游牧匈奴文化、蒙元文化展示、秦始皇巡游及仪仗展示、秦都风情及文化展示等。史料记载，秦始皇为了抵御北方匈奴的进攻，修筑的一条南北军事交通大道。命大将蒙恬由距咸阳不远的陕西淳化县梁武帝村的云阳林光宫（秦始皇的军事指挥中心），沿陕西旬邑、黄陵、富县、甘泉、志丹、安塞、榆林进入内蒙古继续北行，越过黄河通向包头西的九原郡遗址（今包头市郊麻池古城），修起一条长 1800 里（约今 1400 里）的直道。由于是“直道”，所以遇山开山，遇沟填沟。这样浩大的工程竟以两年半的时间便迅速全部竣工。这条大道的筑成，在当时曾使秦始皇的骑兵三天三夜即可驰抵阴山之下，出击匈奴，使“胡人不敢南下而牧马，士不敢弯弓而报怨”。修成的直道线形顺直，弯道很大，标准很高，被誉为中国高速公路之祖。

成吉思汗陵，我向往久矣。那样一个每迈出一步都让世界为之侧目的传奇人物，那样一个南征北战、取胜无数的草原英雄，实在是值得我们每一个人敬仰啊。原本打算这次到成陵小碎步，细品味，却不想因时间有限，只能匆匆一游，未能尽兴，当时心里有些懊恼，后来听友人说“总要有些遗憾，才会有再来的兴趣”这才释然。

关于成陵的修建有一个美丽的传说：当年成吉思汗在打仗途中，取胜归来，路过鄂尔多斯，马鞭不慎掉在地上，随行人员正准备弯腰捡拾，却听见成吉思汗充满深情地说：“我死后，就埋在这个地方。”成吉思汗死后，部下用车拉着他的遗物，护送回外蒙，走到鄂尔多斯这个地方的时候，马车陷入了泥

中不能前行，这时其部下突然想起成吉思汗生前说过的话，就把成吉思汗的遗物埋葬在这个地方。所以美丽的成吉思汗陵，其实只是一个衣冢。也许腾格尔先生那首《吉祥的鄂尔多斯》，就是赞颂成吉思汗给鄂尔多斯带来的吉祥吧。这首歌本身也广为传唱，其悠扬的曲调和抒情的写意，促使了无数人对草原充满无限向往的情怀。

成陵的建筑特色和鄂尔多斯市一样的大气和雄伟。可汗的雕像高大而威严，汉白玉马栩栩如生。贡品盛在巨大的篮子里，琳琅满目。正殿前的长明灯在守墓人达尔扈特人的精心守护下，历经七百余年而不息。七百余年，几番社会动荡变迁，几代人的薪火相传，唯一不变的是蒙古人对可汗的崇拜和供奉，唯一不变的是中国人对草原英雄的尊敬和追思。

我不由自主把成陵和自己曾经游览过的南方景点相比，完全是两种不同的感觉。南方景点以自然景观取胜，北方景点则多以历史典故见长。身处前者感受到得是春暖花开、草长莺飞的儿女亲情，身处后者感受到得则是建功立业、扬名天下的壮士情怀。

抚今追昔。认识鄂尔多斯的现在，不可以不了解她的过去，有必要从历史和文化的层面进行赘述。古代的鄂尔多斯幅员辽阔，包括今天鄂尔多斯市全境、巴彦淖尔盟后套及宁夏和陕北的一部分。鄂尔多斯地处战略要冲，向北过黄河越阴山可进入内蒙古高原，向南过长城便深入中原腹地，自古就是中原连接北方和西域的重要通道。这里作为中国草原文化的发祥地之一，吸引着北方游牧部落和游牧民族蜂拥而至。在古代历史发展的进程中，来自不同地域的不同族群互相接触和交往，在草原文化与农耕文化的碰撞交融中，推进着民族的融合和社会的整合。

人类先祖之一“河套人”遗址的发现，揭开了鄂尔多斯地区旧石器时代的人类进化史。占地 4000 平方米的朱开沟遗址的发掘又使鄂尔多斯地区乃至内蒙古中南部的考古研究有了重大进展。朱开沟遗址的年代上限属于约距今 4200 年的龙山时代晚期，下限为约距今 3500 年的商代前期，前后约

800年。朱开沟文化主要以发达的农业生产为主,与最早发源于黄河流域的中原农耕文化即在夏代初具雏形的状态基本同步。而其后期阶段已接近于典型的草原景观，当地居民的生产方式也相应从农业为主向半农半牧发展。急剧的干冷化和经济形态的变化，导致草原文化形成的最重要的标志——“细石器文化”已在朱开沟产生。朱开沟遗址不仅出土了以压制、剥制、琢制和磨制相结合的细石器,还有以骨为柄,以石片为切刃捆绑而成的复合式砍削器。朱开沟在商代前期已拥有制造青铜器的技术和产品,大量青铜小饰品、工具以及青铜戈、短剑、刀、镞等兵器的陆续发掘,证实了北方系游牧民族的标识物——青铜器就诞生于此。迄今为止,在中国北方其他地方,具有朱开沟遗址集草原文化的重要标志——细石器及青铜器于一身的文化遗址尚未发现。因此,有理由认为,鄂尔多斯地区是中国北方草原文化重要的原始发祥地之一。从此，以鄂尔多斯为中心的中国北方游牧文化带向东向西大面积地扩展,并以特有的草原文化原生性,在中国北方草原文明的发展中占有重要地位。

夏商周时期,鄂尔多斯地区水草丰美,是发展畜牧业的一方宝地。据文献记载,当时生活流动在鄂尔多斯地区和山西、陕西北部的游牧部落有獯狁、土方、工方和鬼方等。随着这些北方游牧部落的不断壮大,鄂尔多斯地区成为中国北方众多游牧部落和民族的发祥地、聚居地,以畜牧业为社会主导经济的中国北方民族由此正式登上了历史舞台,推动了草原文化与农耕文化长达数千年的碰撞、交融和整合。由于鄂尔多斯地区是中原通向西域和漠北的重要通道,因此在商周时期,它就已成为北方游牧民族与中原农业民族的交界线和融汇线。到春秋时代，以鄂尔多斯地区为根据地的林胡、楼烦直逼赵国北部,赵武灵王“胡服骑射”,使军事力量大为增强。他击败林胡,使楼烦臣服于赵。赵武灵王在鄂尔多斯东北一带设立云中郡,在其北部设九原郡,成为历史上给鄂尔多斯地区制定名称的第一人。公元前320年,秦国占领了鄂尔多斯大部分地区,秦昭襄王筑长城穿越鄂尔多斯,成为防御匈奴的一条重要防线。自战国时代延伸到秦汉，匈奴利用鄂尔多斯地区的自然优势发展畜牧业，成为北方民族历史上最强大的“马上行国”，与秦汉多年在鄂尔多斯地区争夺控制权，并通过战争、纳贡、婚嫁及亲、关市贸易等形式，彼此间维持了长时期的经济和文化上的交流。北魏时期，鄂尔多斯地区的畜牧业和农业经济得到恢复和发展，此时的鄂尔多斯实际上成了一条大通道，为南北朝时期中国北方民族大迁徙、大融合、文化的大交流、大整合，发挥了桥梁和纽带作用。隋唐时期，鄂尔多斯成为由漠北过黄河直通京城长安的门户，唐朝一直把这一地区称为“国之北门”“边塞要地”。西夏畜牧业与农业生产并存，汉、吐蕃、党项等民族文化互相融合，为鄂尔多斯传统草原文化注入了新的丰富的内涵。随着蒙古汗国灭西夏，一批随军而来的高级军政人物及其部落成员，还有大批蒙古宫廷技艺人才都留居于鄂尔多斯地区，从此，蒙古宫廷文化便扎根于此。此后，这里不仅是通向陕西奉元及内地交通要道上的重要驿站，也是元代一个重要的军事牧场。明朝，达延汗控制了蒙古各部，鄂尔多斯部进驻河套地区，同时，祭祀成吉思汗的“八白室”也随之驻牧于此，古代曾一度被称为“河套”的地区从此更名为“鄂尔多斯”。到清代，清政府在蒙古族地区推行盟旗制。乾嘉以降，内地农民向今内蒙古中西部移民，“走西口”进入高潮，涌入此地的内地人口多达数十万。从此，鄂尔多斯大部分地区形成蒙汉杂居格局，生活习俗也逐渐同化，具有草原文化悠久历史传统的鄂尔多斯与内地出现了一体化趋势。游牧文化与农耕文化在鄂尔多斯地区以跨民族、跨地域的形式，持久交融了数千年，使这里的草原文化体现出两大特色：其一，游牧文化、农耕文化等多元文化的统一，使其成为一种内涵丰富、形态多样、特色鲜明的复合型文化；其二，以其历史的连续性和独特的多元性，成为影响中国历史发展进程的重要因素，为中华民族这一民族实体的最终形成发挥了至关重要的作用。

神奇的大自然和历史悠久的文化积累，孕育了鄂尔多斯草原文化韵味独特、古朴典雅的民风民俗和别具一格的民族文化，其中具有唯一性特色的文化遗存、人文景观、民俗活动，体现了鄂尔多斯草原文化的经典价值。在鄂尔多斯地区发现数量最多、分布最集中、特征最明显的“鄂尔多斯青铜器”，起源于商代，在春秋战国、西汉初年达到鼎盛，它以具有便于携带的小型实用器、以大量动物纹作为装饰题材及青铜、金银制品共有的三大特点，有别于其他青铜文化，成为我国青铜文化的重要组成部分。在鄂尔多斯市鄂托克旗草原上突兀着一块红砂岩的巨石，这就是阿尔寨石窟遗址。阿尔寨石窟壁画体现出独特的草原文化魅力，除了宗教内容外，还有反映西夏及元代世俗平民生活的题材。它是中国长城以北位于草原地区一处硕果仅存的晚期石窟遗址，是研究西夏和蒙古族草原文化的一座宝库。1649 年(顺治六年)，成吉思汗祭祀圣地“八白室”迁至鄂尔多斯大伊金霍洛后，守护、祭祀“八白室”的达尔扈特人也随之居住在其周围。由“八白室”演变至今形成的成吉思汗陵祭祀文化，历经近八百年的延续一直保留下来，堪称世界奇迹。特别是《黄金史》与《蒙古源流》等堪称历史巨著。而源远流长的鄂尔多斯婚礼较多地保存了成吉思汗时代男婚女嫁的遗风，继承了蒙古族古老的婚礼传统，充分体现出蒙古族充满智慧的艺术创造才能和富有美学观念的文化修养。

《敖包相会》这首歌很好听，我原以为敖包是什么建筑物呢，这次到鄂尔多斯才知道敖包就是一个石头堆，是疆域地界的一种标志。早些时候，辽阔的草原或荒原上没有路标，人们为了方便，在特殊的地方用石头垒个土堆，路人也经常扔点石头上去，时间长了就形成一个大石头堆，也成了路人休息或祭祀的场地。人们将所祭食品摆在敖包前一起跪下，祝愿“民族兴盛、疆域安定，人畜两旺，永保太平”。

倚重草原固有的特质：蓝天、白云、蒙古包，油茶、奶酪、马奶酒。我们在鄂尔多斯确实狂了一回，醉了一次。坐在蒙古包里，我们十几个人大块吃烤全羊，大碗喝马奶酒。尽管羊肉有些生硬，但嚼得津津有味。马奶酒的确不错，香醇甘美。两位蒙古女歌手为我们演唱助兴，一位叫水晶的歌手的演唱

臻达完美，其歌声温暖而缠绵，充满着成熟女性的温情；悠扬而辽阔，饱含着对蒙古民族和草原的无限深情。她的音域宽广，具有穿透力；演唱风格更是多变，异彩纷呈。时而带我们去到一望无际的蒙古大草原，时而又带我们来到繁华喧闹的现代都市；刚刚还沉醉在余音未了的梅花三弄，转瞬间歌声又响起在遥远的天边。她的歌声在美声、民族和通俗三种唱法中让我们领略着声乐艺术不同的美，使我们在歌声中感受着不同时代的气息，体会着不同民族的风情，享受着音乐无限的美的空间。同行的几位委员借着酒兴，和着歌手的旋律，边唱边舞。兴致所至，我喝了个酩酊大醉。

汽车在草原上飞驰，我的思绪也随着车轮快速转动。世界上最辽远的是天空，最辽阔的是大海，最宽广的是草原，最宽大的则是人的胸怀。踏着祖先曾经纵马飞驰过的地方，我仿佛又回到了上古时代，感受到了腾格里，对话长生天。望着一望无际的秋草，马头琴悠扬低沉的声音在耳边响起，大草原上特有的长调也从远方传来，犹如天籁之音，令我如痴如醉。通往草原深处已没有了路，满眼是青翠欲滴的绿，整齐的大草原犹如一条巨大的草毯，洒落着一条条一片片蓝色、白色、黄色、粉色的山花图案，色条之间散点着其他的各色野花，将大片的色条衔接过渡的浑然天成。一条蒙古草原式的小河，在大草原上扭扭捏捏地弯曲，小河经过的地方，都弯成一个个大小不一的半圆，整个闪着银光的小河，就像要远嫁他乡的姑娘，在欣赏草原美景，在最短的距离内绕行出最长的采花路线。不远处流动着洁白的羊群，辉映着蓝天上大朵的白云，牧羊的草原姑娘在纵声歌唱，嗓音高亢嘹亮，歌声纯美自然，没有丝毫的矫揉造作，犹如眼前的这幅原始自然的美景，一切都是那么的和谐、完美。哦！我向往的大草原，我最接近先祖的地方，我来了！我看到了金戈铁马的蒙古铁骑，在号角声中奔腾，蒙古草原成就了成吉思汗的拓疆御侮之功，孕育了蒙古乃至整个中华民族。雄奇的伟男儿！伟大的铁木真！伟大的蒙古族！琴声婉转，变的如倾如诉，草原人敬仰的女性——孝庄皇太后从毡房里走了出来，提着挤奶用的大桶一步步走向了中华历史发展的政治舞台，大草原特有的宽容和豁达造就了美丽而博大的大玉儿，成就了之后的康乾盛世！大草原，孕育人类的摇篮，史上第一个人就是在草原上站起来直立行走的，在与恶劣环境的搏杀中，大草原使人类不断地进化与壮大，继而创造了属于人类的历史。我们是炎黄的子孙，而我们的先祖炎帝和黄帝本身就是从大草原上走出来的，从游牧走向农耕，创造了华夏文明。

在草原，才知道什么是辽阔和宽广，才知道什么是忘却，身处绿色的海洋里，你可以忘记在城里的一切烦恼和喧嚣；在草原，才知道什么是寂静和安宁，能在草原静静地独坐，是一种奢侈，你可以天马行空地无限遐想，忘却时空的变换；在草原，才知道什么是思念和浪漫，敖包相会，放眼无边的草原，你我就在天地之间，四周寂静得没有一丝干扰，两颗心可以静静地交流、思念流淌；在草原，才知道什么是博大和胸怀，敞开你的怀抱，望着蓝蓝的天，洁白的云，你就拥有了整个世界；在草原，才知道什么是自我和陶醉，晚霞、落日、呼啦啦的风、日出、蒙古包，每一样都是别样的风景。但，在草原，也才知道什么是寂寞和孤单，孤独的人在草原看不到风景。你被无边的绿色包围着，除了绿还是绿，只有蒙古姑娘的彩服才让你知道，绿色之外，还有缤纷的色彩。

鄂尔多斯之行给我的震撼和慰藉无与伦比，我借用云峰先生的《鄂尔多斯赋》开篇作为文章的结语。“鄂尔多斯，宫殿之群，拥八白室，盖以其名。天骄圣地，毓秀钟灵，恩泽众生，福佑子民。黄河为弓，长城作弦，围合沃土，八万七千。其神也！其灵也！其阔也！”

彭阳印象记

彭阳人写彭阳的事，难免有“王婆卖瓜”之嫌。可生在此地，情感所系，不能不写。前些年，在机关办公室忙于政务事务，“官样”文章倒是写了不少。现在退下来了，绷紧的神经松弛了，有机会走出去看看彭阳的山水与古城，人

文与地理，名胜与古迹，了却“不识庐山真面目”的尴尬与窘境。

山秃地陡，积贫积弱，苦甲天下，这是人们对彭阳的一般印象。然而，这可不是彭阳的全部。这几年，我随县政协的同志多次到乡下搞调研，看到的却是另一番景象。细雨中的挂马沟林场一片绿意盎然，云雾在山间缭绕，让人疑惑自己置身江南水乡；在白阳镇的白草洼，梯田里粉红色的荞麦花开得正艳，一排排小树苗、灌木苗覆盖着山体，很少能够看到裸露的土壤；在流域治理区，林草茂密，溪水潺潺，动植物物种丰富，被誉为“黄土高原上的绿色宝库”。身临其境，叫我不由得生出许多遐想。

上小学时老师就对我们说，黄河是中华民族的母亲河，孕育了灿烂的华夏文明。而作为黄河水系的红河、茹河、蒲河横穿彭阳东西，其流域面积基本涵盖彭阳的行政区域，尽管微不足道，却用甘甜的乳汁哺育了千千万万彭阳儿女。生于斯，长于斯，生命里流动着翠绿与蔚蓝。谷壑幽深、千峰竞秀，山山水水伴随着生命的年轮一点点地消逝，而古老的岁月镌刻着一年年成长的痕迹。山，青峦叠嶂；水，滴翠澄碧。山水绵亘古今，生命便在干旱的荒原上延续着一个古老的信念，生生不息，薪火传承。有多少故事在这里发生？有多少传奇在这里激荡？

闲暇时间翻阅史书得知，彭阳是一个年轻而古老的县，年轻是指她1983年10月从固原县析置重建县治仅29年；古老是说她从3万年前的旧石器时代，境内就有人居住。从战国秦昭襄王三十五年（公元前272年）秦灭义渠戎国设北地郡，置朝那县（今古城镇）开始，境内置州郡县历代不辍，到明弘治十五年（公元1502年）废止安县为止，置县时间跨度达1774载。周烽燧、秦长城、汉古冢、唐驿道、宋城堡、元王府、明马政、清战事，历史遗迹处处可见。近代革命史上，彭阳属于宁夏革命老区一类县，她曾是陕甘宁边区固北县的大部分，红军长征，抗日战争，解放战争都留下了可歌可泣的英雄业绩。任山河战斗打响了解放宁夏的第一仗，364名指战员长眠于青山绿水之间。无数英雄好汉在这块热土上奋斗不息，鞠躬尽瘁。彭阳历史悠久，文化源远流长，人文荟萃，文物蕴藏丰富，风景名胜众多。秦长城，汉城郭，唐宋城堡、明清古塔寺院，故址优存。北魏、两宋的石造像和无量山石窟、璎珞宝塔为自治区重点文物保护单位。收藏文物中有20多种选调各国展出，其中北魏石造像、骆驼纹铜牌、白羚羊纹铜牌、三国“大泉两千”、北宋“至和重宝”等为国家一级文物，全国罕见。

溯源追根，彭阳的文明皆源于几条并不起眼的河流。无疑，红茹蒲河因山而存在，彭阳人依河而繁衍；山是脊梁，河是脉搏。那千山万壑涓滴源水，汩汩细流，竟然汇合壮大，形成河流，一路高歌，行程千万里，投向黄河和大海的怀抱，抒写着无休无止的激情，殷殷低语似诉说不尽往昔的故事，要把它带给远方的亲人、朋友，慰藉他们孤独的心房。我是在茹河边长大的，对茹河有着特殊的感情。年少在杨坪上小学时，感觉河水特别新奇，夏日中午邀上几个要好的同学，偷着到响桥子耍水。暑假和父兄一起到河里洗羊，河边湿地里的几朵野花正在开放，它们的身子尽管陷在污泥中，可是我觉得它们还是满足地呼吸着。弯下身，掬一捧水，似乎满河的水都流淌着一种甘甜。午后时分，阳光撒下来，岸边的树林里蝉鸣叫了起来。那时茹河水流湍急，响桥子因落差流水形成巨大轰鸣，犹如疾驰的千军万马。也许是母性使然，茹河有着大海一样的胸怀，她不仅献出自己的全副血脉，惠及人畜万物，还让那清水岩下不息的甘泉叮咚歌唱，把一百七十多条桀骜不驯的支流纳入自己的怀抱，神奇的山和水谱写了和与谐的篇章。年长上高中时，我们常常“跋山涉水”，水没膝盖。感悟生命，山是灯盏山，水依旧是茹河水，当然还有韩寨的五峰山。

灯盏山，俗称西山。传说唐贞观年间有凤凰东来栖于此山，因而又名栖凤山。山东连城，城西依山，山城浑然一体。唐代，彭阳为百泉县治，兴建有城池。到了宋代，出于军事戍守的需要，城垣扩大，形成了现在这样的格局。迄于明代，建置废弃，彭阳城屡罹兵燹、匪患、地震等灾难，关城破败，逐渐荒芜萧条。市镇虽已隐去，城垣气势犹存。昔日因山中建有庙宇，亦称娘娘庙西

山。灯盏山的来历还有个传说。相传,清末年,有位人称赵麻子的湖北籍风水师路过彭阳,上下相度,但见西山山势独特,东与莲花山,北同鳌山相峙,成三山相聚之形,茹河穿谷东流。其山襟带古城,形似灯盏,是难得的一块风水宝地。便对当地人说:西山是座灯盏穴,主彭阳兴衰之脉。若灯内添油,按上灯芯,油入灯亭,彭阳就会兴盛。时人不知所云,但"灯盏山"一名由此传开。

登上栖凤山,如同步入天然大氧吧。绿莹莹的云杉树、黄灿灿的柠条花、青青的山野杏挂满枝头,清爽的空气伴着花香扑面而来,使人心旷神怡、思绪飞扬,美哉、爽哉。站在高高的山顶之上,放眼望去,一座新兴的现代化小城市尽收眼底。再回首,举目远眺,村庄园舍掩映在浓荫之中如诗如画,梯田如丝带镶嵌在浓绿之间,山峦叠翠、绿色笼烟。境内游览面积达 25 平方公里,生态旅游景点有 30 多处,这里一年三季都是鲜花常开,春季有粉的、红的、白的山杏花和桃花盛开,夏季有漫山遍野的柠条花和苜蓿花香味扑鼻,秋季还有各色各样的野山菊争奇斗艳。六月中旬,满山遍野的杏子也熟了。

古老的传说在山涛中徘徊,美好的回忆久久回荡在这沧海桑田间。从茹河上游走出来的民族精英和国家栋梁皇甫家族,"悬壶济世",独领风骚。因茹河及其支流切割形成的彭阳最大残塬,两道蜿蜒的土长城正用斑驳的身姿刻画着岁月的流逝,斑斑泪迹向世人诉说着一曲绵绵的悲歌。用心聆听,松涛阵阵回荡,山里人的心扉便在这松涛中开启,生命的久远描绘着一个古老的民族之魂。山风冷冷地从北方吹下来,只是那些年的风更凛冽些。1935 年,中国工农红军长征途经长城塬乔家渠,毛主席可能在这里构思并最终写成了著名词作《清平乐·六盘山》。

栖凤山下,茹河之滨,析置彭阳新县,历二十多年发展,古邑换了新妆。街市井然,高楼林立,柏油马路四通八达。宁静的夜晚,茹河飘满了一河的缤纷,当然这是城市建设者的杰作。栖凤山惬意地沉沉睡去,梦中我被遥远的马蹄声惊醒,我看到青草长满的河畔铁木真赶着一群羊,皮鞭抽得格外响亮;我看到少年骑着白马驰骋而来,有人呼喊着,声音却在空中渐去渐远;

我看到帐篷外篝火燃烧得更旺盛，火苗映红了人们的脸，我去拿烤架上的羊腿，却发现篝火已经熄灭了，天地间什么也看不见。无疑，这是彭阳马政时期情景的再现。近些年，国家在山区实行封山禁牧，造林绿化，涵养水源，修复生态，以偿还人口激增、滥垦乱伐对环境的"亏欠"。山山水水见证了古邑新县进入一个新的时代，一个充满幻想、色彩斑斓的时代！一个谁也没有经历过谁都憧憬着的时代！山和水都在倾听，它们听到的是新世纪的钟声，是小城的呼吸声，是小城苏醒前的天籁之音。

彭阳这些年的发展，离不开一个"退"字。农民群众扬长避短，以退为进，眼界更为开阔，思想更加开放。彭阳人退耕还林草，"退"来了一幅绿色写意图。穿行于彭阳的山峁间，昔日贫瘠的陡坡地披上了绿装，干涸的黄土地正在复活。彭阳退耕还林种草，宜林荒山坡地造林。退耕还林"退"来了青山、绿树，还"退"来了草畜结构调整。羊鞭"退伍"了，农民们封山禁牧，搞起了舍饲养殖。传统的种植模式"退伍"了，特色种植形成了规模，初步建立起瓜菜种植基地、菌草培育基地、小秋杂粮种植基地。马铃薯这个儿时的救命食物，现在被确定为蔬菜产业，追求的也不再是数量扩张，而是提升质量，在贮藏上做文章。贮藏为的是从上市高峰期间"退"出来，打时间差，赚高利润。大批农村劳动力从土地上"退"了出来，走出去务工经商。用老百姓自己的话说："打工不仅是为了挣钱，还要学技术、学创业！"当然，彭阳的煤炭、石油资源蕴藏量非常丰富，既为地方财政提供了可观的收入，也为实施能源工业强县提供了强力支撑。

一个世纪又一个世纪过去了，时时在吐故纳新的红、茹、蒲河依然如故。虽然她本是丰满滑润的胴体明显地消瘦了，还有每天大量倾泻的污染想要窒息她自由的呼吸，以及无休止地在她的肌肤上挖砂取石，累累伤痕，片片狼藉。但是她怎么会放弃自己自由美丽的水性呢？她自信地咀嚼着日月，为日渐干涸的天地保留下一片湿润的情怀，也为人性常常横遭摧残的人类，保存下一片休养生息的资源。谁能说河流不也是一种时间与历史的结晶

呢？不仅仅是聚集，时间与历史更要在这里活泼泼地流动着，并与现实长成一体奔向未来。

看来，这方土地是和水结下了深深的缘分了。为什么呢？我想起了“柔情似水”这个词。母性的河流，当然更是女性的河流了，于是爱便和着山歌花儿，将空气酿成了醇酒，把河面烧成了火。“白日里不漫花儿意不过，夜晚里不漫花儿睡不着”。世俗的、经典的、人间的、神话的、无不带着酣畅淋漓的韵味。在茹河古城镇，最让我陶醉的是，这方憨朴秀灵的水域，竟然和二十里开外的湫渊有着亲近的关系。这是一个深藏在群山之间的高原湖泊，秦汉三国时，水域方圆二十公里，拥有着浩渺的水色，在国家社稷中的重要地位曾与黄河、长江平起平坐，秦始皇、汉武帝多次朝拜湫渊龙神。皇家祭祀活动，龙车凤辇，规模浩荡，气势恢弘，一直延续了数百年。

我常常想，东海子（湫渊）已经干涸，红、茹、蒲河再不能叫干了，好让我们这些远离海洋的人多些水的韵味与憧憬。水至柔，痴情弥漫。却又能含辛茹苦，走自己喜欢的路，因为至柔的水有着至刚的骨，“滴水穿石”绝对不是虚言；水至善，老聃说“上善若水”，是指上善的水从来不会媚上，却一生都在谦下，平等众生，惠万物利千姓，永也不改“水往低处流”的平民本色；水又至洁，人类一个“洗”子，是对她最大的赞颂；水还善言，嬉笑怒骂，不平即鸣；水更至健至美，永远向前，“不舍昼夜”。“苟日新，日日新，又日新”，是世界命脉所系。就是面对沙漠绝对一元的专制，她也义无反顾，前仆后继，非但要冲出禁锢，还要在死寂的戈壁留下生命的绿洲。

红、茹、蒲河，彭阳的生命之河。松树在山崖间寻找生存的可能，白杨却渴望成为最高的一棵。我终因放不下思绪，总想长期拥着它进入梦乡，占据心房。来在岸边，亲吻茹河，体验山里人的憨厚纯朴、那不加修饰的思想意识。和碧水共秀，与鹤鹭同乐，看河山一色。去感受皇甫谧的故乡情结，去体味工农革命先驱前仆后继的伟大荣光。回归自然，亲近自然，放飞自己一生的畅想！

六盘山纪事

从彭阳坐车去六盘山，也就是一个小时的车程。今年仲夏，城阳中学1981届高中毕业生同学聚会，邀请当年我们几个代课老师游览六盘山胜景，瞻仰红军长征纪念馆，我欣然允诺前往。透过车窗向远方铺展而去的是黄土高原破碎的千沟万壑、稀疏的树木以及干渴的土地，这枯燥乏味又单调的前奏让我昏昏欲睡，直到身边的一个同学叫了一声，我才猛然发现，车子已经驶入了六盘山的怀抱。不过，和我游览过的黄山、华山的阳刚雄奇、旖旎秀美让人精神一振相比，与这座大山的初会颇有些无趣——虽然海拔并不算低，整个山体的线条却是柔软圆缓的，基本是一座土山，重重叠叠，弥散着几分敦厚、低调和与世无争的气质。

游览六盘山，自然风光、古迹名胜不必细说，倒是红军长征纪念馆值得一看，那史诗般的悲壮历程浓缩在大厅之中，吸引无数游客驻足观瞻，缅怀革命先烈的丰功伟绩，弘扬长征精神，是理想的爱国主义教育基地。在中国的西北版图上，六盘山无疑是一座特别的山。在中国的山脉家族中，它既不算高大也称不上绝美。然而在几千年的岁月里，它却如一块巨大的磁石，不仅吸引着众多帝王的脚步和目光，更是诗歌的盛产之地。声名显赫的古战场则诉说着中原王朝和游牧民族对它的反复争夺。

写满诗歌与情感的“关山”

关于六盘山，人们最熟悉的诗词莫过于毛泽东的那首《清平乐·六盘山》。其实，唐、宋、明、清各朝，这里也是诗歌的沃土。有人初步估算了一下，在六盘山面前“竞折腰”的诗人多达百余位。当我登上六盘山，举目四望，也的确体验到了那种“天高云淡，望断南飞雁”的悠远空旷。然而我还是不免

有些疑惑——中国有那么多名山大川，为什么这片山河却仿佛被赋予了魔力般，自古以来便源源不断地催生着灵感和诗情呢？

六盘山地区的遥感图是让人印象深刻的——主体由两列近似平行的山脉所构成，东侧的一列为黄峁山等，长约70余公里；西侧的一列是六盘山的主脉，长约140多公里，山峰连绵，是天然的巨障。然而，在重重阻隔之中，大山也“网开一面”——主脉和支脉之间天然形成了一条狭长地带，如同“走廊”，同时又面向关中平原的“八百里秦川”留出了缺口，好似“大门”，并驱使河流沿着这个狭长地带蜿蜒流淌。有水源又相对平坦，适宜行走和行军，一切高峻和艰险都消解于无形。

大山独特的安排就这样催生了一条路、一道关——萧关古道与萧关，皆声名赫赫。北方的萧关与“东函谷、南武关、西散关”环卫着关中大地。一旦突破萧关，便等于突破了中原王朝的北大门，可一路南下直取长安。因此数千年时光流转，朝代更替，萧关却一直保持着名关的身份。至于箫关古道，汉文帝十四年(前166年)，匈奴14万铁骑大举入侵利用的便是这条路。长安一夜数惊，成为汉初振聋发聩的事件。此外，这条古道还有另一个隆重的身份——由于道路通达，距离短，也是沟通西域和中原的丝绸之路要道，是各民族和多种文化的舞台和融合地带。今天，驻足这里，仿佛还能听得到战马嘶鸣和叮咚的驼铃。可以说，在中国漫长的历史中，各种文化、冲突、利益、矛盾和变迁都聚集于此，给六盘山蒙上了一层又一层的色彩与意义，这便是它成为“诗歌之山”的充分理由。

因此，如果把和六盘山相关的诗歌梳理一遍，这座诞生在六盘山下的奇关和名道无疑是最核心的灵魂。班彪在这里感今思古，凭吊古战场，写下著名的《北征赋》。无数诗人从这里走出，继续向西跋涉，留下了无数传唱千古的边塞诗。他们或壮怀激烈，英姿勃发，或满心唏嘘，依依惜别。那是岑参的“凉秋八月萧关道，北风吹断天山草”，杜甫的“萧关陇水入官军，青海黄河卷塞云”，还有贾岛的“萧关分碛路，嘶马背寒鸿”……

驱车沿着六盘山山麓一路前行，陪伴我们的还有一条现代化的中宝铁路。韩斌馆长告诉我们，这就是当年萧关古道的位置，不少站名也是古地名，如一条条线索，将两千年的时空交融在一起。重走古道，是想去寻找充满传奇的萧关，可是它究竟在哪里呢？

奇怪的是，虽然是赫赫名关，答案却充满了复杂的考据和斑驳的争议，仅秦汉萧关所在地就有七八种说法——陇山关说、瓦亭关说、三关口、开城说、固原城北说等。既要设关，必有险可据。从这个角度考虑，沿着六盘山麓的三关口至瓦亭的弹筝峡这一险要地带似乎最可能是萧关的所在地。这里雄峰环围，深谷险壑，易守难攻，与泾水相伴，《水经注》记载“行者闻之，歌舞而川”。想来当年这里曾是水流若奔，弹壁生音。由南向北天然形成了一个防御体系。然而，即便就是这声望最高的三关口和瓦亭关，仍然被找出了不少缺陷。一处虽险要有余，却空间促狭，显得气势不足，当不起萧关的名号，控制性更强且可以修筑关城的瓦亭关同样得不到历史学者的认可。而更多权威记载里对萧关故址的表述也往往只指其大略方位，如《中国历史地名辞典》便只指出萧关在今宁夏固原市东南。更有意思的是，到了唐宋时期，萧关甚至向北大幅“漂移”到了宁夏海原县和同心县一带，地理风景与秦汉萧关有明显差异，所以王维才能写下“大漠孤烟直，长河落日圆。萧关逢候骑，都护在燕然”的诗句。这座奇关仿佛是六盘山安置的一个魔法之关，被撳在金戈铁马的最为要害处，却又不断游移，居无定所。

卢照邻曾这样描写：“回中道路险，萧关烽候多。”可见六盘山一带关隘之多，在这个绵延的防御带上，由于军事力量的对峙和拉锯，不同朝代的边防线又有所不同。因此，今天历史地理学者们一个较为公认的看法是，萧关其实并不是一个独立和固定的关塞。而是一个变数，一个随着朝代和防御对象的变迁而变化的战争防御体系，在六盘山下南北约一百公里的边防线上移动着。在不同的时代，六盘山一带战略防御的重点和守军在哪里，哪里就是萧关。

由此，我们得以在众多诗歌中，看到了一个个被作为“象征”的萧关，那是卢纶的“今来部曲尽，白首过萧关”，出关与入关即代表参战与征还；在张玭的“出得北萧关，儒衣不称身”中则幻化成战争的标志；而在刻骨忧伤的“夫戍萧关妾在吴”中，这座名关则浸透了戍军亲人的深切思念与强烈的感情。因此，我们也就不难理解，为何唐宋时期中原王朝防线北移后，却仍称新关城为“萧关”，并非朝廷再选不出几个汉字为其命名，而是因为在漫长的岁月中，萧关已经化身为雄关和戍边军事力量的象征了。

黄土高原“绿岛”传奇衍生的故事

出行前我便从资料和专家的口中，对六盘山有一种“绿色”的期待。虽然毗邻以干旱闻名的西海固，六盘山却被称为高原绿岛、湿岛，各种说法都不乏溢美之词。的确，当我们沿着曲折的盘山道终于走到群山深处时，江南般氤氲的湿气便扑面而来，路边是密密匝匝的树林。虽然是盛夏时间，但那天天气不好，我还是感到了阵阵凉意。一路行进，好似穿行在南方山地水乡，堪称干旱荒漠地区罕见的胜地。

然而，这并不能抹去烙满了我整个视野和心境的干涸——干旱让六盘山下的大片原野布满了创口，极目望去，是大片大片裸露的黄土和深切的沟壑，要么是秃山，要么是孤独伫立的一两棵还在挣扎着生存的树。所以，六盘山虽是个绿岛，却也是一个孤岛。究其原因，主要是这 20 多年来造林多，且森林维护得好。而如果搬出六盘山独特的地理位置来，似乎也能解释得通——它绵延在关中平原西北，高大的山体迎接并截留了珍贵的水汽，带来了充足的降水，而山下的西海固就没有这么运气了。然而，当我抓住了这个稍纵即逝的问题的线索深究下去，并得到越来越多的确凿资料的时候，一个让我深感惊诧的答案，也渐渐浮出了水面。

在遥远的过去，六盘山及周边有优越的环境。《史记》中，秦朝统治者曾隆重祭祀的“名湖”即彭阳境内的朝那湫，那时它是一个大湖，拥有着浩渺的水色，在国家社稷中的重要地位曾与黄河、长江平起平坐。有汉一代，这一带的清水河、葫芦河、祖厉河、泾河的水量也十分充足，至今还流传着很多关于水的传说，如柳毅为龙王女儿传书，魏征梦斩泾河老龙等。所以在遥远的过去，六盘山上下曾是大面积的森林和水草丰美的天然牧场，“人民炽盛，牛马布野”，成为除了军事地理位置重要之外，中原王朝和北方游牧民族极力争夺这里的另一重要原因。

除此之外，近年来六盘山地区因山洪等原因而相继出土的大型卉木也是古森林的见证，有的卉木长达十余米，且残存许多侧枝茬桩，可确认当地所产，六盘山的支脉上至今还保有天然油松残林。古木与残林相映成趣，在地带上相互镶嵌延伸，共同印证了历史上确曾存在过由六盘山主脉向两侧伸展至黄土区纵深的广大森林至森林草原区。古木中有云杉、冷衫等树种，可以说在某些历史阶段，这里曾是一片莽莽苍苍的林海雪原。

那么六盘山下西海固一带的自然环境是在何时，发生了怎样的巨变呢？在汉班彪写《北征赋》的时候，曾登固原城眺望四周，从文中记载可见，当时还是一派山势嵯峨、草木深邃的景象。西夏元昊在天都山大修宫苑，焚毁后又即修复；而成吉思汗也避暑六盘山，后来的安西王府又大建避暑楼。可见就是到了700多年前的元代，六盘山木材产量之丰盛，森林之繁茂还足以引起王族们的流连。可到了明清两代，就是遍翻史书也难以找到皇帝们登临巡游的只言片语了。1842年，林则徐发配伊犁，途经六盘山，看到的情景则是“其沙土皆紫色，一木不生，但有细草”，六盘山已面目全非。森林萎缩消退的原因很复杂，气候变迁、毁林开荒、战争耗费、营建采伐以及火灾、地震等都曾长期、反复和交叉作用于森林。但最主要的是人类活动盲目性的结果。史念海在《历史时期黄河中游的森林》中说：“明清时代是黄河中游（森林）受到摧毁性破坏的时代。”在西汉至明，尽管汉族和一些游牧民族在这一带不断有所迁徙流动，人口时有增减，农业与牧业也互有消长。然而或者

由于进驻的游牧民族的天性，或者由于中央政权出于巩固国防的需要，这一地区农牧兼营，马政繁荣，以牧业为主的特色一直保持了下来。虽然明朝屯垦已十分严重，但在清朝初期，在不少交通不便的高山地带的森林还是蔚为壮观的。

有清一代，这里的政治军事格局发生了变化，由常年的边防重镇变成了内地，大量移民随之迁进本区，人口激增，人地矛盾不断加剧。人们为求生存，在明屯田的基础上变本加厉，河谷川道、山间盆地与浅山缓坡的草场、林地不断被开辟成农田，为了增加收成，黄土丘陵区开荒直到山顶，生活艰难的贫民更进入深山大举伐木烧炭以维持生计，致使森林荡涤，鲜有幸免。

天然植被破坏后，水土流失加剧，原本平坦的黄土高原变成千沟万壑，气候也随之转变，湖泊消失，河流干涸，以往的丰美草原很多成为沙地灌丛或流动沙丘，对生态造成了毁灭性的打击。1906年，固原知州王学伊甚至哀叹："薪已如桂，何以聊生！"东汉时曾"饶谷多畜"的土地变成了不适合人类生存的地区。

追溯六盘山区生态演变的过程，可谓是几度桑田几度牧场，具有波浪式发展的特点，作为农牧交错带的六盘山及周边，生态环境注定脆弱。在有弹性和空间的农牧共存中，这片大地尚有休养生息的余地，而当农耕不顾自然规律，强势占据了统治地位后，这个被极度拉伸的"弹簧"便逐渐丧失了恢复的力量。

当悠长的思绪被现实之手猛然拉回时，已到了我们返回的时辰。伫立六盘之巅，极目远眺，光秃秃的原野令人惆怅，不禁念想这方大地曾经拥有的水之传奇，它与六盘山曾经闪耀的帝王光芒和诗歌华章同样闪亮。记得一份资料上写的一个历史故事，说北魏时一位将军曾上奏朝廷，称为运军粮要在六盘山伐木造船200艘，沿清水河顺流而下。如果这故事曾真实地发生过，想必那时眼前的旷野必应是松杉茂密，材多巨木，而清水河更是"一条大河波浪宽"般的迷人吧，但愿六盘山区昔日的风采不会离我们太遥远。

六盘山祭（外二题）

邓万钧

一

也许人人幼时都有过对画画的热爱的。这使我常常在电视里看见都市的儿童作巨幅的绘画就不免要生出许多的感叹和难堪。我的儿时确无今天儿童关于科技的发达想象和能源、环保等观念的，有的只是从大人那里听来的红军长征之类的艰险故事。这些故事总连接着饥饿与死亡，而且最后总要落脚到六盘山上。这多少是由于我们家在六盘山下的缘故。大人们的严峻神情使我觉着六盘山有种令人敬畏的诱惑。记得那时乡里多用“六盘山”牌的火柴，也有抽一角钱一包的“六盘山”牌香烟的。从火柴盒与稀有的香烟盒的图案上，我开始且颇直观地认识了六盘山。那是一幅极简拙的图画，只需两笔便可画就的。我用墨棒在院子的地上面画：先横一道长长的弧线，再从弧中央竖一道六个弯的曲线。横的是山，竖的是路，山是翠绿的，路有六道弯是必达于山顶的。想到世上哪儿有第二幅画可以这样轻易地画来；哪儿有第二座山无论如何随意地画都不会被认错，就感到非但不必敬畏，而且又亲近又可爱。于是得意了，要求个尽兴，竟肆意妄为起来：插漫山的旗，炸漫山的坑，杀漫山的敌人……临了留下一地的密密麻麻，连六盘山的样子也模糊了，也还十分得意。在荒僻的山村里，这样的自娱自乐成了我

作者：邓万钧，1968年8月生，彭阳县党校办公室主任，县文联副主席，宁夏摄影家协会会员，散文及摄影作品散见于区内外多种报刊。

童年的盛事。而且我那可怜的想象如洪水般泛滥一次，六盘山就要增一分迷离与神奇,从不让我失了兴致。

其实,家居东九十里一高台式黄山塬上,早就有了与六盘山朝夕相处的方便。在地里拾完了一把麦穗,在塬畔搂满一筐蒿草,或是走在放学的路上,其时西天朗净,日之将暮,翘首而西,总能看见蜿蜒起伏如龙如涛一道青影,横出于灰天褐地间。夕阳下去,溅起一片绯红了,那青影也就浓重起来,成了书家一笔泼洒的墨痕。这时候我的血脉就盲目地膨胀,捺不住心跳就撒欢地跑:六盘山——你看见了我么？然而,这盛景只是短短的,一片苍茫的暮气漫起来,转眼便淹没了整个天地,唯有直觉在苍茫里奔突,很觉得悲伤。

可望而不可即的远眺不断地扩张着我的图画,六盘山也就盛大得近于缥缈了。然而,它越近于缥缈反而越能激发我的想象与热情,使我甚至在路上碰着一辆"六盘山水泥厂"的汽车,也要想入非非一番。

随着年龄的增长,我做非分之想似乎少了。可是,在那个物质匮乏、精神富裕的年代里,人们狂热地追忆英雄的历史,太行山、沂蒙山、井冈山都成了"熔炉""大学",生长在毛主席诵以诗篇的六盘山,我怎能不觉得光荣与幸福呢？记得在小学里学过一首歌:茹河岸边炮声隆,家家户户齐欢庆,……六盘儿女精神爽。这歌的最后一句在我的嘴边吊了至少十年。上高中的时候,在作文里还常常用"我们六盘儿女就应该……"的句子自豪地议论。那时,一句"六盘儿女"和一句"炎黄子孙"一样能使我振奋好几天。

六盘山似乎幻化成一团火、一道跑线、一个信念、一个我精神的因子和栖园了。也正因如此,很快地,它就使我尝到了尴尬。第一次去六盘山,我如久违的亲人,一路上遐思纷飞,激情鼓荡,又恨车太慢,又嫌路太长。待到切切实实一看一触,却吓傻了。我失声自问,这是六盘山吗？——山形枯瘦而裸露,林木稀缩如茅草,鸟雀藏迹,狐兔遁形,一眼的萧瑟凄冷。我山上山下跑了几个来回,不见一丝我所希望的影子……

六盘山的苦贫使我为"六盘儿女"而羞耻而悲伤。

二

而今常过六盘山，也许是见得惯了，感觉迟钝了；也许是阅历多了，心境也俗了。我那十几年纷繁的想象日渐滤清，还原了最初的那幅图画，这图画也有些渺茫起来，仿佛成了一枚远古的记事的图章，封在箱底了。可是难得明白，这座坟脊似的山，似乎真就成了我祖宗的坟茔了。无论路过还是专访，只要向六盘山走，就会涌起一股朝圣的心情，犹如千年的钟音，悠远而凄凉，似在天外、在梦中，又像原本就在耳膜里，它仿佛昭示着什么，又催促着什么。

驻足山前，用目光在纪念碑遒劲的浮雕上轻轻抚摸，让一曲《清平乐》在心里沸沸扬扬。踏上伟人的足迹，沿漫道攀登，掂一掂"不到长城非好汉"的分量，聆听六十年前草鞋行进的足音，任思索在挺展的风里拉得长而又长……

试想，普天下山，何其多也，六盘山可数老几？普天下人，何其多也，知我六盘者，能有几人？天地悠悠，长风浩浩，多少年？多少年里，莽莽高原，滚滚黄尘，障住了世人的眼，六盘山变得隔膜而孤独。历史没有它不能不成为历史，地理不讲它不失为完整的地理。山外还有山，山外的人不需听到它的名，山里的人更是不能识其面目。在无所谓有无之中，六盘山有了超越时空、越脱世情的自在。它独享苦难也自造了一群喝着苦水的人。我想在这旷世之世、无境之境里作亘古的沉思，借长风听日轮滚动，听月圆月缺，六盘山是一定有所悟的。也一定有慧根的和尚到此坐观，参透禅机而成了佛的。不然，平白无故怎么山口就有个村子叫和尚铺？

没见过山沟沟里有老太太项挂念珠超然陶然，可知六盘佛业并未光大；没见过和尚铺里有和尚的遗迹，倒是出入了回人，可知六盘佛事已寥落尽净不知多少年。而南北相去百里地竟有崆峒、须弥一道一佛两处香火圣地。相形之下，六盘山仅留下一个虚名，直让人走过时生一点点玄想和叹息都

觉得空洞。

“上帝啊！在我失去恩宠的时候，请带着歌声降临吧！”(泰戈尔诗)。我想真该感谢上帝，六盘山终于迎来了一位开天辟地的诗人。那是一个少见的好天气，高远的天上依旧是飘不完的云彩，西北风依旧连绵不断但轻柔了一些，烟尘也小了，天地更明朗，云彩也显得更淡远了。正当一行南行的大雁缓缓飞来的时候，诗人扣响了山的寂静。那双草鞋迈出一步就是一个美丽的音符啊！草鞋踏上山顶，六盘山已被弹奏成一首慷慨豪迈的歌谣了。其间，竟然只是短短的一晤，可就这短短的一晤，千万年寂寞孤独的六盘山像是打了一个盹，“咣当”一下就掉进了诗的国度。从此，六盘山不再是原来的六盘山了，它的头顶罩上了彩色的光环，使它如初生的婴儿落入一条全新的视线。高原莽莽能如何？风烟滚滚又能如何？千里高原挡不住寻访的脚步，万里风烟中仰望的眼睛如灿烂的星河。

漫步六盘山道上，我曾滑稽地想：这位诗人，在这短暂的相晤里，也必是得了六盘的所悟，从此东去，虽未成佛，却成了人人爱戴的救星。“山不在高，有仙则名”，六盘有幸于逢着一位诗界仙人，人间救星的。从那天到现在已经六十多年了。六十年在人可出两代三代，在六盘却只是太短太短的一瞬而已。六十年太短了，甚至有点经不起思想的穿越，怎能抵得了千年的空白呢？也许千百年后，六盘山的孩子会更以“六盘儿女”为自豪吧，在我却免不了热情过头的虚妄。让我的图画还原了去，那样我才可以平静地感受六盘山的可幸，并真实地怀念和感谢我六盘的第一位诗人。

三

都市的青年人唱过好几年的西北风了。那是在音乐厅里、霓虹灯下，自然免不了有几份放纵矫情的味儿。要是站在六盘山巅，就知道西北风是怎样的情形了。

那纯粹是一个风的世界，一场亘古不息的战阵。强劲的西北风自万里长空呼啸而来,以一种排山倒海的强力劈削而去,整个群山如一面猎猎作响的大旗。这风一过山谷,脚下便腾起滚滚的黄烟,似乎整个黄土高原就在这里颠跌了,燃烧了,化成灰了……每一次,我初来的激昂情绪浪漫情怀都会顿然凝固,只觉得周身有万箭穿过,冰凉彻骨。衣散了,发脱了,五官四肢全都木了,解了,碎了,化成一粒烟尘或风的一个分子,在旋转、飞舞……这就是西北风,这就是六盘山。它给人的震撼是那么巨大而浑厚！我只有将身子缩成一团,才能感觉到自己的存在,仿佛一松开就有消失的危险了。我忽然明白生命为何要聚以形、集一体,为何要连片地生、成群地长了。一个需要颇费周折方可领悟的道理,在这儿竟表现得如此直截了当啊！

苦难的土地,苦难的山冈,我的祖祖辈辈的六盘山儿女们就在这永无休止的风里做着无期的长征呢！在这生存对抗的极限边上，我觉着自己儿时的无知和成年的浅薄了。六盘山以它枯瘦的身子抗拒了西北的风沙,依在它身后的才是厚实的黄土地——我的家啊！我还能要求什么呢？它的赤贫至于虚无,不正是它存在的难能与坚韧吗？我还需要它怎样呢？

我委屈下去，沉入了无法穿透的悲凉里。我体验着生命原有的真实情形了。我感受着生命面对永恒的勇敢与孱弱，有限面对无限的辉煌与凄凉了。我尽量地放展视听,去寻找我六盘远古的遗存,去体味我祖祖辈辈的希望与失望,然而风音呜咽,烟海茫茫,什么也找不到,只有铺天盖地的悲凉。我想,茫茫烟海长风呜咽中,曾经上演过多少辉煌的人生而今还在上演？曾经发生过多少绚丽的梦想而今还在发生？若有灵魂的不灭，那么这烟海长风可是我祖祖辈辈阴魂不散的游行？我仿佛感应着我祖祖辈辈的精神流火在超时空地飞旋、飘扬了。啊,六盘山！若按“坟荫后人”的妄说,你即不愧为六盘儿女的祖坟的;若我祖先的阴灵聚于你,那你更可以为六盘儿女的祖坟了吧！

我庆幸于能够坐在祖先阴魂不散的地方,用我的心灵感应它的忧伤,也

庆幸于六盘儿女有这样一个精神的栖园，不是为着炫耀与排场，而是为着自省与自强。很好！很好！让六盘山就这样枯瘦而裸露吧，让西北的长风就这样无休止去吧，让六盘山在它的面前永不停息地奏响那慷慨豪迈、荡气回肠的乐章，让我们的后代永远高举“不到长城非好汉”的信念吧！很好！很好！

一阵轰鸣之后，山下的隧洞里奔出一列长长的火车。我想那远来的客人此刻正在车窗的下面仰望吧，因为六盘山的天空飞翔过他心头不灭的雁阵。我点燃一支烟，学做秋夜灯前的鲁迅先生。

关于我的一张画像

新年第一天，有幸得到了平生第一张画像。对于连面对自己照片都常常感到陌生的我来说，是一个意处之喜，也是一个意外之幸。我用它作了博客的新头像，希望能够沾一点幸运之气，在新的一年活出一点新气象。头像更换之后，引起了一些博友的注意和询问，自己也感到接受别人的美意却秘而不宣，似乎有不识好歹之嫌。所以专门贴出来，略作记述，并致谢忱。

这是一张在电脑画布上用鼠标完成的速写之作，前后耗时不过5分钟。作者是“大摄会”QQ群中一位素昧平生的人物——即使在该群也是第一次遇到——法号曰“移动老帅锅”。在五花八门的网名之中，这个名字尽管古怪稀奇，但也可见怪不怪，不以为意的。当时（大约是2010年1月1日23时至2日1时之间）群中人物逐渐稀少，他似乎刚上来不久，正在为别人画像。别人贴出一张照片，不一会儿他就将画像贴出来了。把握对象特征之准确，运用绘画技巧之娴熟，令在场之人连呼神奇，叹为观止。抱着试一试的态度，我也搭讪求画，不想竟被一口应允。于是，转眼之间就有了这幅画像。接到发过来的画像，我倍感欣喜与惊奇。

在接下来的QQ交谈中，得知这位“移动老帅锅”本名方振鹏，早年毕业于中央工艺美术学院（即今日之清华大学美术学院），具有深厚的专业教育背景,后来下海创业,创办经营了一家建筑与环境艺术设计公司,近年来每年都要选择 1~2 个国家外出考察交流。元旦前夕,刚刚应邀在西安办完讲座,正要去山西平遥一带旅行讲学。方先生业余爱好摄影、绘画,并于新浪开博——"极少空间",记得当晚更新的帖子《唐俑发饰》,即是摄影与绘画并用之作。一边与其闲聊,一边翻阅其博文,深感其人任性率真,快意洒脱,博文不事半点雕琢,摄影、绘画却极尽新奇别致之能事,心中不觉引以为知己矣!

随着对方先生了解的增多,我的惊奇与欣喜之感愈深。谈到深夜,竟然遗憾的忘记了向先生索要画像的署名。但是,要将此画作为新年的博客头像的话,当时确是明确说过的。大概又过了几天,再次在 QQ 群中与方先生相遇时,先生已经住在平遥的酒店里了。当我提及为画像署名并索要名片时,方先生随即发来在西安举办讲座时使用过的两张广告画。至于签名之事,因先生在外奔波劳累有所不便,也就暂时搁置了。以上就是我的第一张肖像画的由来。

网络宽似海,萍水以相逢。在 2010 年的第一天,方振鹏先生犹如梦中的来客,从一个意想不到的方向,与我短暂神交并以画相赠,给我迷惘懵懂的生活投注了一抹温暖的亮色。我深感这是一种机缘,也是一种运气。我深深感谢他的所赐,并将永远珍藏这份交情。记得在为我画像时,方先生曾经表示:在新的一年里要为"大摄会"QQ 群里的朋友们每人画一张肖像画。相信他在为别人赐予快乐的同时,也一定会收获同样多的快乐。在此,我祝愿他能够实现这个好心愿!

文化断想

一

现代文明的光环下面,总有一道广普而苍茫的弧线,仿佛一声沉重的叹息、一抹远年的泪痕、一句久历沧桑的嘱告。使你在领受了这光的洗浴时,

不免生出一点犹豫、疑惧、羞赧，甚至愧疚来。你好似娶回了娇好的妻子，正在喜出望外，却见年迈的母亲默默地背转了身去，心里猛的一揪，然后恨自己太过张扬，不够检点，甚至是忘恩负义。也许这正是文明演进的一种方式。其间充满了无穷的诱惑与瓜葛，让你在喜新与恋旧之间，在坚守与违离之间，在逐流与特立之间，百转忧思，饱受煎熬。

二

多人口的中国，现代化的水平似乎越来越多地依赖居住的情形来衡量。于是各地的居民区建得风风火火，大批的居民不断地更换居所，这温度怎么也降不下来。可以断言，任何一个乔迁新居的人当他搬完最后一件家什，一定会在旧屋里再走上一圈，拍一把黝黑的墙壁，在心里念一句：对不起。同样，任何一个久居豪宅的人，也一定会在某一个清闲的午后，忽然惦记起早年的老屋来，于是打开窗户痴痴地瞭望，抑或翻开相册，抖落一地的逝水流年。然而，当他关上窗户、合上相册的时候，心里想的也一定还是那三个字：对不起！

城市在扩张，楼宇在攀升。那些密集的窗户下面，会有多少颗心灵蓦然回首，翻然沉思，慌张地捡寻，切切地告慰？然而，城市毕竟是城市，它以快速地蜕变撩拨起人们的欲望，也败坏了人们的精神，它汇聚了天下精华设下大排场，却将一缕绵绵悠思遮遮掩掩地收藏。这正是城市的功勋与罪孽所在。

三

其实，与此相似的还有许多。譬如，不小心丢了自己习惯的一支钢笔吧。奇怪的是，在这支钢笔没丢之前，似乎不曾觉得有多么好，也并未写起来就爱不释手，甚至于常常有一点厌恶感。可是丢了之后，感觉就会不一样。要写东西了，就会想起它的不一般，既是买了更好的也会暗暗地觉得不如它。对于旧日恋人，这种情况就更加明显。很多人对于小时候曾经暗恋的同学或邻居,怀有毕生难以磨灭的好感。一副灿烂的笑容、一个羞窘的眼神、一双飞舞的小辫、一串甜蜜的笑声,映衬在古朴清新的乡村背景上,就是一副情感的图腾。随着时间的流逝,记忆会祛除一切陈滓,把它呈现得似梦似幻、如痴如醉。于是有人按捺不住现实的寂寞,非要去揭破那层迷雾,自然而然,又会留下无穷的感叹。可见,人对于生活的许多美好感知,大多源于自己的臆造。对于过去的一部分是如此,对于未来则全是如此。这种美好若停留在想象的层面上,它的色彩最艳丽,魔力也最强,给人的危害就最大。可是,这却正是人生的最大魅力所在。没有想象和欲望的人生,还有活头么?所以,人就是天生要消受这样的折磨之苦,并且把它当做生之荣耀。

四

这种现象,助长了网络的流行。网络犹如记忆,渲染了人的激情,放纵了人的欲望。它把现实世界里需要时间和距离来完成的游戏,变成了立竿见影的魔术,使人随时随地陷入梦境。它给人们提供了有限的生活实用性,却给人们的幻象提供了无限可能性,甚至造成了人性的巨大裂变。当然也不能否定实现人格的合理流转的情况存在。许多智者把现实的人生交给家人,把浪漫的激情交给网络,做了一个有滋有味的双重人。许多庸人,则不然。

五

有人说世界越来越小,地球就要变成一个小村庄。我不以为然。其实,地球变小也只能变为城市,并不能成为村庄。城市与村庄有着本质的区别。村庄连接着历史,而城市追逐着现代。村庄承传了历史的刚健与旷达,富于乐观精神与戏谑性,它把快乐献给社会,把烦恼留给自己。而城市却收养了太多的孤儿,它把快乐留给自己,却把孤独与烦恼当做盛宴,与人分享。古人因为把孤独苦痛自己品尝,走向内心的玩味与抒发,从而留下了伟大的智慧。

纪事三味

叶长青

情伤沈园

绍兴是一座没有围墙的博物馆，这里的一山一水、一草一木、一亭一台，都蕴涵着一段令人刻骨铭心的历史，一个令人荡气回肠的故事。任你静观历史的遗韵，谛听历史的回声。

我到绍兴，寻寻觅觅，犹如丢了什么东西似的，左顾右盼，目不暇接。从百草园到三味书屋，再到咸亨酒店门前坐上乌篷船，沿着一条狭窄的水道缓缓划进了沈园。

游沈园是我心仪已久的事，可兴奋未已，就和一场大雪不期而遇，霎时间把个沈园装扮得白里透红。充满书卷气和历史风的园中，腊梅正散发着弥天漫地的馨香。

雪后的沈园，极显古朴淡雅，修竹万竿，腊梅数枝，垂柳依依，池水悠悠。倘若能抛开情感，只看美景，无疑是一件赏心悦目的事。可人人身处远避喧嚣，笑傲烟霞之地，心头还是撕不开情感的牵绊，扯不断情缘的纠缠。我也如此，既来伤心地，怎能不动情！

沈园是宋代绍兴府城内的私家小花园，又名沈氏园。沈园面积不大，景致也属平常，无非是假山叠石、曲桥流水、亭阁台榭、桃柳竹梅，却因陆游与

作者：叶长青，1963 年生。宁夏党史学会理事，主编《彭阳史志》等书籍 8 本，《古朝那皇甫谧文化探源》等文章多次在区、市刊物发表，获全国、全区地方志先进个人。现供职于《共产党人》杂志社。

唐琬的偶遇、永诀而成为陆游情感的寄托之所，也从此名闻天下。

说实话，我酷爱唐诗宋词，早在三十年前就对《钗头凤》熟稔透知，只是少年不识愁滋味，也不知道爱有那么多的无奈，那么多的伤怀。后来的我就一直在想，有机会一定去沈园，用心细细地感知那缠绵悱恻的爱情绝唱。

知天命之年的我，人生过半，感知良多。感觉那些婆娑的衰草，缠绕的枯藤，都在诉说着陆游和唐琬的生离死别；感觉那些雪打的败荷，雨洗的残苔，都在演绎着陆游和唐琬的藕断丝连。我尽力提轻载了许多愁的沉重脚步，生怕打扰这对千古情侣的浓浓爱意，更生怕惊醒这对棒打鸳鸯的缠绵春梦。人世间有些东西并不因年老而日薄西山，沈园如此，爱情亦如此……

走着走着，已到了沈园的深处，只见一面青砖砌就的高大墙体上，镶嵌着两块古朴苍凉的诗碑。噢，这就是千古绝唱《钗头凤》的诞生地！不由得肃然起敬。

想那年轻时代的陆游与表妹唐琬青梅竹马，两小无猜，到了情窦初开，便两相情愿，堕入爱河。陆游十九岁时的秋天，参加绍兴府以诗词为主的进士科初选，中选后全家欢喜。第二年便与唐琬结为伉俪，婚后感情深厚，琴瑟和鸣。却不料祸起萧墙，陆游之母看不惯他俩的卿卿我我，认为他们如胶似漆会耽误陆游的学业，难以跻身仕途，便以种种借口刁难唐琬，而唐琬身为大家闺秀，知书达理，只能以加倍的孝顺以求挽回婆媳间的隔阂。可陆母水火不容，见刁难无效，就逼着儿子休妻，在封建礼教的压力之下，陆游忍痛滴血休了唐琬，另娶王氏，而唐琬再嫁赵士程。

十年后，陆游重游沈园，与唐琬邂逅相遇，两人相见凄然无语。唐琬遣人置酒款待陆游，陆游无限伤怀，在沈园的墙壁上题写了《钗头凤》词一首，以诉衷情。

红酥手，黄滕酒，满城春色宫墙柳。东风恶，欢情薄，一怀愁绪，几年离索。错，错，错！　春如旧，人空瘦，泪痕红浥鲛绡透。

桃花落，闲池阁，山盟虽在，锦书难托。莫，莫，莫！

是呵！昔日的欢情，犹如枝头繁花被强劲的东风一扫成空。离别数年之后，心境依然索漠，满怀愁绪未尝稍释，现实已无法挽回。眼前的风光依然如旧，而人事已改，思念令人消瘦憔悴。任花开花落，已无意兴再临池阁赏佳景，当年的山盟海誓都成了空愿，又有谁人知晓这份苦痛呢？陆游痛彻当初，无奈今朝，如泣如诉，无比懊悔和惆怅。此后，他怀揣江南情愫，北上抗金，付满腔心事于战场，英勇杀敌，护家卫国，把那千丝万缕的缠绵隐痛，强压在心底，只剩下孤独与茫然。

事隔一年，唐琬重游沈园时，见壁上陆游留下的词句，字字敲心碎，句句独怆然，衷肠寸断之际，也泣泪和词一首：

世情薄，人情恶，雨送黄昏花易落。晓风干，泪痕残，欲笺心事，独语斜栏。难，难，难！　人成各，今非昨，病魂常似秋千索。角声寒，夜阑珊，怕人寻问，咽泪装欢。瞒，瞒，瞒！

世态凉似冰，人情薄如纸，回想原本好端端的恩爱夫妻，如同雨打桃花一般，被封建礼教支配下的婆婆活活拆散，让她备受永无休止的相思悲痛。晨风吹干了昨晚被雨水打湿的桃花，可她怎么也擦不干昨夜的泪痕。即便想把心事写下来的时候，却又办不到，只能倚着斜栏沉思独语，心中的难处，犹如雨打的桃花一样堆积。时至今日，天各一方，她相思成疾的身子，就像秋千一样来回摇摆。夜风刺骨，彻体生寒，听着远方的角声，更是寒人肺腑，面对后夫只能忍住泪水，强颜欢笑，以隐瞒她对陆游的无限思念。

沈园相逢后不久，可怜“夜夜常留明月照，朝朝消受白云磨”的唐琬，千种相思，万般怀念，抑郁的芳魂在秋风萧瑟中化作一片落叶，随风而逝。

问世间情为何物，直教人生死相许？在唐琬去世四十年后，陆游闲居鉴湖三山，曾入城再游沈园，忆及前情，写下了“城上斜阳画角哀，沈园非复旧池台。伤心桥下春波绿，曾是惊鸿照影来。梦断香消四十年，沈园柳老不吹绵。此身行作稽山土，犹吊遗踪一泫然。”的《沈园》二首。惨淡的斜阳，哀戚的角声，面目全非的沈园，更使他倍增伤感，不禁泪流。

陆游八十一岁那年，又作“路近城南已怕行，沈家园里更伤情。香穿客袖梅花在，绿蘸寺桥春水生。城南小陌又逢春，只见梅花不见人。玉骨久沉泉下土，墨痕犹锁壁间尘。”的《十二月二日夜梦游沈氏园亭》二首，他追念前尘往事，宛如一场幽梦，漫长的时间之河，涤荡了一切恨与怨，而深情虽在，也不得不面对彩云已散的现实。

在陆游去世的前一年，八十四岁的他仍念念不忘沈园，不忘唐琬，作《春游》一绝：“沈家园里花如锦，半是当年识放翁。也信美人终作土，不堪幽梦太匆匆。”即使斗转星移、生命消逝，爱却不曾淡忘，深情至死不渝。

陆游一生，存诗近万首，有儿女情长的花间词，也有战场杀敌的爱国诗，却无一首是写给续妻和母亲的，这不能不说是一种怨恨，一种不能言表深埋心底的怨恨。

陆游对国家安危忧患一生，对自身爱情执着到死，我说他是不朽的。他不朽于至死不泯的爱国情操，不朽于辉煌绝代的文学成就，也不朽于坚贞不渝的挚爱真情。

唐琬呢？红颜才女，痴情巾帼。虽然凄婉地度过了自己短暂的一生，却以惊鸿般的缥缈与哀怨，永远栖身在陆游的诗中，也永远活在世人的爱怜之中。

当我步出沈园，已是花灯初放，肩头空空如是的行囊，倒觉得多了几分沉重，不知是装了沈园的情，还是沈园的梦……

挥别沈园，心境怅然，或许让陆游的痴情悲歌已感染了我，于是我在手机上写下了“行旅匆匆访沈园，雪花过后梅花残。题诗壁前徒生悲，孤鹤轩里独自怜。冰河铁马心未死，临水惊鸿身已眠。人间自有真情在，何须到此

泪泫然。”的短信，存下了这次“爱情朝圣”之旅的深切感受。

回到旅店，同伴抑扬顿挫的鼾声，如同南宋时的更鼓，凄婉悠长，我一夜无眠。

惜哉！沈园虽好，情伤太重。

回　家

自从背起铺盖卷走出村头的那一刻，思乡之情也就伴随着我风雨漂泊的历程漫漫滋长，时光渐远也就愈加浓烈。

离家的游子犹如放飞的风筝，那根细线永远系在父母的心头，不管是晴空万里还是风狂雨骤，只要有这根细线就是父母的牵挂儿女的依靠。我的父母虽已过世，可这根细线却永远系在他们长眠的地方，每当工余闲暇雨天霜寒之时，有一种莫名的担心就会萦绕在我的心头，只有回家一趟望望那凄冷的坟头，才对我算是一种无可奈何的慰藉。爸爸妈妈，虽然生死两茫茫，可儿对您的眷恋与思念分秒难弃。

记得初次回家，父亲操着重重的荆襄口音问及外面的人情世故，母亲急不可耐地追问起我离家在外的衣食冷暖。那时候的我并不完全懂得这天下父母心，光顾着狼吞虎咽久违的家里饭菜，母亲望着我失雅的窘态，她那昏花的眼里噙满了泪水……谁言寸草心，报得三春晖。这一时一刻的母子情深让我思念永远，感动永远。

每次好不容易回家一趟，那短暂的时光总是和我作对，全然没有在异地他乡时一天恰似一天的那种感觉，而是一种日子如行云流水般的感触。即便回家的日子稍纵即逝，可我都分分秒秒地去珍惜，在一次次享受父母慈爱与妻儿柔情的同时，一次次沿着家乡的田埂和弯弯羊肠路，追寻着那遥远的不在回归的孩提往事，深情注目着好似返老还童的沟沟岔岔，刻骨铭心地感受着那抚育我身感化我心的浓浓乡情与亲情，执着地播撒今世痴心不改的那份思恋与相守。于是美丽而纯朴的小山村在我沧桑依然的心地上依旧是一个温暖无比热情无限的家,远远胜过那杂乱喧嚣用水泥钢筋砌成的冰冷寄所。

碧落秋方静,腾空力尚微,清风如可托,终共白云飞。我呢?既就父母远去,既就童心不再,也不会成为断线的风筝而泯灭放飞的梦想。纵使风风雨雨的异地他乡,纵使酸甜苦辣的漂泊流浪,梦里也要魂归这个哺育我长大成人的快乐老家。有了这份心情,每一次回家都是那么生动而灿烂,每一次回家都有一种全新的体验与感受,每一次居家的日子都让我情有千千结,一丝一缕都永远维系着家乡的一山一水一草一木。

每次回家的日子虽匆匆而短暂,但家兄酷似老父亲的叨唠不休总能让我回味许久,让我思念父母的心永远自由飞翔于亲情弥漫的无限苍穹。我将今生今世倍加珍惜回家的这份真情,让亲情厮守的种子在生我养我的土地上发一簇新绿溢无限芳馨,让亲人的叮咛与嘱托伴我一路风雨兼程走入生命的深处……

恩　师

我上学的时候正是"文化大革命"结束的前后几年,短暂的校园生活只不过是我的"课外活动"。师者有之,但从心底里一遍遍的掂量和比较后,恩师的桂冠不好加在别人的头上,原因是怕冤枉了人家。因为我的学历太浅,虽说是高中毕业,可掐头去尾仅仅七年时间。真正对我人生起决定性作用的,那就是我的父亲。毫无讳言,他是我思想的启蒙者和学业的领路人。

清朝光绪三十三年(1907 年)十二月十八日,父亲出生于湖北省汉阳府汉口镇(民国时期为武汉市民生路张美之四巷门牌十号)的一个书香家庭。他少年时代读过私塾,师范毕业后即入黄埔军校武汉分校学习,后在国民党旧军队里供职。在那人妖颠倒的时代,因为他性情耿直,不谙世风,加之

书生意气，也只是“吃粮”而已。抗战时期由于日本侵略者占领武汉，讯息阻隔，父亲就成了断线的风筝，漂泊天涯。新中国成立后，人民政府安置他到农村劳动改造，也站过几天讲台，只因他操湖湘口音，当地孩子听不懂而就此作罢。“文化大革命”中又险些丧命，等到改革开放后成为主人时，已经年过古稀难有作为，使他抱憾终生。不过，在他人生最失意和无奈时，我来到了这个世间，正是这个唯一能打动他心灵的小生命，伴他度过了那段朝不保夕的艰难岁月。当时他觉得一家人已经活不下去了，就给我起了“长青”之名，想让我这枚新的叶片长青人间。

在我五岁那年，正是“文化大革命”的疯狂期。一天晚上，生产队召开社员大会，说是要揪斗坏分子，我也跟着姐姐去了，可是刚走到名为“学习园地”的土窑洞门前，就看见父亲蹲在门口“候斗”，我天真地喊了声：“爸爸，你咋没进去？”他与我相对无言，哽咽着一句话也没说出口，姐姐泪流满面地连忙拉着我往回走……

父亲即便身处这样的处境，还给我讲过许多流传千古而又脍炙人口的故事。如《三国演义》中的草船借箭和火烧赤壁的故事，《水浒传》中风雪山神庙和武松打虎的故事，《西游记》中三打白骨精和大闹天宫的故事，《说岳传》中岳母刺字的故事等等。此外，父亲还教我读了不少唐诗宋词，诸如崔颢的《黄鹤楼》，王维的《送康太守》，陆游的《示儿》等等。他教我学这些古诗，既是为了开启我的智慧，也是为了寄托他对故乡的怀念。

父亲教我读书，更重要的是教我做人。记得，孩提时代的我常常生病，八岁时一场出天花就时轻时重的折腾了整整两年，死神差点把我引进了鬼门关。严重时满身的毒痘和水泡把我紧紧地粘在被褥上，动弹不得，母亲收工回家的第一件事就是用仅有的一点紫药水浸润后，剥下我身上的被褥。前来探视的左邻右舍都在窃窃私语，意思是我的病已经到了无可救药的地步，我听得一清二楚。就在我病入膏肓的日子里，眼前父亲憔悴的面容总会若隐若现，只要见到他，我全身的细胞都活跃了许多，好像走进了精神寄托的港湾。冬日的夜晚奇冷漫长，劳累一天的父亲还要写好第二天早晨必须上交的汇报材料。他看我苏醒时，就边写材料边给我讲解《三字经》，每三个字都是一则精彩的故事，所蕴含的人生哲理与处世之道就是他讲解的重点。每讲到动情处，虽有军人气质的他，也难禁伤心的泪水。此情此景，正应了父亲的远古同乡屈原说过的一句话："沧浪之水清兮，可以濯吾缨；沧浪之水浊兮，可以濯吾足。"他面对自己政治生命完结，儿子生命垂危，尚能与世同行，不失一个知识分子永不泯灭的良知，这就是父亲的家国情怀，这就是父亲的以德载道！

我记忆中的父亲，应该是一个具有晚清和民国时期一般风貌的知识分子。那时四五十岁的人，在青少年眼中已经是够老的了。父亲的视力很差，想配一副老花镜也是他的奢望。他常常爬在一个小小的箱子盖上，用毛笔一笔一画地写上他所擅长的柳体汉字，让我去练习。大概幼童的记忆力好，加上这些宛若印刷的字体和他富有趣味性地讲解，我学得很快，学龄前就已识得近千个汉字。

当我浑身的疮疤稍稍痊愈后，全家人欣喜万分，母亲忙着为我缝补衣裳，准备着让我上学。记得上学的第一天，父亲领着我去报名，老师说我上一年级年龄有点大，就让我从三年级插班跟读，父亲便向老师借了一二年级的课本为我补习。就这样，家庭成了我的第一课堂，父亲就是我真正的启蒙老师。

记得小学三年级时候，父亲拿来一本废弃的旧日记账本，让我开始记日记。父亲说：就把你看到的、想到的、做过的事记下来。开始时，我的日记是流水账，间或也有一些有趣的事，如路上遇见谁家的狗咬了人，同学之间打了架，庄里来了几个耍猴的、耍蛇的等等。总之，记得琐碎而单调。但是，父亲坚持要我记下来，一天也不许间断。有时生病或串亲戚，实在记不了，过后还得补记。这样坚持了一段时间，我自己居然也会编一些文字，记下一天的见闻和感想了。那内容也慢慢地稍稍地丰富了些，文字也慢慢地悄悄地有了

些变化,并且习惯成自然,不需要父亲督促,天天记了下来。到小学毕业,总共记了六个日记簿,都是哥哥在生产队里当会计用过的日记账本,翻里翻面算起来也有十多万字。其间应该有些孩提时代的趣事,以及从一个少年儿童眼中看到的那个年代学校和社会的一些情况。可惜,这些饱含父子情深的启蒙之作已所剩无几,未能完整地保存下来。

父亲还让我背诵少量古文,他从《古文观止》等书上选出几篇,用毛笔工工整整地抄写一遍,又用糨糊拓裱成厚厚的书页,交我阅读背诵。记得有《桃花源记》《五柳先生传》《陋室铭》《杂说四》等。他选取文章的标准之一大约是精短,这些古文多只几百字,少则几十个字,确实精炼。记得父亲教我的大篇文章有王勃的《滕王阁序》、张若虚的《春江花月夜》和范仲淹的《岳阳楼记》,到中学学这些文章时,我已经是轻车熟路了。

回想父亲对我的学习启蒙和辅导,是很费了心思、很下了功夫的。识字当然重要,这是读书学习的基础。记日记训练了我的思维能力,训练了我的写作能力,尤其是养成习惯,愿意思考,愿意写作。读点古文,背点古文,也是有益的。毕竟古文曾是中国传统优秀文化的重要载体,古文中许多词汇和成语,至今仍然鲜活。

后来我在人生道路上无论是遇到狂风暴雨,还是严寒酷暑,我都能够以书为伴,只要一天不抄抄写写,浑身就不舒服。至今,我仍一如既往,这也许是父亲遗传给我的习惯。

父亲还有一个好的名声就是乐善好施。我记得,在上世纪六七十年代,我们在今彭阳县王洼镇路寨村的家,虽然独在异乡,举目无亲,可邻里间关系融洽,不是亲戚胜似亲戚。那时候我家生活并不宽裕,可时不时有些贫困乡亲到我家讨借油盐米面,父亲就让母亲尽量给予帮助,这种帮助从来出自善意,更不要回报。我还记得,那个年代的农村有一个怪现象,就是有些人为给自己家里省点粮,每到吃饭的时候便赖在别人家混饭吃,父亲对此从不厌烦,不管是大人还是小孩,总是热热乎乎的招待。即便是这样,也曾有过不同声音。有人认为父亲忠厚可欺,故意沾父亲的便宜。父亲对此却一笑置之,从未在人前人后评说提及,他常挂在嘴边的一句话就是“吃亏是福”。

如今我已经到了知天命之年,比起父亲生活的年代真是天壤之别,我曾想以父亲教育儿女的方法教育自己的儿女,可惜学得不好。我应该好好向父亲学习,学他的淡泊名利,吃亏是福,学他的以身作则,助人为乐……

父亲是我的永远的恩师,他的淳厚慈悲的为人和提携后学的长者风范必将与日月同辉,与天地共存!

散文四题

刘天文

像雾一样

小柯走了。

几天前我的同学小毛打电话时突然说。但只是听说而已，打心底里希望这是谣传多好。或许严重点，小柯只是病情危急罢了。这样自我安慰着，又确乎有一股一股的凉气直往心里钻。

我找到了盛载三年同窗情谊的那本相册，在一张张照片中快速检索一个久违了的面孔。找到了，找到了，他不是好好地站在我的右边正给一位室友喂饺子吗？我们八个人站在一起，站在元旦的喜庆氛围里，他笑得那么灿烂！这个在当时看来很即时性的动作，此刻却含义深刻起来：他把自己有限的快乐分享给了别人，而将痛苦则深深埋入心底，由自己一个人去默默承受。

小柯有严重的肾病。本来比我们早两年进校，由于患病休学才和我们有“缘”成为同学的。小柯是不幸的，但绝对是坚强的。他瘦削的身体里流动着桀骜的血液，孱弱的心脏弹奏着生命的强音。他把自己叫“庆荣”的名字谐音成笔名“青云”，并在宿舍门的玻璃窗里署名“青云直上”。这是多么的了

作者：刘天文，1975年生。1999年毕业于固原师专中文系。1997年开始写作，在《人民文学》《扬子江诗刊》《西北军事文学》《朔方》《黄河文学》《六盘山》《乡土诗人》《宁夏日报》《固原日报》等刊物发表过作品。有作品在区市获奖。2012年获得固原市第二届新锐作家诗歌奖，现在宁夏彭阳县党校工作，兼任《彭阳文学》杂志执行主编。

不起啊。在大二时,他病情再次恶化,不得不再度休学。学校为他还举行了捐款仪式。两个月后,他康复回来了,还是老样子,微笑着,像什么都没发生过一样。这和我猜想的完全两样。

我翻箱倒柜,又找到了我们"书生意气,挥斥方遒"的见证:我们共同倾心经营过的校刊——《山城》。他任主编,我是社长。不知何时,我们神使鬼差地都成了文学的宗教徒。他天资很好,记得一篇题目好像叫做《摘豆角》的散文,是他上初中时就发表的,至今好像仍能从那情境里一下跃出几个馋嘴的坏小子,在主人响亮的吆喝声中,从碧绿的豌豆地里疯跑出来,鼓鼓的几口袋豆角边跑边溢……小柯天真无邪的童年时光就这么疯跑过去了。上大学之后他深受疾病的困扰,但写作愈是勤奋刻苦。作品总要表现与命运的不屈抗争和对人生理想的不悔追求,读了让人对生活肃然起敬,并热切向往,宛若在迷茫黑暗中蓦然发现了一丝曙光,使人一下有了依靠,有了底气,有了把握。在《山城感"雾"及"雨"》里,他写道:

雾是早起的孩子,用欣喜和欢悦替了惺忪的眼和残留的梦,裹挟走了夜的痛楚和悲伤的内容。雾在轻轻闲闲地悠着,似慈祥的老人踱着方步,用充满仁爱的目光爱抚着自己的孩子。看不真切的世界产生的不仅是朦胧的美,也使人更加深刻地理解了人生的意义。人不断寻觅、探求,不就因为那前面有"雾"而不能望见尽头吗?由于人生前途不可知,才有了命运一说,其实命运就是人生之"雾",倘若一目了然,前途尽知,那人生又有何意义呢?

……

独自从诊所出来时,一盏盏路灯已在雨雾中开放,好似一些好奇的星星被人间的情意所招引而落在了人间。踽踽街头,任雨打湿头发、脸、衣服。……

小柯就在这人生之雨雾里寻觅着，探求着，尽管不知有多么艰难。作为青年，他仍然为爱情高歌或低吟：

……

一些名词遍燃南国土地
是谁仍在分水岭之北流泪
誓言飘落成液态的忧戚
被北风领走
又被南风拣回
翅翼像一首首瘦骨的宋词
在双脚下啁啾
生命里唯一的五瓣丁香
已藏深痛巨创
……

时光荏苒，我们毕业一别已八年了。八年里又发生了什么，如置雾境，竟知之甚少。只知他在新闻单位工作，用一架摄影机把许多瞬间定格成永恒。偶尔，在固原电视台的新闻报道里，能看到“记者：柯庆荣”的字样。每看到一次，就莫名的激动一次，就增添一种聚会的期许。不觉已步入而立之年，这是一个逐渐滋生怀旧感的年龄了。正是在这样的情绪支配下，我设法联系到了几位自毕业后未曾谋面的同学，才偶然得知小柯的消息的。本想再联系几位，以便确定一下这个消息的真伪，但瞬间又不想这么做了。这又有何意义呢？就让一切像雾一样，似实似虚，若真若幻吧。

一天坐在微机前，不知为什么百度了一下“柯庆荣”这个名字。屏幕上竟然弹出了好几条内容，让我惊喜不已。待仔细一看，奔腾的心又骤然沉了下去。这里沉淀着他的诗作，有他未完成的小说。也有友人关于他的纪念文章，有一句是这样说的：上帝也喜欢您的才华，才会把您早早地召唤到天堂去。

始知小柯是真的走了，他说他《走在回家的路上》：

北方，三月
走在回家的路上
一丛欢快的马蹄莲
在积雪的心里开始燃烧
……

顺着炊烟和玫瑰
谁说梦是唯一亲近你的方式

在城市与故乡之间
路是一条扁担
我挑着锤子和理想
把脚印叮叮当当钉进日子
用阳光编成的马鞭
放牧我回家的坐骑——
一匹唐朝的马

走在回家路上的小柯，骑一匹唐朝的骏马，像雾一样缥缈，似轻风撕扯后的流云。

鱼之乐

很小的时候，我就特别喜欢鱼，看它们在水里吹着泡，鼓着腮，摆着尾，

很快乐很悠闲的姿态常常使我陷入迷恋和陶醉。上学时，又从“鱼戏莲叶东，鱼戏莲叶西，鱼戏莲叶南，鱼戏莲叶北”的句子中更加认同了鱼的快乐是与生俱来的。没想到，而立之年后的我更加痴迷这种视觉大宴。

今年夏天，我捉了几条小鲫鱼，养在一个大塑料罐里，搁在书房的窗台上。因用自来水，隔一天就得换水，换的水需提前几天准备好，放在阳台上凉一凉，晒一晒的。每天都得关照它们，而且乐此不疲。有时一忙疏忽换水了，它们就一齐浮到水面上，把小嘴巴张得特圆特圆，使劲儿吹着泡泡。像一个人落入水中，扑腾着手臂大喊：“救命，救命……”鱼儿是有灵性的，我知道困它们时间长了，它们就会沮丧和绝望。我就赶紧放下手中的活儿，用小抄子把它们隔离出来，安置在一临时救助点后，它们在水面探头探脑的，显得有点慌乱。我马上将那些浑浊的水倒掉，然后再把塑料罐内外擦洗一番，注入清水后又一条一条放进去。每放进一条，我就观察到它们重获自由后在水中畅游的优雅姿态。我想到，它们一定在短暂的恐惧之后收获了无比的惊喜。

我会把它们移到斜射进窗户的阳光下一会儿。这时的罐体通身透亮，除了两粒像是镶嵌上去的黑宝石一样的眼睛，鱼们也是通体透亮透亮的，活像晶体做成的一般，光在它们摆动的身躯上变幻出不同的颜色，美轮美奂。它们大口大口地喝着甘甜的水，一鼓一吸的腮，极力迎合着喝水的节奏。尾巴灵动地掌控着方向，有组织似的绕着罐体快速地转圈或浮沉。它们一定是在为来到一个新的清爽环境而集体狂欢。我不知道鱼们在怡然自乐之外，是否也在为我表达一点感激之情呢？

困了我就躺着看。天呀，小鱼也不再那么小了，它们成了体态肥硕的大鲸鱼，有了霸气和杀气，仿佛正对着自己的猎物穷追不舍的样子。仰视着它们，我不敢就此睡着的，不然在睡梦中一定会被这群大鲸鱼们追得魂飞魄散。果然没了睡意。微闭着眼睛看，它们“皆若空游无所依”，摆动的鳍成了翱翔太空的翅膀了，显得轻盈而有力。这又是几十万年前或几百万年前地球上的一种什么动物呢？有着鱼的形态，没有羽毛，却能在太空里自由快乐地翱翔……

我使鱼遵循了和我一样的饮食规律，一日三餐。每次投食进去，它们一般不会表现出饥饿状和争抢状，还是慢慢地游来游去，全然一副在潜心修行的样子，根本不受干扰和诱惑。看着它们，会觉得人类的某些方面猝然显得渺小起来。我忽然想起和尚诵经时敲击的木鱼来。五代王定保《摭言》云："有一白衣问天竺长老云：'僧舍皆悬木鱼，何也？'答曰：'用以警众。'白衣曰：'必刻鱼何因？'长老不能答，以问卞悟师，师曰：'鱼昼夜未尝合目，亦欲修行者昼夜忘寐，以至于道。'"看来，古代的修行者都是以鱼为榜样并虚心接受鱼的熏陶了。还有6000多年前，西安的半坡人就烧制出了精美堪比艺术品的实用品——人面鱼纹盆，盆内对称绘制的两条鱼与两个人面，又在传递着先人们与鱼之间怎样的关系渊源呢？

总之，鱼是一个精灵，是最知足最懂得享受生命过程的。大多数时间，都在游动。它们用"游"的方式体验并触摸到了生命的真谛，也用由"游"的方式表达着对生命的热爱和尊重。它们在身的灵动中找到了心的安静，所谓的"心如止水"就是它们在不断的游动中修成的正果吧。大概是鱼也能轻易地洞察到人的各种诸如杞人忧天式的烦恼，它们才会做出"俶尔远逝，往来翕忽，似与游者相乐"的举动。我体验到鱼的快乐之后，也就"乐之其乐"矣。

我仿佛依稀看到，两千二百多年前，在战火纷飞群雄争霸的战国时代，站在濠水桥上观赏尾尾苍条鱼的庄子是多么的淡定和可爱，他已经忘记了身边的惠子，变成另一条苍条鱼，在浩浩渺渺的太空中逍遥一游……

呵护生命的彩虹

汶川特大地震演绎了人世间的一幕幕生离死别。有这样一位伟大的母

亲，在自己临死前，以顽强的毅力和乐观的心态完成并祈祷着生命的接力。

救援人员从废墟的空隙伸手进去确认了她已经死亡，是被垮塌下来的房子压死的。透过那一堆废墟的间隙可以看到她死亡的姿势：双膝跪着，整个上身向前匍匐着，双手扶着地支撑着身体，有些像古人行跪拜礼，只是身体被压的变形了。搜救人员不得不失望地离开……

当搜救队走到下一个建筑物的时候，救援队长觉得那女人的姿势有些异常，忽然往回跑。他又来到她的尸体前，费力而又小心地把手伸进女人匍匐着的身子底下摸索。他忽然异常兴奋地高声地喊："有人！有个孩子，还活着！"经过一番努力，人们小心地把挡着她的废墟清理开，在她的身体下面安静地躺着她的孩子！三四个月大的孩子裹在一个红色带黄花的小被子里，因为母亲的身体庇护着，他毫发未损！抱出来的时候，他还静静地睡着。

在残垣断壁的灰色废墟里，在悲怆凄凉的死寂氛围里，竟然有这样一个被红色带黄花的小被子包裹着的睡得甜甜的婴儿，简直就是一个生命的奇迹！慈母的胳膊是慈爱构成的，孩子睡在里面怎能不甜(雨果语)？婴儿的熟睡的稚嫩的脸让所有在场的搜救队员们感到了温暖！让所有坠陷灾难深渊的人感到了温暖！让所有华夏子民们感到了温暖！也让世界各国为这次地震揪心的人们感觉到了温暖！

这温暖源自一位伟大而平凡的母亲，是她用自己匍匐着的血肉之躯坚韧地搭建了一座呵护生命的彩虹！如果说她的姿势像古人行跪拜礼，那么这跪拜礼就是一位母亲在神灵面前对子女平安的虔诚祈祷。我不由地想到，这跪拜礼的发明者莫非也是一位母亲，其灵感就来自这种对子女的本能的保护动作。因为在灾难突然降临时，母亲就是孩子的保护神，哪怕用自己生命的代价来完成神圣的生命接力。

随行的医生过来解开被子准备为婴儿做些检查，发现有一部手机塞在被子里，医生下意识地看了下手机屏幕，发现屏幕上是一条已经写好的短信遗书：

亲爱的宝贝,如果你能活着,一定要记住我爱你。

见惯了生离死别的医生却在这一刻落泪了,手机传递着,每个看到短信的人都落泪了。

伟大诗人但丁说过:“世界上有一种最美丽的声音, 那便是母亲的呼唤。”在亲昵的一问一答中,既有孩子的幸福,也有母亲的快乐。为此我们可以想到,这位尚在人生弥留之际的母亲,是多么想再呼唤一次自己孩子。然而孩子太小了, 小得连灾难的恐惧都不知道。受伤的母亲只好把自己人生最后一次亲昵的呼唤和叮咛定格在手机屏幕上。我想身为母亲的她是幸福的, 因为她看到孩子在猝不及防的灾难里因为自己的保护而安然无恙,仅仅这个就够了,就值了。作为母亲,还有什么比这更值得自豪和骄傲的呢?她一定是忍着或是忘了剧痛,一笔一画,从容不迫地编写好短信,并安然地把手机深深地塞进被子里去的。她坚信这声深情地呼唤和叮咛, 孩子将来是一定能够听得到的! 接着一定是很欣慰地给这小家伙足足喂饱了奶,并盯着宝贝熟睡之后,她才慢慢地闭上了早已困倦不堪的眼睛……

呵护生命的彩虹悄然隐去,英雄的母亲以自己的血肉之躯给了她的孩子第二次生命,这是多么可敬的母亲啊。她的孩子虽小,但是是在地震的灰色瓦砾中盛开着的一朵亮艳的黄花,那顶红被子是被她的爱及最后的心血染就的,也一定能滋养更多的花朵,因为她的爱执着无比,她的爱广漠无比,她的爱能穿越时空,她的爱能激励鼓舞所有的生者!

彩虹一样壮丽的圣母啊,江河因之动容,日月因之增辉!

吃“蜡”面

偶然想起上高中时发生的一件趣事,想给你也说说。

说这事之前，我得先介绍与此事相关的几个人物。首先是“顾权威”了。若不把他先介绍，他知道后定会骂我：拉瞎瞎（瞎瞎：方言，即鼢鼠）上市——不识眉眼。的确，他见多识广，能言善辩，巧舌如簧。只要他说起话来，你就只能当听众。或身边琐事，或国内外大事，他总能抢先知道并独到地点评一番。那神态和动作提示你，他就是赵忠祥，就是白岩松。自从被我们封为“权威”之后，就更加有恃无恐了，俨然要做我们思想和行动的导师。下来该是“王驸马”了。猴瘦猴瘦的，穿一身灰西装就像挂在衣撑子上似的，尤其是突兀出来的大喉结让人觉得，所有经过那里的营养都让它剥削了一点似的。他和我们班主任好到一个鼻孔出气，我们都不敢在他面前说班主任的半个不是，但我们都堂而皇之地说班主任要把自己的二公主下嫁于他，这个再借他十个胆也不敢打我们小报告的。我们就心安理得地喊他“王驸马”。其三就是胆小乖爽的“娃他舅”了。只因他的堂姐是我校公认的校花，我们便三份真诚七份戏谑地这样称呼。他开始还表现出很生气的样子，没几天就由我们呼来唤去了。最后该自己出场了。我向来以君子自居，是没有绰号的，但不知谁说姓刘的人都很捣鬼，他们就喊我“刘捣鬼”。我据理力争，他们就喊得越凶了，好在顾权威亲切地喊我“小刘子”，这足以起到正本清源的作用。他是权威嘛，他不叫，那就不能算数。

事情是在冬天的一个星期六晚上发生的。你可以先想象一下，在寒冷、黑暗而潮湿的学生宿舍里，我们有家不能归的落魄心情。在这样的氛围里，谁要讲一句话，是要付出很大努力的。

“我们做一顿饭吃，暖暖肚子，怎么样?”顾权威试探着对我们说，语气近乎哀求。我们立即附和。他看我们都赞成，立刻摆出权威的神气吩咐道：“王驸马，你和小刘子去弄几个洋芋来做菜，娃他舅，你把炉火倒腾旺，再买两支蜡烛来照明，我给咱们兑些面条来。”

我们各行其是。王驸马说：“这么黑，在哪里弄洋芋呢?”我想了想说：“我有个办法，不知可行吗？”我就对王驸马如此这般说了。王驸马听后道：“妙呀,不愧是个刘捣鬼！"我竟第一次从这个一向厌恶的词语里感觉到了些褒义色彩。于是,我俩找来一根棍子,将一端劈开,夹上一根长钉,再用绳子扎紧,然后从学生灶储藏室的烂门洞里塞进去,一捅就是一个……

一切准备就绪,娃他舅把蜡烛点立在高低床上铺的一个边角上,位置很好，扑闪扑闪的烛焰像我们调整过来的好心情。洋芋汤已在锅里嘟嘟地响开了,蒸汽从锅盖边的空隙处冲出来,散成雾状,升至半空又化为乌有。我们围在火炉边谈笑风生,情绪高昂,看火舌热情地舔舐着锅底,正卖力地把我们的希望变成现实。

汤熬好了,面条入锅了。我们赶快把碗筷准备好。时间好像故意开起我们的玩笑,突然慢下了脚步。王驸马性子急,掀开锅盖看了好几次,惹得顾权威白眼珠子往外翻了好几翻。不凑巧的是,正在紧要关头,第一支蜡烛燃尽了,另一支蜡烛又没能及时找到,宿舍瞬间一片黑暗,只有火炉灰箱里透出一巴掌大小的光亮,映在地上一闪一闪的。娃他舅不知把另一支蜡烛放在什么地方了,翻了老半天都没找到。顾权威旧气未消,新气又来,竟异常果断地下令:"开锅!"不管三七二十一,我们每人盛了一大碗,坐在床边狼吞虎咽起来。只有娃他舅因蜡烛的事心怀愧疚，知趣地坐在门边的一只木箱上头不抬眼不睁地吃着。

正吃得起劲,忽然听见顾权威发呕似的连咳几声,腾地扔下了碗筷,站立起来,仰起头,一只手使劲地往喉咙里塞进去。我们不由一惊,都上前去看个究竟。娃他舅及时地揭开炉盖,屋子里有了一些亮光。说时迟,那时快,只见顾权威身子向下一缩,竟从喉咙里抽出一根好长好长的绳子,一串亮闪闪的口水也被牵引出来……

我们顿时没了胃口。

若换了别人,我们都会幸灾乐祸地及时取笑一番,只因他是高高在上的权威,我们只能在心里偷着乐。心里沉吟道:"权威啊,让这根绳子结束你的威风吧,只要同学们一来,只要把这事张扬出去……"

没想到顾权威的一句话倒着实使我们吸了一口凉气。他拿着那根细长的绳子凑在火炉边端详了一会儿，忽然郑重地说:“这分明是一根蜡烛的捻子呀！”

天啊,我们集体倒霉了,原来那根找不着的蜡烛全消融在锅里了！会不会中毒,会不会因此丢了小命,我们七嘴八舌地议论着。只有顾权威默默地一个人出去,问了一趟门诊回来,说没事,我们才放下心来。睡觉前,顾权威摸了摸嘴唇,还幽了一默:“明天谁若问咱们今晚吃什么面,咱们就说吃的是‘蜡’面吧。”一句话把我们逗得哈哈笑起来,连拘谨的娃他舅也敢放开嗓子去笑了。

水，水，水……

王成峰

水是万物之灵，水是生命之源。

大禹疏浚治水，郑人造渠惠民，道元作注《水经》，屈原行吟泽畔，魏武观海遗篇，陶令问津桃源，周郎羽扇纶巾，祖逖中流击楫，苻坚投鞭断流，后主凭栏春雨，苏轼赤壁怀古，郑和七下西洋，世昌海战扬威。水，演绎了多少人生的豪情，见证了多少人生的悲歌。

上善若水，水善利万物而不争。最高尚的品德就像水一样给万物带来益处而不求回报。孔子总结水有“五德”：因它长流不息，能普及一切生物，好像有德；流必向下，不逆成形，或方或长，必循理，好像有义；浩大无尽，好像有道；流几百丈山间而不惧，好像有勇；安放没有高低不平，好像守法；量见多少，不用削刮，好像正直；无孔不入，好像明察；发源必自西，好像立志；取出取入，万物就此洗涤洁净，又好像善于变化。

易水之边，燕子丹送别，高渐离击筑，荆轲合乐高歌：“风萧萧兮易水寒，壮士一去兮不复还！”看来这易水河边也是送别的好地方，骆宾王也曾在此作《于易水送人》：“此地别燕丹，壮士发冲冠。昔时人已没，今日水犹寒。”

乌江之岸，虞姬的三千青丝映衬着霸王的柔情万丈。乌骓长啸，英雄低吟：“自古美人与名将，不许人间见白头。”

作者：王成峰，20世纪60年代生，现任职于自治区党委，有诗歌、散文等百余篇作品发表。

汨罗江畔，屈大夫踽踽独行，仰天长问，掩涕叹息，那浩然的江水不知怎样承载了一副厚重的躯体和一颗升腾的灵魂……

昆明湖旁，天命之年的王国维茕茕向颐和园走来，仿佛疲惫劳顿后的从容归家，“卑鄙与高尚同在，清泉与污水混流。思想而不自由毋宁死耳。”一位博古通今、满腹经纶的国学大师，为了维护信仰是何等的悲壮。

日本海域，当革命家陈天华看到国家已堕落得毫无尊严可言时，义无再辱，赴身海水，肉体沉水，而精神在碧波中升飞。

太平湖边，舒庆春面对斯文扫地，面对“人民艺术家”转眼沦为牛鬼蛇神，义无再辱，自沉湖底。他选择了湖水，而湖水让他的生命趋于完美、更具尊严。

黄浦江畔，面对人生的悲辛、人心的冷酷，诗人朱湘“烧我成灰，投入泛滥的春江，于落花一同漂去，无人知道的地方。”29岁的生命完成了对信仰的至高追求。

生命如水。上古的原生动物草履虫在水的怀抱里休养生息，开始了生命之萌。一个人从母亲的洋水中而出，每天用水洗脸，每晚用水泡脚，饮水吃饭。哪一个人、哪一个动物、哪一棵植物的生命离开过水？几十亿年的沧桑变迁，水滋润花草，涵养禾苗，哺育万物，泽惠鸟兽，与生命结缘，孕育了一个纷繁壮丽的生命世界。

豪情如水。“大江东去，浪淘尽，千古风流人物。乱石穿空，惊涛拍岸，卷起千堆雪。”“孤帆远影碧空尽，唯见长江天际流。”“飞流直下三千尺，疑是银河落九天。”“茫茫九派流中国，沉沉一线穿南北。烟雨莽苍苍，龟蛇锁大江。……把酒酹滔滔，心潮逐浪高！”“金沙水拍云崖暖。”“到中流击水，浪遏飞舟。”大河澎湃、海浪滔天、波涛滚滚、一泻千里的海水江水，这是何等雄浑、壮阔的景观！

柔情如水。谁说“落花有意，流水无情”？宋朝词人说，柔情似水，佳期如梦。其实水最有情，潜入水中，就会感到水无所不在的情意，被水密不透风地包围着，透入肌肤，直入骨髓，潜入心底，让人陶醉，让人痴迷，如丝的缠绵，千般的柔媚，无尽的缱绻，让人的烦恼在水中荡涤殆尽。几千年来唱不完的爱情就像流不尽的河水，“妾梦不离江上水，人传郎在凤凰山”“罗带同心结未成，江头潮已平”“泪与秋河相似，点点注天东。”

女人如水。蒹葭苍苍，白露为霜，所谓伊人，在水一方。溯洄从之，道阻且长，溯游从之，宛在水中央。清水出芙蓉，天然去雕饰。贾宝玉称“女子是水做的骨”，集天地之精华，见之只觉得清爽立足。淡然如水的女人，是一杯淡淡的清茶，清澈如水，澄澈柔润，于恬淡之中浸润出岁月沉淀的缕缕清香。

时光如水，流年似水。面对流水，明净澄澈而达观的孔老夫子也发出了无奈的感叹：“逝者如斯夫，不舍昼夜。”雄才伟略的汉武帝在“泛楼船兮济汾河，横中流兮扬素波”之时，也不得不叹惋“欢乐极兮哀情多，少壮几时兮奈老何！”水，消逝了人们的容颜，阅尽了岁月的沧桑，历经了风雨的人生，留下了记忆的沉淀。多少今人成古人，多少少年变白发，正所谓“古人今人若流水，共看明月皆如此。”

漂泊者水。水的一生，无处为家，却四处为家，只要能到的地方，它都愿意一去。正所谓覆水难收，人生一去不复返，流水一去不复还，黄河之水天上来，奔流到海不复回。

神秘者水。它变幻无穷，随波蹿动，无论是滴珠凝翠，还是碧波万顷；无论是清流回旋，还是肆意狂浪，水的性格、情调、灵韵、姿态，总有令人捉摸不透的神秘。

无私者水。它不怕失去自己，击石穿阶，扫平道路；为人解渴，滋润心田，“到江送客掉，出岳润民田。”水，遍布天下，所到之处，使万物生长，给生灵润泽，若是没有它的奉献，青山早已化为荒岭，青苔碧草、万物生灵早已灰飞烟灭。在炎热的盛夏，水降下甘霖；在严酷的寒冬，水为作物盖上厚厚的棉被；春暖花开时，水滋润田禾地苗。它渗透到动物中，动物便有了活力和圆润；渗透到植物中，植物就尽显绚丽和芬芳。

尽美者水，“水光潋滟晴方好，山色空蒙雨亦奇。”“落霞与孤鹜齐飞，秋水共长天一色。”“春色三分，二分尘土，一分流水。”山野溪涧、幽谷深潭、旷野一脉、凌空一现、平阳阔水、水天相连，水总是恰到好处地将自然中的天光山色，自然音律演绎得有声有色，多姿多彩。烟波浩渺、湖光潋滟、波光粼粼、水天一色、碧水微澜……这一切都是多么的美妙！

深情者水。它晶莹的露珠，悄悄地附着于万物；绵绵的细雨，静静地滋润着沃土；潺潺的小溪，紧紧地环绕着山谷；平静的湖面、粼粼的波光，抚慰着一些人心底里的酸楚……水之情感染着人之情，“桃花潭水深千尺，不及汪伦送我情。”“悠悠鉴湖水，浓浓古越情。”万水千山总是情，一湖秀水满湖情……

谦逊平静者水。它含蓄而内敛，无言而静默，无形而低垂，由高处往低处，由显赫往寂静，匍匐而行，即使山石激其为浪花，高崖捧其为瀑布，也只是倏忽之间。水的价值无与伦比，但它总是彰显着他人的价值，毫不显耀自己，呈献给人的是澄澈，展现给人的是透明，讲述给人的是沉默。“水唯能下方成海，山不矜高自及天。”正是这种谦逊才造就了水的博大。

阅尽铅华者水。它从天地玄黄，到宇宙洪荒，水就与地球同在，水与生命同行，它看过宇宙变迁，阅遍沧海桑田，尝够起降升沉，历尽铅华艰辛。千万年的花开花谢、浮华逸事，亿万人的悲欢离合、爱恨情仇，都被水一一沉淀。

扬清激浊者水。“沧浪之水清兮，可以濯吾缨；沧浪之水浊兮，可以濯吾足。”多少人亲水近水，用沧浪清水浣濯自己的精神之“缨”，把生命托付清流，让水荡涤心灵，让皎洁的灵魂升起，让污浊的灵魂沉腐。

变化多端者水。它时而咆哮，时而静默；时而是海、是江、是湖，时而是雨、是霜、是露；时而是触手可及的清泉，时而又是遥不可及的白云；时而九曲回肠，时而飞流直下；时而静如处子，时而动如脱兔；时小聚沟壑，时而汇成江河；时而在天为云雾，时而落地为雨雪；时而遇热蒸发为汽，时而遇冷凝结成冰……时而入天而游，时而入地而藏，时而入海而归……水可载舟，亦可覆舟，可以让劣势变优势，可以让优势变劣势，可以使优势更优势，使劣势更劣势。正所谓“山重水复疑无路，柳暗花明又一村”。

善解人意者水。早春，水化作丝丝缕缕的春雨，润物无声，润出一派明媚春色；炎夏，水化作轰轰隆隆的大雷雨，噼里啪啦，不由分说，送你一份期盼已久的凉爽；冬季，水为雪为冰，给庄稼盖上棉被，为孩子带来欢笑……

蛮横暴戾者水。连绵的暴雨会催生可怕的洪灾，无数家园、生命瞬间就在滔滔洪水中化为乌有，一场雪灾、一次冰灾、一次洪涝、一次海啸，如噩梦般印在了多少人的记忆里。

千姿百态者水。汹涌澎湃的海水，滔滔奔泻的江水，碧波荡漾的湖水，潺潺不绝的泉水，清澈见底的溪水，绵绵如丝的雨水，晶莹剔透的露水……放在方的容器中便是方的，放在圆的容器中便是圆的，它随方就圆，不拘形态，随遇而安。

五光十色者水。水本是没有颜色的，青山在他的怀中更加碧绿，落日在他怀中更加红艳，江心的秋月则更加洁白如雪。在文人骚客的眼里，水的色彩如此丰富：“遥望洞庭山水色，白银盘里一青螺。”“日出江花红胜火，春来江水绿如蓝。”“一道残阳铺水中，半江瑟瑟半江红。”

勇猛无畏者水。无论是险峭的悬崖顶，还是纵横的山涧，抑或是万劫不复的深渊，水从不退缩，从不犹豫，义无反顾地冲上去，浪花四溅，四分五裂，毅然决然，无惧无畏。

多愁善感者水。千古悲欢，诉诸流水。多少文人借水消愁、以水喻愁：“花自飘零水自流，”“郁孤台下清江水，中间多少行人泪。”“抽刀断水水更流，举杯消愁愁更愁。”“人生在世不称意，明朝散发弄扁舟。”“请君试问东流水，别意与之谁短长。”“问君能有几多愁，恰是一江春水向东流。”“汴水流，泗水流，流到瓜洲古渡头，吴山点点愁……”“唯有楼前流水，应念我、终日凝眸。凝眸处，从今又添，一段新愁。”

包容博大者水。海纳百川，有容乃大。大海可以容纳千百条河流，人心当如海水之博大，容得下世间的一切，无私则无欲，无欲则刚。无色无味，却兼容七色，谐和五味。染之以黄则黄，濡之以红则红，施之以盐则咸，予之以糖则甜。“水，居众人之所恶。”容纳污垢，甘愿舍己，以自己的清澈去洗净世人的污浊，这是一种多么高尚的境界呀！

柔韧坚毅者水。“弱水三千，只取一瓢。”山海经记载：“昆仑之北有水，其力不能胜芥，故名弱水”，苏轼《金山妙高台》云：“蓬莱不可到，弱水三万里。”《西游记》有诗云：“八百流沙界，三千弱水深，鹅毛飘不起，芦花定底沉。”《红楼梦》也云：“相逢若问家何处，却在蓬莱弱水西。”水真的就那么弱吗？“天下莫柔弱于水，而攻坚强者莫之能胜。”日复一日，年复一年，一滴滴水慢慢地穿透厚厚、坚硬的岩石，而水总是毫发未损，岿然不动，大风则大浪，抽刀则更流。大海边的礁石可谓坚强，飞溅的浪花却使它千疮百孔。柔中带刚，以柔克刚，舍水其谁？水经过的地方总是曲折坎坷，但它一路从容，宠辱不惊，处顺境而不张狂，陷困境而不沮丧，遇险境而不惊慌，遭逆境而不失望。“穿山透地不辞劳，到底方知出处高；溪间焉能留得住，终向大海作波涛……”

又是一年麦黄时(外二篇)

王付军

端午过后半个月左右,家乡的麦子就开始成熟了。几天的工夫,碧绿的毯子就变成了一眼望不到边的金黄波涛。当看到翻滚的麦浪,闻到那热风送来的麦香时,我总觉得这情景、这味道是那么熟悉和那么令人难忘。

我的家乡在宁夏彭阳县红河乡,是全区每年小麦成熟最早的乡镇之一。记得小时候每年端午节过后,父亲就开始收拾割麦的农具了。但见天空幽蓝高远万里无云,干净得犹如乡亲们纤尘不染的心。太阳热辣辣地炙烤着大地,气温陡地窜高,大块大块的麦田,似乎头天还羞答答呈一碧万顷的青涩状,在一夜间北风肆虐下,第二天便金灿灿黄澄澄晃得人目眩神迷了。这该是一年中最为繁忙和劳累的季节了,由于刚实行包产到户,乡亲们心劲儿十足,家家户户,老老小小,但凡能动弹的,全都涌向麦浪翻滚的沃野。

常常是雄鸡尚未鸣四更,父亲便把我们从梦乡中唤醒。睡眼尚未睁开就听到磨镰刀的霍霍声和水盆石头撞击的叮咚作响。父母每次都起得特别早,等我们穿好衣服就跟着父亲向麦野进发了。伴着点点星光,父亲总是拉着架子车大步流星地走在最前面,紧随其后的是一溜小跑的母亲和或嚷或闹或睡眼惺忪的如同猪娃般脏兮兮却可爱得要命的弟弟、妹妹们,最后面的常常是提着地椒茶罐,背着干粮的我。

作者:王付军,现任彭阳县教研室书记。曾在《固原报》《六盘山》等报刊发表散文作品多篇。

抵达麦田，父亲稍作分工，家人们便各就各位，你三行我五行地操镰割麦。铿亮的镰刀忘情地扑向久违的麦海，如扑进至爱亲人的怀抱。“嚓嚓嚓”，但听麦秆响，不闻人语喧，就连一向调皮的小弟，此时也撅着屁股“吭哧吭哧”把镰刀耍得飞快，还甩胳膊晃膀子要追上远远在前面引领的父亲哩！

毕竟小孩子年幼身单力气薄，不大会儿，我们兄妹便气喘吁吁不胜其累了。腰酸背痛腿抽筋不说，这鼻孔咋还痒痒得难受呢？拿指头往纵深处稍一挖，一坨黏稠状物质便顺势而出，借着熹微的晨光仔细打量，嘿嘿，那黑魆魆的东西其实是“麦锈”。用袖子一抹，脸顿时变成花的，衣袖脏兮兮的成了黑灰色。

早饭是在田里吃的。干粮胡乱吃过之后，端起地椒茶罐狂饮几口。父亲又开始给我们兄妹几个磨镰刀了，我们则躺在地上不想起来。小憩后紧张的收割又开始了，一直到延续中午，有时甚至到下午两三点。炽热的太阳烘烤着大地，父亲、母亲仍不停地割啊割，好像不知道什么叫累。有时，父亲会对母亲说“再熬几年，等孩子大了，就不用你割了。”嘴里说着，手却不停下来。他们弓着身子，一只手把小麦揽入怀中，一只手舞起铿亮的镰刀，漂亮的弧线划过后，小麦已躺倒于他们身后。衣衫早已湿透，脸上布满尘土，嘴唇干的快要裂开了，但父母却顾不得喝一口。这时，才能理解“谁知盘中餐，粒粒皆辛苦”的诗意，才能体会到祖祖辈辈日出而作、日落而息的稼穑艰辛。

父亲年轻时当过兵，虽说从未进学堂念过书，可复原后确确实实是我们那方乡土上一等一的庄稼好把式。锄犁扒碾，样样精通，干起活来好像永远不知道累。令我最为敬佩的就是扬场，父亲往往是吆喝牲口直忙到天傍黑，用石磙碾压出一大堆麦子，担心晚上下雷阵雨，顾不得抖落满身的疲惫，便借着疏朗的月光，用木锨将麦子一下下高高扬起。落在近处的是沉实的麦粒，飘向稍远处的是轻薄的麦糠，彼此泾渭分明。看父亲节奏轻快潇洒自如的动作，我情不自禁地想起“劳动创造了美”这句经典名言，它用在父亲身上再合适不过了。

后来，我和弟弟都长大了，先后走出农家，到外地读了书，家里的重担仍然压在父母的身上，每年的麦收时节，依然重复着以前的情景。在学校，我会想起父母在田里劳累的身影，想起父亲宽慰母亲的话。

这些年每次回乡探亲，要么恰逢炎夏，其时鲜嫩的玉米苗或洋芋蔓已高过齐斩的麦茬；要么正值隆冬，麦苗正小脸儿焦黄地瑟缩在雪窝中酣畅地冬眠。一晃我已20余年没在家乡金黄的麦浪中挥汗劳作了，父母也渐渐老了，不论物是人非的变故，还是斗转星移的流逝，每当看到田野里的小麦变成金黄色时，我都会想起父母独自在田里打拼，而我们兄妹却很少能帮上忙。我们长大了，父母却更辛苦了。每每念及家乡的麦野时，情愫中平添了几分惆怅与无言的悲壮。多少个静夜我辗转难眠，真想以一粒麦子的名义，一一轻叩乡亲们的柴扉，恳请你们评判：我这个漂泊在外的农家弟子，骨子里与生俱来的“乡土气息”是否飘散了淡远了？偶尔亦因世事的诡谲而感喟：人许多时候实在不如原野的麦子活得滋润洒脱，活得光明磊落！你瞧一望无垠的麦野中，一垄垄一株株的麦苗你挤我挨，可谁也不屑于终日琢磨着在别人脚底下使绊子——跌倒别人崛起自己，谁也不会时常寻思着在别人脖子上下套子——窒息别人舒坦自己，将能省的心计全省了。它们相处得多好啊，你不遮挡我的阳光，我也不攫取你的雨露，大家并肩携手，挺拔成同生共死的好兄弟！

而今，家里的地少了，今年也只种一亩多小麦，家乡的小型手动收割机也取代了最原始的手工割麦方式，辛苦收麦的情景也很少出现了。父母亲年龄都大了，父亲患了糖尿病，母亲也得了高血压。但他们每年还在烈日下还是不停地割麦，母亲还是费力地一遍又一遍举起一个个麦捆，在那炎炎烈日下，俯身在岁月与田野之上，颊上淌着汗水的劳作的身影我却永远都不会忘记。

又是一年麦黄时，望着满山遍野的麦浪，我不由得感叹：今年能不能回家给父母帮帮忙！

峁家堡子

峁家堡子离彭阳县新集乡街道约一公里，依山傍水。依山倒是真的，峁家堡子三面环山，傍水却有点名不副实，因为一条小河三季干涸，只有夏天才有溪流。

峁家堡子的山各不相同，东边陡峭险峻，山路细瘦如绳，山顶有十几户人家。半山腰有许多窑洞，是当年民团驻地所留。山顶有一圆形土堡，因而得名峁家堡子。山底是一条大沟，常年蒿草如林，草中山鸡成群，不时跑到农家偷啄鸡食。西边的山山势舒缓，如同一头大卧牛，北边是山的主峰，如一位年老的慈母微笑着俯视山下的小溪。山上密密麻麻地住着许多户人家。主峰和西山之间有一条涓涓溪流，溪水经久不衰、淙淙流出，滋润得峁家堡子树木葱郁、风景如画。

峁家堡子的人敦厚朴实，为人热情。倘若有客人路过讨口水喝，主人却极其热情，罐罐茶里自然加了红糖，有家境殷实的会端上蜂蜜和白面饼子，常使路人感叹不已。这里的村民来自四面八方，有陕西的、甘肃天水和秦安的、隆德的等等，据说都是当年逃难来此的，然民风却也经久不衰、代代相传。

吼秦腔是峁家堡子人的一大爱好。这里老老少少、男男女女都会吼几声秦腔。每年的农历四月初八或八月十五峁家堡子都要举办庙会。说是庙会，其实没有庙，会却是千真万确的，本村人自己组织的秦腔团，锣鼓家什、龙袍马褂一样不少，生旦净丑一个不缺。从白天一直唱到深夜，一本戏会一段不缺完完整整地唱下来，而且唱的有板有眼，一唱就是十天半月，惹得邻村的大人小孩、男女老少、回族汉族争相来看，钱却是一分不收。早先的戏楼不知经历了几朝几代，灰砖土瓦、风雨飘摇，但村民仍然咿咿呀呀唱个不停。2000年，毛如柏来彭阳新集视察，指示有关部门投资修葺一新，于是峁家堡子人对唱秦腔更来劲了。每到农闲的夜里，村里就常听到几声啰响：戏

班排演开始了。演员们集合起来，到那戏楼上去。吹、拉、弹、奏、翻、打、念、唱，提袍甩袖，吹胡瞪眼，戏楼成了古今真乐府，天地大梨园。导演是老一辈村民，享有绝对权威，演员是一家几口，夫妻同台，父子同台，公公儿媳也同台。

峁家堡子的人爱唱戏，唱戏自然也招来不少是非，自家的男人扮相公，邻家的媳妇扮姑娘，一场《王宝钏》唱下来，自家的老婆却不依，大闹一场是不可少的，但闹归闹，到了第二天戏却还是要唱的。为此，两口子十天半月不说话却是常有的事。

戏唱得多了，名声就大了。于是，哪儿有庙会，哪儿有集会来请的人也就多了，十里八村、跨州过县的人都来请，来了几辆三轮车，人也就跟着走了。钱还是不收一分，只管饭就行！

峁家堡子也是宁夏最早的地下交通站。早在1939年2月，中共固原县委决定，在峁家堡子赵正明家的杂货铺子成立了交通站，接待转送地下工作人员。赵正明家在1935年红军长征时住过伤员谢正财，受他的影响，赵正明也加入了共产党。交通站成立后，平东工委特派员艾青山长期住于此地，负责固原一带的地下工作，在交通站里时常存放一些枪支弹药，由于隐蔽的好加上当地群众的保护，地下交通站一直没有遭到破坏。交通站旧址现为杨家老三门市部，保存基本完好无损。

峁家堡子是一个平凡而又热闹的村庄！

远去的故乡夯调声

家住黄土高原的人们，很少听见船工们拉纤撑船、推航时"哟嗬嗬哟"的号子。但童年时盖房打地基的夯号声却时时留在记忆的深处。

小时候，家乡多住窑洞，很少有盖房子的。偶尔有一两家修房或生产队里盖房，却需要打夯。放学回家，和同伴们排成一行，看石夯夯起的层层黄

土，听打夯吼出的声声夯号，那气势与船工号子一样雄深、高亢。

说是石夯，其实就是碾场用的石碌碡，把碌碡倒立起来，用麻绳缠住四周，在插一根木棍作为夯把，留八个或六个绳头，每人牵住一根绳头，一起用力高高举起，又重重落在地上，名曰：砸夯。

夯是一件非常笨重的石器，再棒的小伙子也很难举起来。正因为如此，用来夯砸地基才再好不过了。那时的电夯恐怕还没有发明，乡下用电主要是照明，连电视都极少见。“夯”字，一“大”一“力”，很是形象，不用大力是举不起来的。所以打夯是年轻力壮的小伙子的事，老少妇幼之人只有在旁边看的份儿。

家乡盖房一般在秋季打地基，开春建房。秋天多雨，地潮土实，正是夯地基的好时节。谁家建房在田间地头随便招呼一声，乡里乡亲的谁都会去，也不用出钱雇人。人一辈子能盖几回房子，低头不见抬头见，谁还没有用着谁的时候。人多了，八个人各牵住一根绳头，人少了，六个人也行。谁扶住夯把，谁就是夯头，如同乐队的指挥。夯头是指挥者，不用出很大的力，但却是技术活，要求高，夯头必须懂活路，眼力好，夯出的地基才结实。夯头能说会唱，大家的力才会用到一处，夯头嗓子好，号声才能洪亮。夯地开始了，只见夯头一扶夯把，八个人同时猫腰，仿佛一道无声的命令，各自抓好自己的绳头。但听那人嗓子一嗽，不紧不慢地唱出：

“大家一起来呀——”，就这一句，声若洪钟、气贯云霄、直入耳底，打破了乡村的寂静，惹得家家户户的狗吠起来。“呀”字脱音未落，八个人同时合唱“嗨哟”且同时发力，本来非常重的石夯“嗖”一下飞起，然后又“咚”的一声重重砸在松软的黄土地上腾起一层土雾。指挥者看见人群里有个漂亮媳妇便开起玩笑来：

这个媳妇好呀——

嗨哟嗨——

长的真是巧呀——

再过两年跟人跑呀——

嗨哟嗨——

腼腆一点的年轻媳妇赶紧红着脸跑掉,若是遇到厉害点的,定会口无遮拦地臭骂打夯人一通。

骂归骂,指挥者还是一句一句地唱,一夯一夯地砸。哪夯砸偏了,眼观六路的指挥者便唱“夯跑偏左了呀——”,大伙一听,下一夯就往右点。若到拐弯了,“大家往东砸呀——”,随着“嗨哟嗨——”,夯自然就拐到地基的东面去了。若是哪个人偷懒了,指挥者就唱:“三娃子用力了呀——”,三娃子就再也不敢偷懒了,若是哪个注意力不集中,指挥者就唱:“狗蛋看夯呀——”,狗蛋就赶紧回过神来,一心一意牵夯。

夯打起来了,主人家就拿出早已准备好的旱烟和老砖块茶叶,生好炉子等打夯人休息时抽烟喝罐罐茶,有条件的也买几盒三毛三分钱的黄金叶烟或更便宜点的羊群烟。当时那个条件,吃啥喝啥从来没有人挑,家境困难的连饭都不管,打夯结束后各自回家吃饭。那个年代的乡村,没有文化娱乐,所以看打夯、听夯调也算是一种乐趣吧。围观的男男女女、老老少少会越来越多,领唱的会越唱越起劲:

大家加油干呀——

嗨哟嗨——

干完了吃长面呀——

嗨哟嗨——

长面吃饱了呀——

嗨哟嗨——

日子就好了呀——

嗨哟嗨——

唱词完全是现场现编，即景生情，顺口而出：

张家碎娃娃呀——
嗨哟嗨——
好好把书念呀——
嗨哟嗨——
把书念成了呀——
嗨哟嗨——
去把商店站呀——
嗨哟嗨——

这是对农村娃娃最好的祝福，当时的人们把当商店售货员看成是最有出息的。当然也有爱情之类的唱词，但夯速要慢，调子也变：

塬畔畔上栽柳呀——
嗨哟——
花衫衫娆的人眼花呀——
嗨哟——
小妹妹穿条红棉裤呀——
嗨哟——
好像雨中的桃花树呀——
嗨哟——
珍珠玛瑙胳膊上绕呀——
嗨哟——

见了哥哥抿嘴笑呀——

嗨哟——

此时此刻，指挥者的才华得以充分的展现，人世间的一切可以为词，大奸大忠、大恶大善，都在乡村人的口中唱出。激越时，围观者情绪昂扬；沉郁时，打夯的节奏也渐缓渐慢。夯起夯落，潮起潮落，仿佛他们打的不是夯，而是在舞台间的表演。这夯场就是舞台，故乡的舞台，整个天地间的舞台。他们的表演演给亲人，演给皇天后土。

如今，家乡的夯地号子早已远去，石夯也渐渐淡出历史的舞台。现代电夯代替了笨重的石夯发动机的吼声代替了夯号，但那激越、淳朴、粗犷的打夯号子，却久久地在故乡的天地间、在故乡人们的心中萦回……

工地上的女人(外一篇)

井文军

城市简直以磁悬浮的速度在发展,建筑工地遍布她每一个角落,劳动的节拍响彻四面八方!我是一个城市的寄生虫,每天早出晚归匆匆穿行在她网格状的街道之中。我突然发现:在工地忙碌的身影中,曾几何时?女人已成为一道亮丽而悲壮的风景。

你看,她们骑着除了铃铛不响哪儿都响的自行车,后面绑捆着铁锹之类的劳动工具及干粮茶水,头戴安全帽,身着旧衣裳,多是旧迷彩服和牛仔服。每天天刚亮就赶赴工地,离家远的中午都不回去,下午夕阳西沉才拖着一身疲惫回家。不叹苦,不言累,渴了就喝自带的茶水,饿了就吃自己的干粮。然而,如此简朴的行装和粗陋的饮食却孕育了无穷的劳动力量。那一股挥汗如雨的干劲,那一种吃苦劳累的精神,足以使我们男人行列中很多人自愧不如!

这些工地上的女人大多生活在城郊的农村,她们也有家也有孩子啊,但为了生存的需要她们以惊人的毅力克服着种种困难。下午收工回家,先给牛羊添草料,后喂鸡猪狗,再去煨炕,然后开始做饭,同时还得督促上学的孩子写作业,饭做成家人吃时她还顾不得吃,忙着别的细碎家务,忙完了她才吃,饭菜早已冰凉。锅洗了一切收拾停当她才去睡,这时家人早都睡着了,她是夜色中最后消失的人影。睡了也睡不踏实,还要操心给脱了枕头蹬了

作者:井文军,1974年10月生,彭阳县二中教师,有散文作品多篇发表。

被子的孩子不断垫枕盖被,半夜醒来还要听听门外可是起了风,看看窗外可是遮了云。清晨她比家中谁都起得早,暖壶里灌满热水,给家中各个角色备好吃的东西,拾掇好家中里里外外,再去叫醒孩子,帮着穿衣洗漱。送孩子上学出门时还不忘叮咛一句又一句,之后才匆匆赶赴工地。

这些工地的女人也有爱也渴望美啊,但她们为了使自家的日子不甘乡邻之后便抑制了许多女人本应有的追求和享受!她们就像这春天里野外生长的苦苦菜,比起漂亮的盆景显得微不足道,更不能引人注目;但她们身上所折射出来的为了生活顽强奋斗的精神,比起靠人施肥浇水的盆景,那要荣光万千倍!

我曾久久注目过工地上的女人,没有少妇,没有老妪,清一色的中年女人。有道是"女人三十一枝花",意思是中年的女人是最美丽的,代谢了少女的羞涩、少妇的矜持,拥有了成熟和丰腴,是最有女人价值的黄金时期。可是,这些工地上的"花枝"却只能无奈地把自己的美丽藏起来,藏在安全帽下,藏在大口罩后面,藏在自己所爱的人的眼中心间。对此,她们默默无闻不吐半点遗憾。

"女为悦己者容",但她们何来清闲的时间为"悦己者容"啊?生活的忙碌使她们除过性别其他方面已很不像个女人。听别的女人讲烫发美容的时候,她们何尝不心酸啊!工地上的女人,她们实际上扮演着两面人生:在家是个女人,尽着女人的义务;在外是个男人,干着男人的活计!

工地上的女人随身携带的最时髦的设备是那联系着她和自己世界的手机,工地上最扣人心弦的旋律是女人们最爱听的手机铃声,工地上女人看见最多的是别人的男人,想得最多的是自己的男人,工地上的声音除过机器的轰鸣,最多的就是女人们灿烂的笑声!

工地上的女人,你们是我的姐妹!你们在工地上把中国女人几千年来勤劳贤淑的美德赋予了新时代的含义,你们硬是用自己柔弱的身子骨把"半边天"的旗帜从农家小院插上了城市的高楼之巅。城市在你们的劳动中一天比一天美丽，你们在城市的变化中一天比一天沧桑，让人揪心的你们呐！

豌豆花开

好些年没有目睹过豌豆开花的景象了，这次高考期间，学校放假，回到老家我又捕获了这个机会。

今年雨水充沛，满地绿绿的豌豆长势颇好，已经冒了有一尺多高。豌豆是藤蔓植物，每一片叶杈处都会长出一条很长的藤蔓，一边向上生长，一边用藤蔓牢牢缠住周围的伙伴，相互搀扶，互为依从。即使遇上狂风暴雨，也许会倒下一片，但不会倒下一株，团结的内涵在豌豆的生长过程中有着完美的体现。站在地里，望着它们肩并肩手牵手的阵容，不由慨叹，我们自己在很多方面比不上这满地的豌豆。

时令已到了豌豆开花的时候，那万绿丛中的点点豆花，阳光下犹如彩蝶纷飞！豌豆花分里外两层，粉色的外层如张开的羽翼，梅红的里层只有两瓣，如张开的双唇轻轻衔着娇嫩的花蕊。整个花冠尽管很小，却又很美，在豌豆上端一层层绽放，不仅散发出幽幽的花香，也给人无限的遐想。

过去，很多年前的过去，老家农村豌豆的种植面积很大，少则几亩多则十几亩几十亩，那是因为豌豆和胡麻一样，是农村人经济收入的主要来源。那个时候，农村人还没有外出务工收获铁杆庄稼的意识，当然整个社会的发展现状也不允许农民不专心种地外出闯荡。农村人辛苦劳作一年的收成大致有两类用途，一类生活一类变钱。种植豌豆的目的主要是后者。遇到好年景，一个豆角里会有七八粒豌豆，一株豌豆上又有那么多豆角，豌豆的产量是可想而知的。

豌豆的收割容不得迟缓。因为成熟的豆粒把豆角撑得鼓鼓的，在太阳暴晒下，干枯的豆角越缩越紧，当承受不住里外鼓与缩的双重力量的时候，便会啪的一响破裂外卷，里边的豆子迸射四散，这就是方言中所说的“响角”了，那样的话到手的收成就会遭受很大损失。豌豆收割之后最忌讳的是阴雨天，如果老天不长眼，下上几天雨，那就惨了。因为豌豆最容易长芽，雨水浸泡三两天那胚芽就按耐不住而破皮萌发。所以豌豆的种植有很大的风险，有时候到手的收成会在不测的天气变化中付之东流。

在我的记忆中，我家种豌豆有两次因天气不测遭劫。一次是豌豆收割之后遇上了连阴雨，很多豆子在豆角里就长了芽，打碾后几乎一半是芽豆。芽豆只能做牲畜的饲料，想变卖价钱是很低的，可那时候家里穷，处处都急着用钱，无奈之余只能动手来捡。好几袋子，一粒粒捡谈何容易？幸亏父亲想出了一个绝妙的办法，把炕上的铺盖揭掉，放在炕上捡。睡过炕的人都知道，土炕前边高里边低，我们把豌豆一碗一碗从炕前边倒下，圆的滚到了炕里边，而那些长了芽的由于变形是滚不动的，自然就停滞在了半炕上，这样捡起来就快得多了。这个办法，让我们全家捡的趣味十足，全然忘却了收成减半的痛苦，没用几天就捡完了。还有一次，我家八亩已收笼成垛的豌豆，被一夜大风全都卷到了地边的深沟里，颗粒无收，几十年过去了，我仍能记得父亲站在地畔怅望的背影，父亲最后说：“人收不如天收。”

而今时过境迁，社会转型，大部分农村人都如潮水一般涌向了城市的角角落落，留守在偏僻农村专职种地的人已寥寥无几。我的父母年龄已不允许外出务工，暂时也不愿意跟随我们进城生活，依旧守护在走过了大半生的这块天地，干着力所能及的活计。今年种植这块约莫一亩的豌豆，也不再是为了换钱谋生，完全是为孙子们能吃上鲜嫩的豆角才种的。其实到了吃豆角的时候，在城里是可以掏钱买到的，但即将来自老家田地里那凝聚着老人对孙子无限疼爱的豆角，是我用毕生的能力都买不到的啊！

提到吃豆角，我又突然想起现在孩子绝不会稀罕的一些往事。小时候每当豆角成熟时，不仅剥着吃，还别出心裁往瓶子里塞进一些豆粒和抽了筋的豆皮，灌上地椒茶，把瓶子倒立在嘴上，想喝就喝，想吃就吃。泡在茶中的颗颗绿豆犹如珍珠，在吹进的气泡中上下翻飞；泡在茶中打了卷的豆皮又香又脆。时隔许多年后，那豆角泡地椒茶的美味我依然记着，也是我后来品尝过的所有饮料无法替代的。还有那在贫困的生活中偶尔能吃上一顿豆面散饭，偶尔母亲能恩赐我们两勺头炒豌豆等等，无不是记忆深处关于生活的最深刻的记忆。

一丝暖风把我从无限的遐想中唤了回来，我又一次走进豌豆中间，虔诚地聆听它们生长和开花的声音。豌豆，在不同的历史时期为我们做出了不同的贡献，从贫穷时代的金色希冀到小康生活的绿色佳肴，它的身影一直在我心中茁壮蓬勃。立在豌豆中间，头顶天空碧蓝，白云朵朵，四野里一片空旷，满眼明媚，耳畔蜂鸣嘤嘤，我完全忘却自己和这满地的绿色植物有什么本质区别。豌豆花开，我心拔节，土地永远是我的家园，我也必将永远深深眷恋着她。

空巢 空心(外二篇)

虎维鹏

七月初四是父亲的生日,已经一年时间未回老家了,现在家中只剩下了年近古稀的父亲。无论说什么在父亲今年的生日这天也得回趟老家,给老人些许慰藉。去年的七月初四说是要回去给父亲过生日可不知什么事搅扰竟未实现。前几天给父亲打电话说最近我将回来,父亲激动地颤抖着声音说你们忙完了的话七月初头回来,到那时咱家的玉米、核桃、梨就都能吃了,回时记着把娃领上,父亲口中的娃是指他的孙女儿。

七月初四是星期五,女儿就记下了这个星期五,不断地问我今天是星期几,星期五快到了吗。终于等到了星期五,妻子在私企上班,要回家的话必须等到下午四点才能走,下午两点半妻子去上班,上班时已把回老家要拿的东西打包好了,我和女儿在家看电视等妻子,从两点半至三点之间女儿问了我好几次时间,到三点时我说还有一个小就到了四点,仅仅过了八分钟也就是三点零八分时女儿又问到了吗,我忍不住笑了,可这笑里包含了太多的遗憾:女儿急切的回家看爷爷的心情是可以理解的,女儿已经七岁了,可我们回家的次数竟还不足七次。

车子在309线上一路颠簸,听说309线要改道,于是从几年前开始回家的这条路就再也无人养护了,路上全是大大小小的深坑,车根本无法快速

作者:虎维鹏,1976年4月生。彭阳县一中教师,在《宁夏教育》《六盘山》等刊物发表作品10余篇。

前行,每小时二十公里还要开得快,颠呀颠颠到了六点钟,这时父亲打来电话问我快回来了吗,我说还要一个小时,父亲说那他先回家准备晚饭。原来父亲下午两点就已出来了,在车子要经过的街口等候,到此时他已站了整整四个小时,也就意味着他向这里张望了四个多小时,他逢人就说:"你哥今天回来,我在这里等。""你兄弟过会儿回来……"听到这消息我心里隐隐地掠过一丝丝疼痛,我随便回一次家就把父亲高兴成这样。

回到家已经接近八点了,山里已经黑蒙蒙的了,走进院子看见父亲和大妹坐在房檐下等我们,大妹已出嫁了,昨天刚从婆家回来。父亲让大妹赶紧把刚煮的玉米、新洋芋端上来,他说家里今年捉了三只鸡娃子还未长大,早上他捉了一只想杀用手捏了一下结果瘦的可怜便又放掉了,今晚就吃玉米馍馍吧。我拿出早上临走时买的肉鸡让大妹去炖,父亲吆喝让我把隔墙的小叔也叫过来一块吃。吃着刚炖的鸡肉,父亲不无感慨地说现在的生活太好了你看不过年也能吃到肉,边说边撩起衣袖拭向眼角,我一看父亲的眼角有泪花闪烁。我哽咽了,默默地低下了头。我知道父亲此时的心情是复杂的:有盼望一家人团聚的这种艰难,有他一个人孤零零守家的落寞,有重逢的喜悦,有太多的生活里的艰辛……

晚上,父亲拿来了火葽子挂在门鼻上,说有这东西蚊子不敢进来,即使进来也张不开嘴咬人,半夜里看蚊子把我娃咬一下来着。父亲说的"我娃"表面上是指女儿,其实我知道这种担心是已包含了我们夫妻二人在内的。火葽子是北方人在夏天拔下白蒿用手搓成绳子晒干,然后挂在门鼻上当做蚊香来驱蚊子的。白蒿火葽子燃烧起来散发出一股浓浓的蒿香很是耐闻,一晚上我都在这种久违了的蒿香中熟睡。

这次回家连来带去不到三天时间,时间真的很紧。第二天就成了行程中最忙活的一天。一大早父亲就带领我们又是摘核桃、又是掰玉米、又是挖洋芋,说这些东西城里买的都有农药,自家种的不洒农药不施化肥吃起来更有味。当我们到沟洼壕壕摘梨时,父亲蹲蹴着用手摸着女儿的头说:"我娃走了都好长时间了,我出去看见门外畔上还留有我娃的碎脚印。"我心中猛的一紧，我知道这是去年啥时回来时女儿在门外畔留下的。父亲的话语流露出了他内心深处的孤单，他把太多太多的时间都放在了这种对子女的回忆中。

清　明

“清明时节雨纷纷，路上行人欲断魂。借问酒家何处有，牧童遥指杏花村。”行人、雨润、稚童、杏花飘香一幅绝美的人间图画，可这画面也许只能出现在古代、甚或前些年。在今天，时间也是清明，但窗外飘的不是细雨，也没有烂漫的杏花，有的只是呼啸的狂风卷起漫天的尘土。

风沙无孔不入，办公室尽管门窗紧闭，但沙粒还是从门缝中挤了进来，呛得人连呼吸都变得困难。几个同事兴味索然地低头忙着手上的事。这时老 k 打破了沉寂的空气，老 k 向来以说话幽默、诙谐，加之动作的夸张远近闻名，只听他长吁一口气：“这天气能不让人心烦吗，春天不像春天，整天只是刮风，你不暴躁说明你不正常。想想咱们小时候春天的天气亮堂的如同大海一般，天上白云朵朵，鸟雀成群叽叽喳喳的叫个不停，偶尔传来几声狗叫，大人们给小孩子从发芽的柳树上折下一段柳枝来拧个咪咪，小屁孩嘟嘟地跟在大人屁股后一路吹来，那景象真是春天。唉！你看看现在……”大家立刻接上了话茬扯上了生态、环保，话题一下子变得有了高度。接着他又叙述了几天前他亲历的一件事：晚上他下班刚进入小区，后面紧跟着一辆崭新的轿车驶了进来，小区大门半掩着，他回转身准备打开另一扇门让车进来，可还未来得及拉大门，这时从车上下来几个愣头愣脑的小伙子双手插在腰间，眼睛斜睨着骂了他一句，这时他懵了，自己为了做好事反而招来横祸。后来他悟出这些都是因为飞尘呛得大风刮得，人的心太烦闷了。

时光荏苒，岁月倒流。小时候清明时节的光景清晰地呈现在眼前，早晨空气清新而潮润，天空瓦蓝瓦蓝，大人们都忙着春播，父亲是犁地的把式，他犁过的地犁沟之间宽窄均匀，深浅合适。他在前面“吆咕、吆咕”地赶着牲畜

扶着犁不紧不慢地走着，叔父抱着粪斗不住地扬起手向犁沟撒土粪紧随其后。馋嘴的白鼻梁子叫驴偷空从犁沟中叼起一块洋芋种子来不及咀嚼就迅速咽下，父亲又多吆喝了几声，地头不时传来几声“酸枣鸡”清脆的叫声惹得村子里的狗叫声不断。最快乐的是这帮孩子，一会儿缠着要大人们帮忙从翻新的泥土里找小蒜，一会儿说口渴了要喝水招来大人们阵阵的呵斥声。大人们被缠得实在没办法就想了一招：让孩子在土里找去年秋后未拾尽的坏洋芋，哄着说拿回去烧着吃，记得当时的风轻轻地拂着，阳光暖暖地洒在身上，所有的一切让人惬意极了。

可现在，这一切只能让人回忆。整个春天都在刮风，天灰蒙蒙一片，沙土让人不敢睁眼，人的心情也像天气一样郁闷而烦躁。清明，顾名思义：风朗气清，天空明净。可由于人类的滥采滥伐、过度的垦荒，既清又明的景象现在是越来越少见了。

苜蓿苦　苜蓿甜

春天的早晨凉凉的，天刚刚放亮，母亲就已经背着一捆苜蓿从山上回来，那浅蓝嫩紫的苜蓿花散发出一股淡淡的清香，令人陶醉。那时我六七岁，早晨常闹着要跟母亲上山割苜蓿，有时母亲实在拗不过我的软磨硬缠就带上我。那片苜蓿地成了我儿时的乐园，苜蓿差不多与我一般高，远远望去满眼一片莹莹的蓝，诱人的蓝色招来了蝴蝶，有纯黄的、红底黑点的。于是捉蝴蝶便成了我的弄头，屏气凝神不顾一切地扑向目标，两手一合，可结果却一扑一个空，只弄得苜蓿倒下了一大绺。有时运气好，可以碰上一两墩丝秧，丝秧下面围着一圈拇指大的丝瓜瓜，揪下放入口中有一股苦苦的甜，运气更好时会捡到一窝山鸡蛋，当时那种兴奋之情真是难以言表。

上山时，一路欢歌、一路笑，奔奔跳跳跑在前面，可回来时，便没有了那股高兴劲儿，本来在苜蓿地中就已折腾得够呛了，再加上山高路远，孩子毕竟是没多少耐力的，于是我便远远得落在了母亲后边，走走停停，母亲便一路唠叨一路等，发誓再也不带我上山。铡苜蓿时，铡刃上沾满了稠稠的苜蓿血，浓浓的、黏黏的、绿绿的，发着青草味，让人沉醉。铡好的苜蓿往石槽里一倒，那头黑毛驴便迫不及待地狼吞虎咽起来，边吃苜蓿边突突得打着响鼻，有时伸出嘴扯扯你的衣袖表示着自己的满意。一个春天出来，苜蓿喂得毛驴浑身发亮、毛尖冒油，走起路来容光焕发、精神抖擞，着实让全村人眼热了好一阵子。

夏天，苜蓿花凋谢，便结上了黑黑的苜蓿荚，结荚的苜蓿可让我当时头疼了好一阵子。由于它的籽可以变卖成钱，午后，母亲便将割回的一捆带荚的苜蓿往院中一散，发动全家人，人手一根棍子，使劲敲打苜蓿，让苜蓿籽体分离。每当这时便是我最头疼的时候，棍子弹得手掌发麻，我边敲打、边诅咒那可恶的苜蓿。有时满头大汗，累得上气不接下气不说，手上还磨出了血泡。一阵忙碌过后，苜蓿籽卖得钱又让我高兴了一阵子，因为终于可以穿上一件新衣服了，又可以在小伙伴面前炫耀几天了。苜蓿籽使拮据的家境宽裕了不少。

在我出生的那一年，听母亲说村里的日子过得很紧巴，人们整天忙碌着，但还是吃了上顿没下顿，靠救济粮生活，特别是那些孩子比较多的人家，日子过得更加艰辛。于是每天就只能靠挖野菜接济了，而那片苜蓿地便自此与全村人结下了不解之缘。刚冒出地面的苜蓿很嫩，挖采回家用水煮后，捏成疙瘩撒上盐就可以吃了。从苜蓿刚冒出地面到长成三五寸高大约一个多月的时间里，几乎每天都有人到那片苜蓿地里挖苜蓿。就这样，在那一个月左右的时间里，全村人每天都有得吃。苜蓿在当时维持了人们的生命。

现在，苜蓿成了餐馆中的一道特色菜，据介绍是纯绿色食品，营养丰富。当然经过深加工的苜蓿吃起来柔筋筋，菜香很浓，且耐咀嚼，确实受到了长期生活在钢筋混凝土丛林中的人们的青睐。前些天我和女儿回老家，带着一股莫名的兴奋拿着小铲，挎着个竹篓儿来到了久违的苜蓿地里，可那片苜蓿地已被栽上了果树，说是水果经济效益好。我站在往日的苜蓿地里，一丝失望和怅惘充满心头。

时间写意(外二题)

张富宝

我没有找到讨好时间的办法

我不能让它慢下来

春天的沙尘天气让人心烦意乱，空气中还弥漫着橡胶厂排放出来的浊臭——我周围的天空似乎越来越低了。

朋友H从新疆回来，准备转业，十年前我们相别时的情景还历历在目。那时候，我们一面怀揣着青春的梦想，一面体味着别离的痛苦。H选择去陆军学院当兵，更多的朋友都“理所当然”地留在银川。那时候，H身上的那种腼腆羞涩的书生气仿佛突然间消失了，我们越来越感受到一种军人的果敢和威严注入了他的生活，我们为此感到自豪和高兴。

一年之后，H毕业分配到新疆，终于成为朋友圈中离我们最远的一个。我们再次相聚的时候，他的背井离乡的惆怅以及对故地旧友的依恋都让人心痛。他对部队的美好想象破碎了，他开始变得与这个“绿色”的世界格格不入，不善言辞不愿阿谀的他哪里懂得军旅生活的游戏规则，他变得更加柔弱和孤独了。那时候，我不知道他瘦弱的身体是如何承受这一切的，但依然能

作者：张富宝，1976年生，宁夏彭阳人，宁夏大学人文学院副教授，文艺学硕士，主要从事文艺美学与宁夏文学研究。曾有文学与评论作品见于《光明日报》《文艺报》《山花》《名作欣赏》《朔方》《银川晚报》《新消息报》《六盘山》等刊物。

听见他的欢声笑语，依然能看见他给我们展示他健硕了一点的胸肌，依然能感受到他对美好未来的憧憬……

此后，我们经常写信、打电话，我们相互安慰、相互鼓励，H似乎也释然了，他的浪漫的“蓝花”凋零了，他准备在部队上扎根、开花、结果，也不再对我留在大学校园而“耿耿于怀”。这一切都仿佛是在昨天，我甚至还能记起我们的书信中的那些稚嫩的文字，我们虽然相去甚远，但感觉却如在眼前。那是一种多么美好而纯真的朋友之情呵！现在回想起来，那时候真是太“奢侈”了！

后来，我们各自忙碌起来，开始专注于各自的生活流程。我们周围的同学、朋友都相继结婚、生子了，大家都坠入了家庭的轴心。生活似乎变得越来越忙、越来越快了，朋友们之间的联系也越来越少了。刚毕业的时候，同城的每周还能在“大本营”（母校）聚上一次，踢球、唱歌、吃夜市，在我的单身宿舍里聊天、打牌、涮火锅，甚至周末的时候为了看一场中国足球队的比赛，偷偷从化肥厂办公室搬来电视看了一夜，第二天又打的搬了回去；而外地的同学朋友也经常联系，互通有无，每逢年关的时候我们还能吆喝到一起重温“旧梦”。然而毕业两三年以后，一切都变了。大家都在努力经营各自的事业，见面的机会越来越少，偶尔聚会的时候常常人员不齐，电话也不打了，信在网络兴起之后更是不写了。我们像是一群“熟悉的陌生人”隐藏在城市的角落中，虽然难免彼此牵挂，但谁都没有了过剩的时间和精力关注别人——或许只有一个人除外，那就是至今还寄生在校园里的我，十年前的我和十年后的我几乎没有什么不一样，除了日渐加深的皱纹和微微发福的身体。

大概是三年前吧（我也不知道准确的时间），H成了家生了女儿，他的生活开始步入正轨。再看看我们周围的同龄人，我的师弟师妹甚至我的学生也已经拖家带口，他们也都在自己的岗位上有了一定的成就。我深深感到惭愧，同他们相比，我至今一无所成，我的工作和生活还处在风雨飘摇之中，我似乎还一直在“做梦”……

昨天,H来校园找我,说要开个户口证明办转业手续,我便陪着他。他已经脱下了军装,十年前的挺拔身姿似乎看不见了,面容和话语之间多了一份沧桑和无奈,房子、孩子、工作等等这些都是摆在他面前的大事。他现在是副营级干部,月工资三千六左右,老婆是"专职太太"。转业到地方来,工资能拿到部队的一半就已经不错了,而且能不能转回来还是个问题。我一时无语。

我们从校园转到派出所,费尽口舌,结果还是一无所获,他的户口迁移证早已失去了踪影。除了军官证,他无法证明自己的身份,更无法证明他曾经是银川人。新疆来电话告诉他,他的档案不全,最为滑稽的是居然找不见他的"入伍批准书"。"没有'入伍批准书',难道我做了十年的假干部?"他想幽默一下,但却是一脸苦笑的表情。那一刻,我突然觉得没有比这更为荒诞的事情了,H仿佛一下子变成了"天外来客",变成了地球上的一个流浪者。

我们茫无头绪地走在街上,春风裹着沙尘扑腾着,我们的嘴唇都有些干裂,神情有些"呆滞"。十年前我们为了工作而委曲求全,十年后我们还要为生存忍辱负重;十年前大家都是一幅学生相、学生腔,没有什么不同,十年后每个人的人生之路却千差万别,有的位居高官,有的身陷囹圄,有的春风得意,有的举步维艰,有的"妻妾成群",有的形只影单,有的病态怏怏,有的甚至已经告别人世……

身边走过一拨又一拨的毕业生,他们满面笑容、不识愁味,还沉浸在青春的欢乐之中,我们有些羡慕但更多的是伤感。十年一觉青春梦,难得人间薄幸名!

在这个纷繁多彩的城市,目送着H坐上公交远去的背影,我觉得世界又不安了下来,变得越来越黑……

"复制"的暴力

被喻为欧洲最后一个"文人"的本雅明发现了"复制"的秘密,因为大量的机械复制使艺术失去了独一无二的“灵韵”,使艺术失去了膜拜的价值而沦为了无处不在的商品。于是,“复制”成了今天这个时代无所不在的幽灵。从手工复制到机械复制,从电子复制到生物复制,复制如同疯狂的病菌一样繁衍、扩张、膨胀。

于是我们看到,到处都是相似的婚礼和新娘,到处都是相似的住宅区和单元房,到处都是相似的街道和商场,以至于到处都是相似的生活……这正是一种“复制”的“暴力”。一首歌曲刚一流行,便唱遍千家万户,直到让人反胃;一种服装款式刚一发布,便秀遍大街小巷,吊带的、露腰的、超短的,千姿百态;一个短信或是一句妙语刚一出炉,就会产生很多变体,“那是相当得快”。

我常常想,生活在这样一个疯狂复制的环境里其实是很恐怖的,我今后的生活理想或许就是努力去抵制这种千篇一律的相似性。你可以想象一下,当你在中秋节汽车尾气弥漫的夜晚看到的是人造月亮时,当你在街道或是花园里看到处处都是比真花还鲜艳夺目的假花时,当你时时看到被硅胶或是其他物质填充或是改造的人造美女时(睫毛可以是人造的,胸部和大腿可以是人造的,处女膜也可以是人造的,克隆技术的发展使得动物和人也可以被制造出来),当你发现没有什么不能被制造和复制的时候,你还能快乐起来吗?你还能感觉到你生活在真实中吗?

所以我觉得这个时代的哲学问题不是关于“自杀”的问题,而是关于“真实”的问题。法国哲学家波德里亚在《海湾战争并没有发生》一书中甚至得出这样的结论,“海湾战争”从来就没有发生。因为1991年的“海湾战争”其实是大众看到的,实际上并没有发生的虚拟的“媒介之战”。这样看来,诸如“伊拉克战争”等,都是不真实的“媒体事件”或“电视战争”,而只是由带有某种政治倾向性的摄影师、战地记者们拍摄和剪接的影像作品。当电视观众日夜相继地观看美军与伊军的交战进程的时候,他对这场战争的观赏实际上与对一部战争大片的观感并无不同。因为他们所看到的已远非真实的战

争场景，而是被“实时直播”的电视“作品”。这当然是一种“极限化思维”，但它却有“片面的深刻性”，伟大的思想其实都不是万能的，都是片面深刻的。

博尔赫斯对镜子充满了恐惧，因为他从镜子中看到了污秽和交媾，“镜子与交媾都是污秽的，因为它们同样使人口数目增加”（《特隆、乌克巴尔、奥比斯·特蒂乌斯》），其实这正是一种对复制的幻影的恐惧；撒豆成兵的魔法具有巨大的威慑力，所以孙悟空的三根救命毛能让无数妖魔闻风丧胆；科幻影片中，那些可怕的“异形”（西方电影中对“异形”形象的想象是非常有意思的）和“智能人”都是具有超强的自我繁殖和自我复制、再生能力的，它们对人类的生存造成巨大的威胁。这其实表达了人对复制的世界的一种潜意识的恐惧。

尼采的传人福柯说：“说到底，这个世纪最迫切需要思考的就是事件和幻象。”拉康的信徒齐泽克曾经指出当前的时代正遭受着一场“幻想的瘟疫”（也许把“幻想”译为“幻象”更为妥帖）。后现代主义的“大祭司”波德里亚也谈到我们正在进入一种带有死亡气息的“超现实”（“仿像”）的社会镜像中……他们都把矛头对准了幻觉和幻象，而这正是复制社会所带的暴力性后果！

左手打球用

不抽烟，不酗酒，这些制造玄幻的事物仿佛离我很远，但我从不拒绝买书和运动，一静一动，它们其实比烟酒更容易制造幻觉，一种近似于幸福的幻觉。烟雾缭绕的迷蒙远远不及书影的美丽让人倾心，天昏地暗的沉醉也远远不及乒乓球的旋转更让人着迷。

买书无疑是一项奢侈的“事业”，需要一沓沓的钞票；而在单位打乒乓球，却是一种廉价的投资，只需腾出一些空余的时间。所以，我的业余生活更多的还是以“动”制“静”。

然而，每天都面对同样的人，同样的环境，打球已经没有新鲜感和成就感，量的积累并不带来质的飞跃，想来是多少有些让人沮丧的。似乎只是一种身体的放松，心理的稀释，没有求胜欲便没有创造性，精神疲惫又懒惰。但每天都要“准时”地去，准时地出现，准时地在布满尘灰和汗臭味的房间里“张牙舞爪”，生理的钟表也已经适应了这样的生活，稍一变动就会感到不适。体育运动也是容易上瘾的呵！

尝试用左手打球，这是一种新的姿态，恰似一面镜子，让我在突然之间发现了自己陌生的一面。左手显得迟缓笨拙，小心翼翼，常常会固执地重复同样的错误；那些右手的“陋习”在长期的驯化中似乎消失了的，现在它们“幽灵重现”。看似身体动作的习惯性再犯，其实却是思维模式的同一与僵化，我已经适应了右手思维，并且让它掌握了领导权，我的左手成了右手的奴隶！

王维说“行到水穷处，坐看云起时”，这是一种豁达悠然的生活态度，同时也是一种创造出新的思维方式，用左手打球也许与此有些类似吧。少时读金庸小说，对“老顽童”周伯通的左右手互搏之术十分迷恋；近日看斯诺克台球比赛，“火箭”奥沙利文左右开弓的绝技更让人艳羡不已。对于他们来说，左右手是近乎平等的，右手是一境界，左手也是一境界。那么，对于我们这些“右撇子”或是“左撇子”的庸众来说，为什么不适当地让左右手对对话，在山穷水尽之时换换思路和打法呢？

散文二题

刘伟军

风 味

风味是原生态的纯自然的母性的;风味是绿色的泥土的传统的。

风味是洗去浮华的本性回归;风味是儿时的思念故土的眷恋。

风味展现了地方的特色民族的风情;风味是习俗的传递文化的承载。

风味是忙碌、劳顿后静静地等待,细细地品味,淡淡地释放,悠悠地怀想。

风味是在小吃店里面对热气腾腾的搅团或者诱人魂魄的饸饹面心中滋长着家的温暖和对亲人的怀念。

风味是大餐中点缀着的洋芋饼、地软软包子、荞面摊馍馍,它们面对着鸡鸭鱼肉、生猛海鲜往往备受青睐喧宾夺主。风味是欢歌笑语中尽情品尝的奶油茶、马奶酒、手抓羊肉……而当风味成了广告成了标签成了品牌,狗不理包子、全聚德烤鸭就名满天下。

风味是魂牵梦绕的生命律动,是民族血液里脉动着的音韵旋律。马头琴的悠远与辽阔,藏族歌舞的奔放与豪迈,侗族大歌的清悠与深长,水乡女声的温婉与柔媚,陕北民歌的直露与高亢。风味是酣畅淋漓的宣泄,心驰神往的陶醉。风味让《蒙古人》《自由飞翔》《陪你一起看草原》等民族歌曲红遍了大江南北。终于有一天,这天籁之音让青歌赛增加了原生态的唱法。

风味具有浓郁的乡土气息和地方特色。米家糕点马捞面,彭阳果脯四兴醋。马玲麻花羊肉泡,朝那乌鸡糜子酒。风味有独特的魅力较高的开发价

作者:刘伟军,彭阳县教育局干部,曾发表文学及理论文章30余篇。

值,农家乐中回味旧时情怀,民族风情园里体验别样意趣。而当风味带着浓厚的中国元素、中国情结走出国门时,刺绣、剪纸等一大批民族手工艺品让高鼻子蓝眼睛的国外友人口呆目瞪。

风味是一种幸福,一种惊喜,一种怀想;风味又是一份回味,一份思考,一份惦念,一份展望。

风味通过时间的加工,执着的提炼,智慧的提升,巧妙的融合,精美的展现,再加上现代元素和先进技术的推广呈现,完成着突破和超越。不断地创造出“九月奇迹”和“凤凰传奇”。

民族的传统的便是永久的世界的。

戏说包装

没有谁考证过它的诞生，没有文献记载过它以何种形式面世。当它如“七八个星天外,两三点雨山前”点染生活时,它遵循的是实用主义和自然法则。商品的流通物的变迁使它渐入“乱花渐欲迷人眼,浅草才能没马蹄”阶段,它具有了一定的商业价值。而当它经历了“漫江碧透,百舸争流”的打拼竞争后,终于迎来“万山红遍,层林尽染”的普及和繁荣,它成了生活的一部分与人们休戚与共了。

没有哪个产品因包装而成名，但没有包装的产品不会成名。没有谁因假冒伪劣去诘责包装,但他是蒙混过关的同伙鱼目混珠的帮凶必须接受舆论和情感的谴责。五粮液、中华烟等名优产品无需刻意包装,但包装却能使人参、燕窝、冬虫夏草身价倍增。包装是成功的锦囊,也是失败的遮羞布。他不能区分真品,却能把精品和糙品分开。包装是文明的使者、发达的见证者、产品的代言人,同时又是垃圾的制造者、腐败的冤大头。包装对于策划者而言,涵盖了风物、风俗、学识、文化、情趣、品味、审美、思潮等多种心理意向和思维理念,同时还要预防避免买椟还珠的错觉,喧宾夺主的夸张,熟视无睹

的无奈，华而不实的浮躁。

张导慧眼识珠，经他包装打造的巩俐、章子怡，世界影星星光灿烂。子怡之美美在脱俗美的剔透，巩姐之美美在内涵美的深厚。子怡如玉雕巧夺天工，巩姐如名石大巧若拙。自然天成华彩照人，披金挂玉星光黯然。赵大叔包装自己又包装团队，群星映辉众星捧月。一顶旧帽几个媚眼，妙语如珠，看着幸福，听着舒服，议着叹服，评着折服，令人信服。而后又着力打造团队，形成了庞大的文化产业，《刘老根大舞台》《乡村爱情》让黑土地上产生了一大批红影星。梦想剧场老百姓的舞台，草根艺人超越梦想通向星光大道的地方。阿宝头顶的白毛巾，朱之文的军大衣，旭日阳刚的T恤衫。不变的形象，不变的本色，不变的身份，永远的草根。不需要华美，不需要现代，不需要闪亮，也不需要考究。需要实力，需要执着，需要追求，更需要突破。生活上升为艺术，艺术回馈了生活，包装中走出了明星，明星让无数草根心生希冀。

流行音乐之王迈克尔·杰克逊是一颗遥不可及的星，即是经典和辉煌的创造者，亦是超级新闻的发布者。这个来自外星的歌魔，完成了他可怕的疯狂之旅和危险之旅。尽管他的死因尚不确定，但他由一个黑色闪电蜕变为白色的精灵，这种违逆天意的转变，不知是现代包装技术的惊艳和震撼，还是大胆妄为的噩梦和终结。粉饰无比卓著的自己赢得了世界的艳羡，同时飞扬起无数歌迷惋惜的泪水和无尽的质疑。

别梦想一鸣惊人在飞翔中展望；

别梦想一见钟情在真爱中追寻；

别梦想一醉方休在微醺中享受；

别梦想一语破的在玩味中读懂；

别梦想一蹴而就在执着中奋争；

别梦想一概而论在绚烂中精彩。

寻　秋

何海燕

树叶一天天变黄，飞舞，阳光不再炙热。我知道，秋天再次来临了。生命里的某种情绪，安静且深情地在这个秋天奔向了我。在平凡的村落、路旁、山坳。

随同事下乡。一路走过，眼里的山先还是郁郁葱葱，由草绿、嫩绿、深绿、翠绿悄然构成的不同层次的屏障。在秋阳下，山林的绿变幻着音韵，或绿浪翻滚，或翠绿欲滴，真是一片迷人的绿海。偶尔，小径两边还有不知名的山花开得很烂漫，虽然它们很不起眼，但它给秋增添了艳丽的色彩……

车子沿着蜿蜒的山路继续向前行驶，翻过了一座山，看到了远处一片灿烂的红。那是什么？我惊呼一声。那是红叶树，是真正的秋。同事回答。看我一脸向往的神情，同事将车开到了那座有着无数红叶树的山脚下。下了车，抬头望去，那整座的山仿佛都披着一色的红氅，燃烧着灿烂的艳红，层层叠叠，这是怎样一种感动啊！满山的红叶吞没我，我渐渐变成了一片红叶，飘落。我被这红色耀得晕眩。我感到了一种威严而不敢久视，一如虔诚的教徒骤然面临浓浓的宗教氛围。

走到一棵红叶树下，欣赏那满树挂着的似坠非坠的红叶。很想顺手摘下几片，却又迟迟下不了手。一阵狂风吹过，将红叶卷到空中，再摔到地上。像是下了一场奇怪的红雪，铺满一地。真是"秋风无情扫，红叶漫天飘。满地铺红雪，有谁不心焦"。风停了，我弯下腰，拣起一片红叶，拿在手中，对光而视，

作者：何海燕，1976年10月生，彭阳县盐业局干部。《秋月思》等作品被中国盐业杂志、盐业报刊登，《中盐走过六十年》获中国盐业总公司征文一等奖。

淡淡的心情在这秋色中铺展出一纸缤纷的温馨。

倚在树上，任风扬起几瓣落叶从我脸上拂过。在这盛着无数地老天荒秘密的树叶里,我忍不住放纵心情。真的,我不知道该怎样描述生命与心灵的幸福,但我已经在这秋色中陶醉,在秋阳下的红叶中释怀了过往的种种阴霾。这一刻,我忘记了所有的伤感。生命对于我不再是心底处的绝望,因了一些美的记忆和莫名的感触,无论叶儿如何凋零,秋在我心中依然明朗而洁净。

一只鸟雀从眼前飞过,一声啼鸣,惊扰了心中的宁静,被幸福撩拨着的心,寻找到了最深处的那缕温软。我不知道有谁能听懂这秋的声音,但我喜欢它如诉如泣的倾诉。它穿过唐诗宋词的凉意探幽到我的心窗前，想必是来梳洗我的孤寂,让我滋生一腔茂盛的文思来抒发这真切的感受。

向远方望去,这个城市不因秋的来临而失去活力,车来人往,人潮涌动,人们在光影交错中,依然怀着梦与希望。忧伤着自己的忧伤,幸福着自己的幸福。

谁说秋天是肃杀和萧瑟的?

那天穿了一件红色的毛衣,外配了白色的短皮草服,脚蹬一双红靴子,悠然走在上班的路上。路遇一友,寒暄过后,他看了看我的穿着,点了点头:“萧瑟的秋天,你这样的打扮的确很养眼,让人感觉秋也是暖暖的。”我微微一笑,和朋友道别,边走边想“自古逢秋悲寂寥”,秋天给人就是一种肃杀和萧条的感觉。但我们怎能任由瑟瑟的秋风把我们的思绪和心情带向低谷?我们改变不了季节,那就改变自己吧,愉快的心情外加亮丽的服饰,你会炫出一个独特的秋天来。

游走于耳际的美丽

我有很多副耳环。各种颜色的、各种材质的、大的、小的、璀璨的、暗淡的。但无一例外,它们都是配有长长耳线的珠子耳环,既简单又大方的那种。

“头上倭堕髻,耳中明月珠”。这是古人对美丽女人的形容。耳环,一直都是女人们顾盼生辉的重要点缀,戴一副与服装相得益彰的精致耳环,无疑是增添了一道在耳畔摇曳生姿的风景。

常常在逛街时,什么都不买,就买回一副耳环,即便价格很便宜,只要买到自己喜欢的。在不同的日子里,不同的装扮配上不同的耳环,就是不同的风景不同的心情。

对于耳环的钟情,来源于赵雅芝主演的电视剧《新白娘子传奇》。看到白娘子耳际上那一副长长的珠子耳环,心中一动,原来,美丽也可以被演绎在耳上,古典的回眸就在那一瞬间定格。从此,开始迷恋在耳畔摇晃的晶莹美丽,想象它戴在自己耳畔那种一步三摇,盈盈生辉的感觉。

为了那摇曳风情的耳环,从小就怕打针的我去打了耳洞。给自己耳朵上那不足方寸的微小空间营造一个可以任意作为的小天地。时常将头发高高的盘起,露出长长的耳环。回首之间那轻摇的风姿,精致而不张扬。

戴耳环,成了我生活中不可缺少的一部分。如果哪天忘记了戴,心里就会觉得少了点什么似的,只是习惯了简单,黑白色的耳环便作为常色带在我的耳上。

有一天,邂逅了妖艳,绚烂的她,红红的玫瑰花上配了白色的水晶,戴上它,便如同在耳上绽放花朵,很是喜欢,但却和自己一向的风格不合。买是不买,很是犹豫,就在转身离开的一刻,下了决心,小心翼翼地将它买回家。心想,即使不戴,也可将它作为收藏,放在眼里,记在心里。更何况,在已经到来的冬季里,满眼的萧瑟中,这样绚烂的色彩,不正好可以掩尽一切沉郁吗?

一直在想,女人的耳朵应该是上帝赐予的完美弧线。所以,女人啊,让我们在这个美丽的弧线上面,加些许点缀,让其更加美丽,以感谢上帝的恩惠。

登蓬莱

张建银

山东半岛最北端，渤黄两海交汇处的蓬莱向来被誉为“人间仙境”，来这里的人大多是奔蓬莱城北一公里地坐落于丹崖山巅的蓬莱阁而来的，登阁者不止是访仙踪寻仙药过把“神仙”隐，还会升腾起一种崇敬的感情。

我和友人相约登蓬莱阁，来到题写着“人间蓬莱”四个鎏金大字的牌坊前，轻轻一跃便进入了仙界，望山顶凌空飞翔之蓬莱，听导游恍惚诡异之讲述，观坊额“丹崖仙境”之题字，赏墙壁陈抟老祖之草“寿”，在古时与现今间变换时空，在传说与现实中移步换景，也在人文与历史的交替融合中拾级而上。

登到丹崖山的最高点，映入眼帘的是一座木质结构双层楼阁，丹窗朱户，飞檐列瓦，雕梁画栋，色彩绚丽。阁的上方正中悬清代大书法家铁保手书“蓬莱阁”匾额，三个绿色大字浑厚稳健，充满生机和力量。踏着楼梯，爬上二层，一阵清风徐徐吹来，凉爽宜人。这里四面回廊，三面木屏风，向北的一侧窗户敞开，视野宽阔，凭栏远眺，海面一碧万顷，茫茫无垠，水天一色；帆影点点，鸥鸟舒翼，鳞光闪闪……看着看着油然而生一种有天无地超尘脱世的感觉，正如杨朔所说，“真可以把你的五脏六腑洗得干干净净”。

蓬莱有云雾缭绕，也有山海风光，有神话仙人，也有历史名流。

作者：张建银，现任彭阳县人事局副局长。长期从事中学教育工作，多有文学、政论及教育教学科研文章发表。

秦始皇五次出巡，三次到过蓬莱，甚至不惜以一代帝王之尊，亲自乘船下海求仙和寻找长生不老药；汉武帝八次出巡，七次来过蓬莱，多次想从登州渡海求仙，尤其是第五次出巡来至登州时命人筑城一座并命名之“蓬莱”；秦皇汉武，还先后派遣大将徐福等入海采药寻仙，他们的海上活动为蓬莱之“人间仙境”起了重要作用。

我在苏公祠苏东坡肖像刻石拓本前，先静默三分钟，是为“明月几时有？把酒问青天”“但愿人长久，千里共婵娟”“大江东去，浪淘尽、千古风流人物”……继而毕恭毕敬的上香朝拜。这一拜却又拜出了另一个东坡老翁，《登州府志》中记载：“元丰八年，苏东坡由黄州调至登州，知军州事。”他在登州任上只待了五天，一纸调令便进京任礼部员外郎，就在这短短的五天内他了解民情，视察海防，连向皇帝上两道奏折，一是《登州召还议水军状》，分析了登州的战略地位及百余年来的防卫情况，陈述了加强蓬莱的海防措施；一是《乞罢登莱榷盐状》，建议罢登莱榷盐，依旧令灶户卖与百姓，官收其税。朝廷准奏后，登莱百姓得到了不食官盐的优惠，一直沿用至清代。匆匆五天，典型的“四角土都没踩到”就坐着“直升机”升迁的官吏，但他却在安民和保国两个方面留下了建树，无怪乎登莱百姓要为此在蓬莱阁修建苏公祠，至今在当地还流传着“五日知登州，千年苏公祠”的美谈。苏翁不虚此行，更不虚此任，蓬莱人民是永远不会忘记的。但我不知道蓬莱是因苏翁长生不老，还是苏翁因蓬莱长生不老？

边走边看，边看边想，又一次沉浸在一代文豪脍炙人口的诗文氛围中，却又被另一个响亮的名字所打动——戚继光。丹崖山脚下，有一座水城，水城的临海处，屹立着一尊高大的戚继光塑像，一双炯炯有神的眼睛一动不动地注视着海面的动静，看着手握长剑、气宇轩昂、威风凛凛的英雄雕像不由得叫人肃然起敬。走进雄伟的水城也就走近了抗倭的戚继光，参观戚继光纪念馆也就领略了一代名将的照人风采。戚继光，蓬莱人，从小就在忠心报国抗御外侮的熏陶下成长的将门之子，十七岁已担任登州卫指挥佥事，

刚一上任便大力整饬营伍，整修卫所，清理钱粮，在水城大练其兵，严明军纪，造就了一支得力的抗倭军队，从此踏上了抗倭征程。在屡次征战中，他发现现有部队并非他想象中的能打硬战、战无不胜的精干队伍，于是他向皇帝上书募兵，兵源不在军户和卫所，更不是父老乡亲。他自己亲赴义乌招兵买马，一支由异地他乡勇敢的农民和彪悍的矿工组成的"戚家军"诞生了。这支队伍的军纪不仅严明甚而严酷："凡每甲一人当先，八人不救，致令阵亡者，八人俱斩"；"凡当先者，一甲被围，二甲不救；一队被围，本哨各队不救；一哨被围，别哨不救，致令失陷者，俱军法斩其哨、队、甲长"。他训练士兵的时候，按照士兵的年龄、身高及体质的不同分别授予不同的武器；他又根据沿海的地形与敌人作战的特点，创制了"鸳鸯阵法"等，在抗倭斗争中显示出了无穷的力量。戚家军"冻死不拆屋，饿死不掳掠"的高尚品行，深受当地百姓的爱戴。戚继光戎马一生，抗击倭寇，九战九捷。他历经嘉靖、隆庆、万历三朝，史称"三朝重臣"，征战42年，声望誉满华夏，威震域外，功勋卓著。英雄的豪气和民族精神与日月同辉，与天地共存。正如赵朴初先生所说："真临仙阁凌虚地，来读苏公海市诗。不羡群仙浮海日，却思戚帅筑城时。"

蓬莱的水城出现不了海市却胜似海市，水城边屹立的英雄没能成仙却胜似神仙。

蓬莱，"八仙过海"从这里出发遨游瀚海，从此罩上了一层神秘缥缈的面纱，于是游人接踵而至；蓬莱，海市蜃楼从这里出现光怪陆离，从此演绎了一个魂牵梦绕的世界，于是凡人纷至沓来。

望着熙熙攘攘上山的人群，我一步三回头的下山过桥，告别蓬莱。尔后，在不经意的回首间，总有诸多回味萦绕于心。

当情感遭遇荒原

杨　森

在生命疲惫的时候，我总是想起土地和村庄，有时候我甚至相信隔着厚重的水泥群楼，依然可以清晰地听见庄稼拔节的声音。

我不知道我的心是如何走进这座设防的城市的？水泥板的挤压，没有将我变成道路的一部分；霓虹的闪烁，没有将我勾引为啤酒的情人，而我的视野仿佛被高楼林立的建筑群阻挡，看不到天空的空白，闻不到新鲜的空气，听不见蛙唱虫鸣。

一度，我都在舍友离去造成的空旷和阳光洒满屋子的睡眠中，过滤着记忆的沙尘，我仅想用我的淳朴开展一个与现代城市生活协调的话题，可是城市繁华深处的冷漠已浸入我的眼角并持续深入着。

过滤记忆是伤感，却是美好的，伤感也好，美好也罢，它们都将我甩出很远，我无力地又专注地凝视着它们，直到把它们望到很远很远的境界中去。

最让我产生严重偏离的感觉，是在黑暗中与孤独抵抗的时刻。心头滋生恐惧，许多夸张变形的幻象渐次浮现。虔诚的闭上眼睛，莽荡的黄土和村庄仿佛复苏了大漠孤烟的苍凉诗意，我面对的是一些高低起伏，被风吹得破败不堪，点缀着荒野的坟墓和古寺，一切生物都在沙漠中行走，背景昏黄，对于

作者：杨森，笔名木木，20世纪80年代出生于彭阳，毕业于宁夏大学中文系，现供职于自治区公安厅。累计创作文学作品三十余万字，发表各类作品百余件，作品被收入多种选本，出版个人作品集《水是睡醒的冰》，系宁夏作家协会会员。

旁观者而言,这甚至是一幅绝伦的剪影,在这一刻,时间仿佛凝固,除了被大片的蛮荒锁住呼吸,思绪所贯穿的只是古朴、苍茫的色调。

思绪在一切孤独事物营造的荒野中穿行,朦胧的月色在窗前徘徊,舍友睡去又残留着温馨灯光照明的屋子，怎能不让人产生联想？一丝琴声瑟瑟响起,熟悉的旋律,袭上心头的却是陌生的颤抖,或许那是在风雨中支起的一块宁静的天空,抑或是对人生有深刻感悟的开始。当梦想从那一刻被放逐,离开屋子有多远,离开宁静和温馨就有多远。

我的身体与周围的风物融为一体,目光已湿漉,多少次在梦中出现暮鼓晨钟,又被暮鼓晨钟惊醒。我迷惑,无数次遭遇着深山故刹青灯木鱼的揪心时刻,难道青灯古佛注定属于我的信仰?

那覆满灰尘的桌灯呢?那断弦的吉他、带泪的诗章呢?还有那火红的玫瑰运载的誓言呢?

难道我的所有都被淹没在了那一片荒芜中,去和苍老的人忆及发黄的照片?和孤独的人忏悔错过的爱情?和暮年英雄忍痛回首?和老逝红颜对镜哀思？我宁愿相信,那些心灵深处的幻象,注定会在一个远离荒原的历史时刻闪耀成为内心的图腾。

我想割开每一根血管,让霓虹或纯粹的荒原为我重新输血,然后走向流浪的星空,即使不能走出生命,也要走出我的视野。

诗歌养心

都说音乐可以演绎生活,诗歌同样,大米养身,诗歌养心。宣静的白纸上,黑色字符组成的诗行,犹如画家灵动手腕泼墨而成的山水画,给观者带来无穷无尽的审美享受。

诗歌,毕竟是语言的精魂。一个细心的善于观察感受生活的诗人,像雕刻家一样用简单文字雕琢生活,于是,手掌的文字,掉落的珍珠豆,组成的珍珠串，宛如撒满人间芬芳的鲜花，红的，热情；黄的，自然；蓝的，优雅；白的，单纯；黑的，神秘。生活被装扮得缤纷斑斓。

诗，出自于儒雅的诗人。司马江南、衣衫飘飘的书生迎风站在江边，高贵淡然，脑海跳跃着诗的意象，吟唱爱情婚姻悲欢离歌，感叹国家兴亡匹夫有责，清风过处，悠然生香。家和万事兴，家和国家宁，宁静之处才以致远。

一个诗人的童年，阳光支离破碎。贫穷载着无知淌过生命之河，身体在激流中站立不稳，随之完成了迷失的旅程，心无间隙可以栖息。于是，读到了这样的诗句："当蜘蛛网无情地查封了我的炉台/当灰烬的余烟叹息着贫困的悲哀/我依然固执地铺平失望的灰烬/用美丽的雪花写下：相信未来。"那一刻，灵魂为之一颤，时间短暂静止，听得见心跳放慢的声音。这样简单的文字，像是海绵，质朴、柔软，又像是海绵里挤不尽的水，有力量，给人希望，催人奋进。于是，清澈的文字、清澈的思想，洗涤了整个季节的阴霾。

像是饥饿的人找到了面包，一遍遍的读，爱不释手，读着每一行字，都有一种被认同的幸福。猜着诗意怎样划过诗人的笔尖。仿佛看到了一张英俊潇洒的脸，在浑浊的空气中扬眉、仰望、瞻仰着自己的精神高度。

"为什么我的眼里常含泪水，因为我对这片土地爱得深沉"，这是艾青的诗，如暗夜里一束光亮，带来无穷尽的温暖和希望的声音，堆砌成梦想的高山，为读者找回心灵之匙。是什么锁住了我们匆匆的年华，是什么让我们变得忧伤，是什么让我们仰望着梦想，是爱，对这片土地的爱，深沉的爱。

诗意就是这样，如同花瓣，落在心灵深处最柔软的角落。心在跳动，花香四散。

听到这样一个传说，在五月的花季漫步花林，采得一束丁香花归，就会心想事成，美梦成真。于是，去公园采摘开得正艳的丁香花，花卫工人说，花有花期，不要让它过早地凋谢。手僵在了半空。

捡拾起蒙有蛛丝马迹的两本诗集。翻看生平，手僵着了。心中隐隐泛痛。在海子和戈麦的世界里，幸福到底是什么？幸福是不想活下去的时候勇敢

地选择死亡吗？悄然地想起《老人与海》中的老人来，是坚强还是懦弱？坚硬的笔尖难道担负不起一颗柔软脆弱的心？

有关于生命终极的话题，对于年轻的我来说，还是一堵不可跨越的墙，我思想的触角，无法把握其中的道道。只好坐在幸福的旁边，安静地等待，听着游弋于现实与梦想之间碰撞的声音。

也许这就是诗：像诗人一样思考，像平民一样生活。同时，这也是生活。

当你开辟了诗歌的处女地，会不会有一种精神上的亢奋，或者说，眼神突然清澈发亮。那，是一种诗的力量。站在城市的高架上，望着匆匆忙忙的人群，偶尔也许会觉得诗已经被城市淡化，没有人肯驻足欣赏城市新长出的叶子。诗不比柴米油盐更接近现实。

驻足，我们的祖先曾为后人留下多么丰富的诗资源，《诗经》《楚辞》，那么多光辉绚丽的诗章。它们随着时光的长河静静流淌保持着昔日不败的光鲜，依然以它精美朗朗上口的语言盛宴和伟大富庶的思想，蛰伏着不同时代每个醒着的灵魂。那时的诗歌，是何等的壮丽。先秦的文化，是诗的海洋；大唐的街道，是用诗歌铺就的；宋朝的细雨，满载着忧伤散落。大漠孤烟，长河落日，江南水榭，北国风光，艳阳高照，灯火阑珊，都将化作一页不老的诗篇。

如今，诗人能否抵挡得住花花世界的诱惑，诗歌能否承受得了市场经济大潮的冲击，有评论者认为诗歌成了明日黄花，21 世纪不是诗歌的天下。乱语渐欲迷人眼。

写过诗歌的笔在拇指食指间轻轻地有节奏地转动着，它也在思考着诗歌的命运吗？

依然有人坚守着冷月孤灯，笔墨流香。依然有一些爱好自己理想的人坚守着笔下的信仰。当下不缺乏优秀的诗人，却缺乏出色的读者。诗人的名字对大众来说似乎是那样的陌生，诗人只是诗人而已。

诗歌不该是闭门造车，也不该是少数人思想的火花和孤芳自赏，更不该是院墙里的文学。它本应成为一种力量，一种大众文化，传播世间真实的善良的美好的东西，是一种关于世界、人生、理想、困境，关于永恒的充满智慧和幽默感的日常谈话，是一种真正意义上的诗歌。

它不仅是诗人才情突发的华丽辞藻，更应该是孩童在追逐嬉戏中嘴里的歌谣，是文人墨客在饮酒弹琴时灵感的挥洒，是老翁老妪暮年壮心永存的寄托。它高贵、它平和、它优雅、它强大。它应该在最最炫目的地方，尽情绽放，静静地为人们营造美好的和谐家园。

诗人不该成为一个没落的贵族。有心的人，会拾起手中的笔，写下壮丽的诗行：我有一所房子，面朝大海，春暖花开……

那时的月光

杨晓曦

"我娃乖，领上街(方言读 gai)……"

父亲在那屋哄我女儿睡觉，随着如歌如诉的吟唱，刚刚还闹个不停的女儿渐渐安静下来，过了一会儿，竟然响起了轻微的鼾声。一瞬间，我竟有些恍然，仿佛自己变得像女儿那么小，幼时的那片月光，就随着这久违的歌谣，洒进了我的心里。

幼时的我，总是缠在奶奶身边。按我们这里的习惯，应该叫她"外奶奶"的，可我极不喜欢这一"外"字，总是亲亲地喊她"奶奶"，看她随着我的一声声呼唤，从满脸菊花般的皱纹里溢出满足的笑意，望我的眼神就如清亮的月光般柔和，我小小的心里溢满快乐。我跟前跟后，一步也不离。晚上睡觉，也是缠着奶奶。冬天的夜晚，刚睡下，炕和被子都还不热，奶奶把她的大襟棉袄解开，把我包在大大的衣襟里，奶奶那双满是裂口和老茧的手，是我最好的痒痒挠，一刻不停地跟着我的指挥在我身上游动。这个时候，奶奶就开始了低低地吟唱："我娃乖，领上街，街上有个大勾子老奶奶，跌倒个爬扑子拾咧个钱……"我静静地看着从窗户那里漏进来的月光，渐渐就进入了梦乡。

那时，奶奶的那个庄子里还没有通上电，所以在我的印象里，那时的月光总是那么清亮，柔柔的就像奶奶看我的眼神。而这清亮的月光，似乎总是和歌谣联系在一起的。歌谣在月光下吟唱，月光在歌谣里氤氲。每个月儿圆

作者：杨晓曦，20世纪80年代生，现任共青团彭阳县委书记。

圆的夜晚，一帮小娃娃们就在场里边跳边唱："月亮月亮亮光光，把牛吆到梁上，梁上没草，打到沟垴……"随着月光洒落的，除了这一串串歌谣，还有脆生生的笑声。

玩累了的娃娃们，跑到场边的大人堆里，钻进各自爷爷奶奶的怀里，听着他们讲已讲过多次的古今，渐渐地眼儿就迷离起来，爷爷奶奶就适时地唱起充满泥土气息的歌谣："麻雀雀麻，尾巴长，娶了媳妇忘了娘，把娘背到高山上，媳妇放在热炕上……"伴着低低的吟唱，是幽幽的叹息，小小的娃娃们，在半睡半醒间，将一个不孝子的故事烙在了心底，一同留在心里的，还有那时清亮亮的月光。

我渐渐长大，上了学，开始独立阅读。再睡觉，已不愿听奶奶那些歌谣(跟那些好听的流行歌曲比起来，这些歌谣多么老土呀)，睡不着时，宁愿去数绵羊。而且，为了晚上读小说方便，我是那么地盼望刚通上电的灯泡能再亮一些，沉在小说的世界里，我忘了看那清亮亮的月光，以及她的阴晴圆缺。

书籍给我打开了另一扇窗，我努力地念书，只为了能像书上写的那样，"成为一个有理想有追求的年轻人"。在这个努力的过程中，那个疼我爱我，可以每天早早起来为我烙香喷喷的千层饼的奶奶永远离开了我，那个小村庄，便也不再回去。我以为，我是彻底地蜕变成一个城里人了，那时的歌谣，那时的月光，远远地被我抛在了身后，彻底地成为了历史。

可是，当我听到了父亲的吟唱，当我情不自禁地跟着轻轻吟了出来时，我才明白，那时的歌谣，那时的月光，已经融进了我的血液里，在我的血管里蛰伏，只不过等待一个合适的机会，它就会重新流淌。当我被 KTV 的流行音乐震动了耳膜时，当我被城市的霓虹晃花了眼睛时，那歌谣就会适时响起，那片月光就会在我的眼前洒开，将我带向一片空明。我也相信，这歌谣，亦会融进我女儿的血液里，一代一代，在血液里流淌……

迷人的九寨沟

杨廷武

九寨沟地处四川北边，与甘肃南边接壤，因九个古老的藏族村寨而得名，在四川省九寨沟县境内。传说女神不慎跌破了神镜，化作一百零八个海，在原始森林中五彩斑斓，美化人间。

如今，这里是拥有世界自然遗产、世界生物圈保护区、绿色环球21三项国际桂冠的自然保护区和风景名胜区。自从一曲《神奇的九寨》唱响大江南北后，我一直在梦中向往着她。这次有机会一游，算是圆了这个梦。

进入九寨沟，从导游图上看出，这是一个“Y”字形的景区。它主要由一滩（即盆景滩）、二瀑（即珍珠滩瀑布和熊猫海瀑布）、一池（即五彩池）、一林（即原始森林）和十几个自然形成的海（主要有芦苇海、火花海、树正群海、犀牛海、下季节海、季节海、长海、镜海、五花海、熊猫海、箭竹海、天鹅海、芳草海等）构成。

两面青山，游车由南向北，由低到高缓缓而行，在导游幽默而滔滔不绝的讲解中，一个连一个的景点，一个接一个的神话，使人眼花缭乱，应接不暇。一个景点就是一个神话传说，到哪个景点都让人流连忘返，思绪飞越。我主要写其中的一滩、一池、一瀑、一海、一林，也只能是蜻蜓点水了。

作者：杨廷武，1960年7月生，彭阳县职业中学党支部书记，曾出版诗集《萧关情》《朝那湫》两部。

美丽的盆景滩

盆景滩虽是大自然的结晶，但就像设计师刻意勾画、人工精心栽培的一株株盆景。在波光粼粼、五光十色、明丽透亮的波浪中，时而像玲珑剔透的粒粒珍珠滚动，时而又像天然雕饰的串串玉佩摇晃，时而像盆景在水上飘荡，时而像水在盆景里流淌。景与水交织着，水与景映衬着，亦假亦真，如梦如幻。想必是到了那虚无缥缈的天堂瑶池了吧！

我真佩服是哪位神仙的妙手把它造化得如此恰如其分，如此错落有致，如此美妙绝伦。景因水而生机盎然、美轮美奂，水因景而灵气十足、美不胜收。这时，树与水、花与水、鸟与水、鱼与水、景与水、人与水共同演奏着一曲美妙动听与神奇和谐的交响曲。我全然被陶醉了，此时此刻，才真真切切地体会到欧阳修“醉翁之意不在酒，在乎山水之间也”的妙韵。脑子里所有的东西都荡然无存，只想找一个世界上最美的词来形容她，然而任我绞尽脑汁却无济于事，只好借用“人间天堂”来表达了。

神奇的五彩池

往深处走，过了犀牛海，便是五彩池了。走近一看，果然名不虚传。水以绿蓝色为主，安上什么颜色就是什么颜色，赤橙黄绿青蓝紫，精彩纷呈，景致生辉。池处在参差错落的半山沟，面积仅有四五千平方米，最深处也只有丈把许。看上去只是一个独立的天然彩池，站在路边鸟瞰，池之全景尽收眼底。

五彩池的水，纯中带色，清澈见底，似在真空中，丝毫无杂质，又像是经过几十道工序的净化，熠熠透亮，斑斓靓眼，千变万化。池底的鹅卵石，大小相间，光滑洁净。偶尔几条金鱼，窜出石缝，游得那么自在，那么逍遥。正看得起劲，不知谁丢了块面包屑，吓得它们“倏”地一下钻进石缝里无影无踪了。

五彩池是一个万花筒，折射着人间的万紫千红；是一盏霓虹灯，装扮着人间的绚烂多姿；是一道彩虹，鼓励着人们面带微笑去勇敢地迎接暴风雨之后的阳光。这是其他任何地方的水所无法比拟的，难怪有"九寨归来不看水"一说。

传说五彩池是女娲炼五彩石补天时，将剩下的石头丢弃在这里，王母娘娘还在患难中看到她修好了苍天，感动得掉了一滴泪，随之便形成了五彩池。的确，你根本辨不清是石的缘故，还是水的缘故，抑或是什么特殊矿物质的缘故，使得它这么奇特、明丽、迷人。总之，正是这神奇的水，与山、与石、与树共同构造了旖旎的童话世界，创造了动人的神话传说。

绚丽的珍珠瀑

九寨沟最著名的瀑布有两个——珍珠滩瀑布（又称诺日朗瀑布）和熊猫海瀑布。我想主要说说前者。

珍珠滩瀑布处在火花海与珍珠海之间。珍珠海前面是珍珠滩，珍珠滩前面是珍珠滩瀑布。这海、滩、瀑由于地形的差异而形成了三个各具特色的景点。珍珠海碧蓝碧蓝，加之两面山景的映衬，几乎看不出水与山的分界点，也看不到山与天的分界线，形成了"天山水共色，融为一体，天下独绝"的状态了。珍珠滩水势平缓，坦荡如砥，只是在滩中点缀一些不知名的风景树，树的高低、前后背景像是设计师的画笔，搭配得体，自然有趣，相得益彰。树影摇曳在水中，形成了一幅动中有静、静中有动的美丽图案。要不是亲眼看着水在流淌，还以为是在做梦呢！

顺珍珠滩沿路而下两三千米，便是珍珠滩瀑布了。

瀑布落差大体三四十米，宽百米左右，从侧面一眼看过去，就像一排横挂在巨大墙壁上的帷幕，皱褶起伏，妙趣横生。再往前走，从正面看上去，似乎到了水帘洞，宏伟壮观，气势磅礴。慢慢走近瀑布，凉快之意不言而喻，时而像闭了气,觉得呼吸困难,时而像人被吸进去。但很快就适应了,又是那样的舒适,那样的惬意。水珠溅到手上胳膊上,像是给人以安慰,给人以温馨,给人以香甜,给人以力量。用水在脸上轻轻擦一下,像洗尘剂一样,所有的困乏,劳顿随之烟消云散,心旷神怡。掬一捧灌入口中,甜丝丝的,凉飕飕的,入味可口,沁人心脾。

如果听瀑布的声音,可是排山倒海、汹涌澎湃,更有“山雨欲来风满楼”的气势。在唰唰——哗哗——的声音中,还夹杂着美丽的山孔雀、赤嘴鸦以及众多不知名的鸟儿婉转地歌唱。它们像是特意为瀑布伴奏, 又像是有意与瀑布比赛,以此来炫耀歌喉。再加上游人的赞叹声、嬉戏声,便融汇成一曲妙不可言的雄壮乐章。

神秘的长海

长海是九寨沟地处最高和最深的海。这是游览“Y”字形路线左边的顶端了。它已挡住了游客的去路。沟的更深处有什么奥秘就不得而知了。

长海两岸,千岩竞秀,山势壮观,景色宜人。两山之间夹着海,不知水从何处来,也不知水往哪儿去。游客们都在这里租着藏服拍照,记下这美好的瞬间。我却站在海岸上呆呆地向深处张望、遐思。

整个长海以翠绿为主色调,又显出各种不同的色彩,变化莫测。我想,这是否是因为山的角度不同而造成的呢?靠左边的海面在翠绿中呈紫蓝色,显得神秘、安详。中间部分在翠绿中呈天蓝色,显得淡雅、清爽,偶尔遇有阳光会看到鱼肚皮色,又像粒粒珍珠露出水面,闪闪发光。靠右边部分在翠绿中呈墨绿色,显得凝练、厚重。几种不同的色彩,加上间或从云缝里挤出的太阳,配上像人为拉开的一层薄薄的雾纱,与两面近处的山峰,远处隐隐约约、朦朦胧胧的叠嶂,自然构成了一幅虚实交织的长海画卷。

我一直在想,在这奇特神秘的海水中,不知隐藏着什么鲜为人知的

奥秘。如果有机会，我要当探险家，亲自潜入海底探个究竟，揭开她神秘的面纱。

还想告诉大家几个问题，一是九寨沟这么多的海，几乎每个海的颜色都不尽相同，并且都有其神话传说。二是每个海都是自然形成的，并非人们所想象的从这个海流向那个海。而雄奇壮观的瀑布，最终流到哪里去了呢？这个谜我至今没有解开。三是从低到高游览，并不是梯级而上，而是起伏跌宕。四是乘游车到长海岸，然后再踩着木板栈道往外游，随时都有进出的车供你乘坐。

沧桑的原始森林

前面几乎都在说水，这儿我觉得有必要再说说林。

原始森林处于“Y”字形右边的顶端。我认为，这原始森林就是九寨沟的沧桑见证。

进入原始森林，就像到了远古时代。森林面积有四五十亩之大，导游说，这里的松柏树大约已有四五千年的树龄。我想，这不就是四五千年中华民族的历史见证吗？几乎每一棵树都得三四个人手拉手方能合抱。至此，我才真正体会到“合抱之木，生于毫末”的深刻内涵。粗疏的皮，皱巴巴的如饱经风霜的百岁老人脸上的皱纹。仰首观天，像掉进了万丈深渊，从深邃而斑驳的缝隙中，方能看到星星点点的天空。腐朽后自然倒下的树干，横亘在树林里，有时可以当桥，有时会挡住去路，只好绕道了。偶尔听到一两声猿啼，乍又听到不知名的鸟的凄叫声，阴森森的，不禁使人毛骨悚然。

这是我所见到的最古老的原始森林了。它的存在，无疑给九寨沟增添了许多神秘的色彩。

可以推测，这里自古就是人迹罕至的整片原始森林，在历史沿革、地壳运动和人类进化过程中，是神话镶嵌了这些五彩缤纷的海子。正是林与海、树与水的有机组合，构成了这璀璨而神奇的人间仙境。

参观南京大屠杀纪念馆的冥思

张向军

2010年4月,离开初春干燥的固原,我们文联一行人来到了草长莺飞的江南。

首站,就是去参观南京大屠杀纪念馆。

远远看见纪念馆,我心里就肃穆下来,沉重无比。

要重温一段历史,将那一段血写的史实在记忆的册页中打开,一一读下去。

早就想来这里看看了。

"侵华日军南京大屠杀遇难同胞纪念馆",迎面巨大的大理石碑上,一行大字撞入眼帘。

两边,石头刻成的雕塑,是一幅幅人物像,有逃难的老人,抱着孩子的母亲,惨遭杀害的幼儿,神情茫然的人群……水深火热中,饱受煎熬的同胞,一幅幅痛楚无比的神情,霎时抓紧了我的神经,怀着肃穆悲壮又愤恨无比的心情,沿着一面高耸的石墙走过,我们缓缓走进纪念馆的大门。

两块巨大的黑石,错落着,人们从黑石中间的走道穿过。我禁不住伸手去抚摸着黑石,心一阵颤抖。我觉得自己的手心正触摸在一个个沉默的灵魂上。轻点呵,轻点!不要惊醒他们,那饱受欺凌与摧残的肉体和灵魂!

关于这段历史,每一个中国人或多或少都知道一些,我们在历史课本上

作者:张向军,20世纪70年代生,现为固原市文联干部。

学习过，在影视剧里看过，听革命前辈讲过。真正走进南京，走进纪念馆，却是另一番体味。远远比书本上、影视剧和报告里的沉重、真切、逼人、刻骨。

纪念馆的院子里，铺满了石子。指头蛋大的，稍大些的，形状不一，大小不等的石子，黑色的、褐色的、灰色的、浅白的，总之组成了一片片灼人目光的色彩。有人说大家猜猜，为什么要在这里铺这么多的石子？

我几乎是不假思索就说出了答案，我说："每一块石子都代表一个冤魂！数以万计的石子，就是数以万计的冤魂！"

左手的一面石墙上，刻着醒目的大数字：300000。

稍下，标着时间：1937.12.13~1938.1。

我知道，这是屠杀持续的时间，这是同胞受难的时间！整整六个星期，屠刀在中国人头上闪着寒光。

进入纪念馆内部，就像走进了一座人间地狱。日军最初的侵略，中国人的抵抗，南京失守，日军如入无人之境，大屠杀展开，日军犯下的滔天罪行，国际友人对大屠杀的见证，大浩劫后幸存者对大屠杀的回忆，后人对大屠杀的反思，对和平的呼唤。最后进入万人坑，冥思厅，这是纪念馆内展示内容的一个大概流程。

进入这里的每一个人，都收敛了声息，默默观看，默默行走，每一个人的心，都沉入冰窖一般。

日本是弹丸小国，自古和华夏友好，可是，近代史上，他们在自己友邦之邻的土地上上演了这样一出旷日持久的战争，让战火一直焚烧了八年。屠杀、掠夺、破坏、焚毁，对生命的践踏，对文明的肆意破坏，他们在中国人心理上留下了长久的难以磨灭的恶魔的印象。

战争自古就是残酷的，都是血与火谱写的。可是，这样的惨无人道，这样的藐视人类文明和生命的尊严，视他人如草芥、如猪狗、如粪土，在人类史上真是骇人听闻，叫人毛骨悚然。

在一个模拟的实景前面，我徘徊了好久。一间土房子里，男人死在地上，女人可能去舀水，趴在缸沿边死了。一个不大的小女孩，头上扎着小辫子，身穿小红袄，正踮起脚尖取一个挂在头顶上的小篮子。她的神情是那么投入，那么纯净，仿佛时光停止了。这么一个饥饿或者馋嘴巴的孩子，乘着大人不注意，想要偷吃篮子里的东西，是一块窝窝头吗？是一个蒸土豆吗？还是别的什么？看家里的境况，料想没什么贵重的吃食儿。我的孩子，你知道吗，此时，亲人们已经惨遭屠戮，而鬼子恶魔般的目光，正盯着你，虎视眈眈。

另一间屋子，男人全死了。女人也死了。男人趴在地上。两个女人都躺着死了，裤子被撕下来，显然她们是被先奸后杀的。旁边，房屋炸毁，灰尘弥漫，母亲死了，五官模糊。一个孩子，趴在母亲胸前，还在吃奶头。小小的身子，在做着努力，神情是那么投入，好像妈妈还活着。

朴素的画面，无声的语言，可是，此时无声胜有声，事实胜过千言万语，还用得上诉说吗？在战火连天的年月，孩子，你的命运会是怎样的？饥渴而死，被火烧死，抑或被炸成灰土，或者被鬼子补上一刀。总之，这么小，这么娇嫩的生命，在那个罪恶的时代，万万没有活下去的可能。

置身纪念馆，面对着这些画面，有文字资料、照片、实物、录像、遗骨、人物回忆，我被深深震撼了，才发现自己之前的认识有多么肤浅，相对于这里的陈列，我所知道的日军的罪行，简直太少了。真是滔天罪行，真是惨绝人寰！

在深深痛恨日军的同时，我也觉得遗憾。自古以来弱肉强食，是自然界的生存法则。近代中国的落后、封闭、自大、高傲，导致了几百年的落后，也直接导致了我们的被动与挨打，被侵略被欺辱。自鸦片战争以来，我们这个伟大古老的民族就一直遭受着外族的欺凌和压榨。

南京三十万生命惨遭杀戮的时候，我们的政府在干什么，军队在干什么，为什么没有官方的正规的抵抗？事实上，这时候，国民政府抛弃了南京，逃向后方重庆。还在忙于“剿匪”“安内”。一个政府，可以弃自己的领土、首都和百姓于水深火热中，可见这个政府的无能和荒谬。

我不知道自己是怎么走出纪念馆的，随着人流，迈着机械的步子，我们来到了冥思厅。

在冥思厅，视线陷入黑暗之中。空气压抑、沉闷。四下里是昏黄色的小灯，在闪烁着幽冥的光。正是冥思的地方，正是沉思的时刻。

穿越冥思厅，走出八号展厅，走进阳光里。

恍如穿越了地狱，终于来到了温暖的人间。

安歇吧，三十万亡灵。

安歇吧，兄弟姐妹。

安歇吧，孩子。

……

广场上有一个塑像。一位母亲，手里捧着白鸽，向着蔚蓝的天空高高擎起，仿佛在呼唤。呼唤着人性的善良，呼唤着人间的安宁，呼唤人类拥有永远的和平！

“可以原谅，但不可以忘记。”这是纪念馆石碑上的结束语。

是啊，这段历史，是血与火谱写的，我们不能忘记，当永远铭记。警惕、激励、鞭策，对于个人是这样，对于我们的国家，更应该是这样。

侵华日军南京大屠杀遇难同胞纪念馆，只要你是一个中国人，都应该来这里看看。

烟花三月下扬州

高万伟

庚寅夏初，叶不重绿，柳絮飘飞，煦风和暖。自治区老龄委与北京和谐夕阳旅行社联合举办的宁夏第二届“敬老号”和谐夕阳千名健康老人观世博大型专列旅游活动如期举行。我有幸成为其中一员，随团参观世博盛景，游览江南鱼米之乡的美丽风光和大都市叠影交错的现代化新貌，是我人生的一大幸事，终于实现了“做一次乾隆，下一次江南”的夙愿。

此次观光旅行，对我而言，犹如刘姥姥进大观园般的充满新奇。人类文明史的传承，花甲的人生，虽早已知晓“上有天堂，下有苏杭”的美誉和大都市上海的繁华，并充满梦幻般的憧憬。但是故步自封“在这圪垯土上”，无缘涉外，去领略多娇的祖国河山。如今，梦想成真，将与 60 多位同行者乘车巡途观光，怎能不令人欣喜若狂？

5 月 10 日，天高云淡，阳光灿烂。我轻车简从，兴高采烈地告别家人，与同行者登上豪华大巴赴固原集中，拉开了赴华东十日游的序幕。窗外杨柳摇曳，似在挥手告别。麦苗拔节，山花正香，春意融融。随车至固原，六盘山旅行社将全市各县(区)参与者统一编排组团，然后改乘甘肃旅行社的旅游大巴西去兰州，全区汇集后，将乘坐由铁道部调配的兰州铁路局“敬老号”旅游大型专列硬卧驰往南京。

作者：高万伟，20 世纪 50 年代生，长期从事地方史志编研工作，编著彭阳地情资料《永恒的丰碑》《彭阳县志》等。

车队如龙，疾驶在宽阔似带的高速公路上。时而经桥跨沟，时而穿隧越山。巍巍六盘，蜿蜒跃上，陇山的雄姿就映入眼帘。放眼望去，重峦叠嶂，绵延起伏，成片的人工营造林如剪的窗花覆盖其巅，翠峰如琏。红军长征纪念馆的碧砖丽瓦与气象台、电视转播台高耸的天线交相辉映，构成了六盘山一道壮丽的景观。“会当凌绝顶”，遥想当年“地球的红飘带”浮临，使六盘山成为红色文化的经典。一曲毛老人家的《清平乐》唱响大江南北，闻名遐迩，成为固原人民的金字招牌。“装点此关山，今朝更好看。”

翻越六盘，经隆德，进入甘肃静宁，沿西兰公路直赴兰州。窗外的景物，一股脑向后抛去。中国工农红军长征三军会师纪念塔静静地矗立在会宁这块黄土地上，似在倾诉那段可歌可泣的悲壮历史。定西，这个贫瘠天下地区，满目苍茫，童山不茅。偶有沙棘点缀其间，泛出一点绿意。干旱成为制约这里经济发展的瓶颈，只有这电气化的铁路和高速公路才荡起现代化的脉播。

夕阳坠山，归鸟啁啾。行进到渝中地区境内，周围的植被渐为改观，杨柳吐叶，远山泛绿。拔节返青的冬小麦和怒放的菜子花黄绿相间，释放着春天的气息。条块状的责任田，像和尚的袈裟铺满广袤的川原。

傍晚时分，徐徐的车队驶进兰州市区。这座久违了的“故交”，终于揭开了她神秘的面纱，将芳姿展现给初次造访的我。凭窗外眺，古城坐落于皋兰山麓下，黄河自城北流过，群山三面环绕。高楼大厦笼罩在烟雾之中，可见这座西北工业重镇空气污染的程度。俗话道：“三句话不离本行。”史志的情结，使我自然联想起：新中国成立前，彭阳籍地下工作者安克礼烈士就被国民党中统兰州站枪杀于此；西路军七千将士浴血河西走廊，谱写成悲壮的《祁连山的回声》；解放兰州的外围阻击战——任山河战斗就发生在彭阳境西，那兰州铁桥、皋兰山巅仍似在回荡着解放的呐喊！

虽在兰州候车近 3 小时，团队行动的约束，无以漫步街头，仔品细读这座古老城市的历史风貌和人文景观，只能匆匆一瞥。午夜 11 时半，我们安检进站后，登上兰州至南京的“和谐号”专列。一声高亢的汽笛，划破夜空的宁静,列车徐徐驶出站台,沿陇海线东行,开始了跨越式的旅程。

彭阳至西安,是捷道。西去兰州,而后绕道形呈三角东行,虽多走了一天一夜的路程,却正好弥补了我未涉足兰州的缺憾。于夜,列车风驰电掣般地奔驰在陇海线西端。车外的一切景物笼罩在沉沉的夜幕中,只有那电灯的光亮一划而过。翌日早晨,和煦的阳光给大地镀上了一层柔和的光线,山野青青,树木葱茏。列车驶出甘肃天水,进入陕西渭河流域。大家性情高涨,指点窗外,尽情享受着旅行带来的乐趣。每经一地,尽其阅历,如数家珍,津津乐道:宝鸡是姜太公隐居垂吊之地,诸葛亮殉职五丈原;武功的杨凌西北农学院,是培养全国农业科技人才的基地;咸阳为中国地理水准原点,境内有泾渭分明自然景观。

接近中午,列车到达十三朝古都西安,在此小憩,会车用餐后,进入渭南地区。沿线风光应接不暇,奇险峻秀的西岳华山笼在烟岚中若隐若现,分外妖娆。临窗小坐,目睹祖国壮丽山川,使人浮想联翩。改革开放30年,国内经济飙升,仅交通而言,经过全面建设,已形成了航空、陆路和地下三位一体的现代化立体运营。电气化铁路、高速公路纵横交错,如蜘蛛网般的镶嵌在祖国大地,人们出行十分方便畅达。以步当车,骑着毛驴进城的历史一去不复返了。人们由衷的感叹,共产党好,新中国好,我们真正赶上了太平盛世。

列车马不停蹄,发出匀称的滑轨声,从潼关驶出陕西界,进入河南灵宝。彭阳人赴南方旅游,多选择在咸阳乘坐飞机。虽说缩短了旅途,却减少了沿途的观光,岂不成为遗憾?乘火车旅行,既就是走马观花,也不虚此行。通过知识海洋所熟知的一些人文地理,而今"迈步从头阅",不亦乐乎。

专列呼啸奔驰在河南大地上,似曾相识的一些文化古城,渐次映入视野。三门峡,最初是我通过三门峡香烟所知;渑池,是举世闻名的仰韶文化的所在地。只有新安特别,尚属近年结识"新朋"。世有灵台与彭阳关于皇甫谧故里之争,谧传载有"徙居新安"一词,新安就是今河南新安县,新安就映入我的脑海。到了洛阳,大家异口同声地说"洛阳推土机娘家"。是的,彭阳平

地、筑路和城建所用全是清一色的洛阳产东方红牌推土机，难怪人们有如此情结。

时近午夜，列车驶进河南省会郑州站，虽睡眼惺忪，还是爬起来一睹为快。站内灯火通明，铁路员工恭迎接站。月台肃静，铁轨横卧，时而有列车轰鸣驶过。所见与兰州、西安及终点站南京的站台设置大同小异，省会站的规模、档次就是别具一格，气势宏伟。是夜，河南东部一段的行程，都是在茫茫黑夜中，只能透窗一觑站牌，方知所经之地。包公曾任知府的开封、焦裕禄曾任县委书记的兰考等都先后从视野中消逝。

12 日清晨，河南东部大地沐浴在晨曦中。道旁杨柳依依，槐花正香。丘陵起伏，山野翠绿。田中冬小麦吐穗拽项，一派丰收景象。继而，途经安徽砀山，瞬间进入江苏北部重镇徐州。徐州不仅是历史文化古城，单就解放战争时期的徐蚌会战，其名就令人大跌眼镜。列车从徐州直拐南下，改走京沪线，进入安徽淮河灌区。满目山清水秀，自然景观明显优于前者。凭窗望去，淮河东去，船只点点；间或有农民在田间劳作，吆喝水牛单套犁田，其景恬淡如画。

翌日，天空湛蓝，骄阳炎炎，大家心情格外开朗。列车播出的管弦乐《走进新时代》优美动听，荡人心弦，与人们喜悦的心情相融合，给单调的旅途生活增添了无限快乐。道走嘉山、路过滁州，就进入江南鱼米之乡。极目远眺，长江浊浪滚滚，汹涌澎湃。南京长江大桥像条巨龙横卧江上，“一桥飞架南北，天堑变通途”。虽不能观瞻它的全貌，依窗仍见巨大的钢梁构件和坚固的侧身桥墩，已令人振奋。它的建设，被誉为 20 世纪 60 年代中国红色经典，曾极大地鼓舞了中国人民的志气。如今，大桥与南桥头堡下的公园相映成趣，成为金陵 48 景之一。

时至正午，列车经过两天两夜的行驶，顺利到达南京站。告别专列，来到月台。站内人头攒动，熙熙攘攘。各团队在站台集中后，分团被导游接走，相对独立活动。我所在的 30 团，由浙江春秋旅行社的章姓导游前来接站，此后全程游览，就是他组织带领。出站后，改乘该公司的旅游大巴，驶向紫金山景区。小章中等个头，人蛮帅气，眉宇间透出南方人的精明。他操着带有浙江口音的普通话，一上车就滔滔不绝地介绍起当地的风土人情，和谐而不失风趣幽默。也许他就是干导游的料，一下子就赢得了大家的喜欢。巴士沿玄武湖畔的龙蟠路穿行，窗外处处皆绿，地地是景，一草一木皆情缘。进入钟山风景区，满目苍翠。魁岸挺拔的雪松，遮天蔽日；宛似掉了皮的法国梧桐，枝叶婆娑；玉兰姿态娇柔，雍容华贵。车子在林荫道间蜿蜒，仿佛驶入绿的海洋。中山陵、紫金山天文台等众多景点就坐落其间，好一派钟山景致，峰峦并峙，虎踞龙盘，气势磅礴，令人荡气回肠。

我们在此并未作太多的逗留，用过午餐，便驱车上沪宁高速公路，经常州市直奔无锡，游览位于江苏西南太湖充山半岛的鼋头渚。导游“三寸不烂之舌”，津津乐道。鼋头渚风景区始建于1916年，是民族资本家杨翰西的私家园林，堪称“无锡第一胜景”。民间相传，蒋介石属灵龟转世，其性近水。他在执掌中国命运期间，遂将酷似神龟的鼋头渚辟为御用。大家一路欢歌笑语，于下午到达太湖边的渔人码头。码头上旅游团队一拨接一拨，人流拥挤。登上游船，似有“第一次吃挂面”的全新感觉。清风徐来，水波涟漪，错觉所致，船已随风飘动。游船破浪前行，伫立船端，湖光山色尽收眼底，贪婪地举起相机频频拍摄。四周远山如黛，清雅秀奇；脚下机声隆隆，浪花荡漾。极目浩瀚的水域，碧波粼粼，雄奇壮阔，不时有快艇划过湖面，像利箭般犁起一层层白浪，犹如绽放的朵朵白莲，艇后洒下倩男靓女们的一片笑声。

鼋头渚，宛似漂浮在碧波中的一叶绿舟，着实酷似龟形。置身湖面，顿超凡尘。“太湖美，太湖美……”那优美的旋律就会荡起耳际，令人心旷神怡，美不胜收。船靠码头，过牌坊、曲拱，就登上太湖仙岛。整个岛屿被绿树花草所覆盖，长春桥、飞云阁等点缀其间，鼋渚春波、充山隐秀等各具特色。跃上其巅，是观赏太湖的佳地。远眺三万六千顷太湖，烟波浩渺，峰峦隐现，气象万千，令人叹为观止。暮霭中返航。湖面烟岚腾升，水天莫辩。寒风袭来，使人寒噤。有感是：碧水澹澹泛渚洲，貌似神鼋数风流。太湖三万六千顷，惹得

世人岁岁游。

13日早起，太阳还未露出灿烂的笑脸，我们就从无锡启程前往丝绸之乡苏州。俗语道："上有天堂，下有苏杭。"久仰可与天堂媲美的苏杭，并充满倾慕，今日将要目睹芳姿，不免心花怒放，激动不已。无锡至苏州咫尺坦途，片刻即到。沿途风光，尽显江南本色，山清水秀，景色宜人。到苏州后，捷足先游渤公岛。时值清晨，游人稀少，园内煞是清爽。草坪茵茵，花团锦簇，名贵花木，千姿百态，盎然成趣。像北方盆养的橡皮树、非洲茉莉、冬青等花卉，在这里多为绿化树，遍及道旁。这倒让我想起鲁迅先生说过：北京的白菜运到浙江尊为"胶菜"，福建野生的芦荟到北京美其名曰"龙舌兰"，大抵是物以稀为贵罢了。濒临江河湖海者，常以水患为恼；生存干山枯岑者，却以水为贵。南方降雨量高于北方数倍，气温高而湿润，适宜花木生长使然。

大家怀着浓厚的兴趣，参观完"帅元紫砂艺术博览苑"，驱车便进入苏州市区。但见粉墙矮矮，道路窄窄，河巷纵横，桥头林立，一派古朴典雅的园林风貌。城市建设多保留了古代建筑，绝少现代化高楼大厦，给人一种沧桑感。旅游行话：到了苏州看桥头。市内河道弯转，小桥遍布，粉墙黛瓦下，河水潺潺，即典型意义上的小桥流水人家，充满诗情画意。唐代杜荀鹤诗云："君到姑苏见，人家尽枕河。故宫闲地少，水巷小桥多。"曾任苏州刺史白居易诗"绿浪东西南白水，红栏三百九十桥"，都是对苏州风貌和桥头的真实写照。苏州城是水之乡，桥之都，被誉为是东方的威尼斯水城，桥梁成为世界之最。古代，苏州人以舟代步，足不出户，购物就可凭窗从泊于河内的小舟起吊。岁月悠悠，如今苏州古风犹存，呈现在游人面前的桥头，娇姿各异，大小有别，具有鲜明的时代特色和民族风格，成为苏州人民的金字招牌。

苏州是座著名的历史文化古城，素以山水清秀、园林典雅而闻名。园林是苏州的另一大品牌，以其精致构建、高雅的文化内涵被冠以"苏州园林甲天下"的美誉。苏州园林大多为私家园林，其中拙政园、留园、沧浪亭和狮子林被誉为"四大名园"，列为世界文化遗产。本次导游带为观赏的仅有狮子林，其他只能触类旁通罢了。

狮子林位于市区东北部，是元代菩提正宗寺的后花园，旋为颜料买办商人贝润生的私家园林。因园内林立的石峰状如狮子故名。车至城区东北角的园林路即可步入高墙深院的狮子林。进入园内，其古朴典雅、布局错落、结构精美和小巧玲珑的建筑风格吸人眼球。看那楼台亭榭井然有致，长廊曲径通幽环绕，假山叠缀，怪石林立。松柏、梅竹、银杏等名木配置，牡丹、玉兰等异花点缀。虽经风雨沧桑，仍不失辉煌雄伟的气势。从入口处便进到贝氏宗祠的便山厅堂，堂内檐高厅深，光线暗淡，陈设古香。漫步住宅区，徘徊曲径长廊，是否还能感觉到昔日这里辉煌的脉搏。燕誉堂主厅宽敞明亮，摆设华丽。正面墙上嵌有《重修狮子林记》木雕条屏，堂内条桌、圆桌、太师椅等雕刻精美，保持原有风貌，显示出主人的文化素养和富裕程度。主厅迤北，就是著名的九狮峰景观。石砌基座上，怪石错缀，石高数层，做工精巧，细观宛如九头形态各异的狮子。相传，昔日乾隆帝观后，随问接驾的状元黄熙："我看有九头，你看呢？"黄巧答曰："为臣看不出。"从此，这座小巧玲珑的假石山便以"御封"成名九狮峰。游人在此拍照留念，络绎不绝。

园中真趣亭傍水而筑，乾隆题额，建筑气派。亭前下临池水，荷花亭立，游鱼穿梭，假山倒映，美轮美奂。南有香樟辉映，对面曲拱连就假山群。假山上叠造的奇峰林立，酷似群狮起舞欲立，形象逼真，姿态各异，栩栩如生，给人一种变幻神秘之感。假山下洞穴相连，内有 9 条路线，21 个出口。初次造访者如临迷宫，没有半天工夫是出不来的。我探身其内，光线幽暗，壁面光滑。只见隧壑弯转，曲径盘绕。一会儿出到山下，一会儿探身山顶，有时转了几圈，却又回到了原地，真是奥妙无穷。个把时辰，看是看不完的。还有五松园、问梅阁、卧云室等景点无暇顾及，悻悻惜别，意犹未尽。

步出狮子林，顺枫桥大街西行至古运河的单孔石拱桥，这里就是张继《枫桥夜泊》中的枫桥。位于东南一里许的寒山寺，隔大街相望，刹脊突兀，黛瓦青青，寺身隐于粉墙和绿荫之中。身临桥头，张继那脍炙人口的诗句就会

从记忆的深处蹦出:“月落乌啼霜满天,江枫渔火对愁眠。姑苏城外寒山寺,夜半钟声到客船。”瞻目桥下哗哗的河水,梦幻出张继就孤缩在船中,夜半无眠,只能与“乌啼”和寒山寺的“钟声”为伍的情景。岁月悠悠,人去歌留,枫桥与寒山寺屹立街头,诉说着岁月的沧桑。

华东珍珠博览购物中心,毗邻古运河,与寒山寺、枫桥风景区隔河相望。古运河上机声隆隆,汽笛声声,运输正忙。滨河皇冠大厦购物中心,花草簇拥,安谧恬静,以其浓郁的文化底蕴,吸引着四面八方的游客。营业厅内,各种珍珠饰品“大珠小珠落玉盘”,琳琅满目,奇光异彩。俗语“东球南珠不如太湖淡水珍珠”,实乃名不虚传,让人百看不厌,是理想的购物馈赠品。

晚上,我们乘上游船,畅游苏州护城河,观赏两岸夜景,再次领略小桥流水人家的意境。游船驶离码头,徐徐东进,两岸景物,尽映眼帘。泊于岸边的参赛华船,装潢华丽,一船一景,把古运河装扮得分外妖娆。北岸纤道上铁铸纤夫,皆作躬身拉纤状,似在倾诉纤夫的爱:“妹妹你坐船头,哥哥岸上走,恩恩爱爱纤绳荡悠悠……”华灯初上,宛如两条彩练飘落岸边,灯光倒映,随波舞动,流光溢彩,仿佛进入童话世界,让我如痴如醉。“旧城堞影”“觅渡揽月”“吴门夜月”“小曲拱桥”等景点一一呈现,令人目不暇接。途中,一位操苏州口音的男子用普通话讲解苏州的风土人情、古运河兴衰变迁和点拨两岸景物,不时夹杂几句吴侬软语,风趣幽默,惹人捧腹。还是那着大红绸装的苏州女子引人眼球,并非“千呼万唤始出来,犹抱琵琶半遮面”。只见她落落大方地端坐船头,舒展玉指,拨动琴弦,自弹自唱。一曲苏州评弹《茉莉花》令人陶醉,引来全船喝彩。此时此刻,幡然顿悟白居易笔下的“转轴拨弦三两声,未成曲调先有情”的意韵。游览古运河在美的享受中结束了,只是那《太湖美》的吴音评弹,余音袅袅,不绝如缕。

巢　空

韩海霞

他又拎着包走了。

又走了，热热闹闹的红火了几天，又提着包出门了。我一个人在家里，生活在公元 2010 年，而我却像极了古代的怨妇。

阳光刺眼的照耀，外面工地上工人们干得热火朝天。我请了病假，婆婆善意的让我回老家，可是我不想去，不喜欢别人的同情，真的。眼泪留不住他，这种离别的日子，可怕地存在着。不用矫情，没把自己太爱过，可我害怕孤独和寂寞，大大的床，三个人睡的时候挤得可怜，儿子占一大片，一个人住着，床如沙漠般寥廓。

走了的人提着大包，背着电脑，十一点四十的车像老情人一样等在老地方，带走我的丈夫，把他带到一个热闹的城市。把笔按在这儿，眼前掠过的是世世代代那些穿红戴绿，默默无语独守空房，把自己盼瘦，把夕阳盼尽的古代女子。我也要继续着她们把寂寞的河流下去？在外的游子，几个又真正贪恋这个家？如你一样痴想着对方？抹不去擦不掉心上的那个名字，真真让岁月把你老死，时间把你吞噬想着都怕，于是死抱了不放手，眼泪打湿了他的胸襟。不是情人，不再恋爱。妻子的眼泪能挽住什么？如锦的明天，必需的工作，车如流水的城市，怎么能陪着你？纵使时间走的踏步响，守住一刻是一

作者：韩海霞，1983 年生。毕业于宁夏大学中文系。现任教于彭阳二中。曾在《黄河文学》等刊物发表小说、散文多篇。

刻,能怎么样,终了还得放手。

懂得放手,才能回到原来。“执子之手,与子偕老”,真真携手的日子又有几回?大多的日子还是这样想着,念着,流着泪入眠,骑着车上班。什么都贵了,涨价了,唯有思念在亏本,亏得一塌糊涂。

想把星星、月亮、春花、绿叶都写进我的笔底。可是五层的小楼,笼子一样的窝棚,看不到星星,偶尔儿子大声嚷嚷:“看,妈妈,天上挂着月亮。”冷幽幽的,寒战地贴着天幕,没有我家的灯亮,热闹更赶不上电视里面的节目。

可这心底里怎么就装满了星星、月亮、花花草草的故事,连做梦都在那个有小河的村边。夏夜赶着萤火虫在月光下和全村的小伙伴捉迷藏;苜蓿开紫花了,脱了小褂扑蝴蝶;每一个春忙时节,提了小凳,依偎着奶奶,让她给我拿了红头绳扎小辫,于是香甜的梦就做在她的怀里。秋日扫落叶,冬阳里穿得胖熊一般去滑冰。美好与欢乐似乎都跑到童年离去了。现在没有欢乐,丈夫提着包又踏上了征程。胡麻油涨价了,我思忖着改天趁着取暖补助没花完,得买十几斤预备过年。

十多年前,那时候我还是个孩子。我们那所小学养了十几头羊,冬天没了草料,校长发动全班去山沟里拔草,那个阴沉沉的早晨,我穿的单薄,可心里乐得开了花。班里有经验的同学告诉我们一个省时省力的办法:捣“秦太子”窝儿。“秦太子”是一种类似于鼹鼠一样的动物,可又不是鼹鼠,因为它没有尾巴,本地人互相戏谑时常说“小心学秦太子造孽(本地是可怜的意思)的把尾巴脱了”,到底“秦太子”因何把尾巴脱了的典故我也无从知道。只是好笑地想既然名为“秦太子“,那么这小东西不是秦公子扶苏,便是秦二世胡亥了。它的窝里贮藏最多的是野菊花,掏出来还带着新鲜的药香味儿。于是大多数孩子献给那几头羊的是干枯香醇的野菊花。可怜被我们洗劫一空的“秦太子”又不知道是怎样度过那个冬天的。

事实上,我似乎像极了那个贮藏野菊花的秦太子,只是我的窝搭在距离地面几丈高的水泥浇筑的一个叫“楼”的地方,而它的家四面都是山,长着草，伴着风，偎着新鲜的泥土味儿。

他走了，拎了包，鞋刷得不是太锃亮，可是脚要去丈量外面的世界，鞋亮不亮，最终也会风尘仆仆的离去。我想让自己成为姜太公一样的大智者，没有鱼钩，一条直棒子，任你大江大湖里的鱼游到哪儿都得到我这里来上钩。又极渴慕自己成为手里的轮齿，风筝高高，线却紧紧攥在我的手里。无奈的苦笑之后，清醒的知道一个把梦做在童年里的人，一个光了脚丫在田野上追风，奶奶拄着拐杖追撵的人，三谋六韬、城府、老道……这些词语和能耐又怎会青睐于他？

我不是蜘蛛，我不会撒下弥天大网，结网捕食；我不是商人等待利润的翻倍。我愿意，我愿是《诗经》里那个在“蒹葭苍苍，白露为霜”水流淙淙边期待，翘首“所谓伊人，在水一方”的痴情女子，只为情痴，只为情狂……虽然身在灯红酒绿，熙熙攘攘的现实，可是灵魂深处，我还是那个传统的妻子，望夫崖上那个孤寂的身影，一千年，一万年的痴等……

老家门前椿树上，又来了两只喜鹊，准备在冬天来临之前建巢安家，忙忙碌碌的进进出出，我问母亲喜鹊的窝横竖都是树枝，冬天难免不吹个透心凉。母亲说外面如此，里面都是衔了泥抹上去的，保暖结实。看着那两个忙碌的身影，我的心里肃然有了一丝敬意。那也是一对青年夫妻，从一棵大树上分离出来，勤劳、辛苦、甜蜜的建一个窝儿，明年春暖花开时节生一窝胖嘟嘟的小宝宝，绿叶丛中“喳喳”地叫着，享受天伦之乐。

小城里房子紧张，几经周折，托亲靠友，我和丈夫才购得了现在这个“窝”，儿子骄傲得对来人说：“看我们新家漂亮吗？”“看我窗帘好看吗？”聚少离多的日子，一家人团聚的时候，儿子总是快乐的近乎疯狂，十二点多才睡，爸爸买的新拖鞋睡梦里醒来都要爬起来看看，爸爸上趟洗手间都要站在门口等着。“爸爸别去了”“爸爸陪豆豆”这样的话语一天能问好几次，丈夫总是哄着，走时要不趁儿子睡着，就是接到公婆家。

送别时大多数就是我，刚开始恨不能自己也爬上车，走得次数多了，心

就木然了，嘱他出门在外照顾好自己，可是转了身，我总是淌两行泪，快蹬了车离去。生活对于成年男女来说只能让我们变得坚强，坚硬。可有些日子就不是这样了，天气有缠绵不尽的秋雨，飘飘洒洒的冬雪，人心也有不尽的秋雨冬雪，那眼泪止不住的时候，脾气也就如雪后的春水猛涨起来，无非怕的就是"啪"门一闭，跟你吵过、骂过、笑过的那个身影，在这个巢穴里踏破了鞋子再也找不着了。

把我带走吧，变成你的一支笔，你口袋里的一张纸，就像《聊斋》中的鬼女狐妖画皮，变幻莫测，不离不弃，只因为爱，那些苦难又算得了什么？只要不让我等老、盼傻、想死。

周二就要上班了，请了假，上了班落下的工作还有那么多。工作滞后，总不是随便想搪塞就能过去的。

哎哎哎，连叹三声，案上的发财猪踩着金元宝憨态可掬地笑着，无忧亦无虑，如果如这木雕一般不痛不痒，无知无觉多好。

"春风吹，天气暖"，我记得第一天走进课堂老师教我的就是这样美好的诗句，春风吹过，夏天来临，秋叶落下，冬雪弥漫。四季轮回着，周而复始。我们是这世间的芸芸众生，两个人分着、合着、爱着、恨着、笑着、痛着，摸爬滚打直到生命将尽，后代再延续我们的故事。

"思君令人老""忆郎郎不至""梦见在我旁，忽觉在他乡""青青河边草，绵绵思远道"，吟诵着这些几千年前的诗句，在窗外机器的轰鸣声中，我黯然泪下，如果人也能轮回，大概那个河边踽踽独行的人就是我，那个梅树下望尽天涯路，望到白首的人也会是我。

痴想过后，猛然醒悟：干吗非得要把自己想得这样惨，世世都成孟姜女了。梁红玉也不跟着韩世忠上战场了吗，木兰不也混在男人群里奋勇杀敌。为什么要把自己非得塑造成怨妇？哭泣着面粉能自己跑到锅里变成面条？悲戚着他就能多念你几分？非洲大草原上带着幼崽的母狮用眼泪能喂饱孩子？

不到一个小时他就要到了，短暂的想家过后，他又会投入到紧张的生活的斗争中去，我也要渐渐平息，老日子依旧，工作着，生活着，让自己木然着，把一种思念裹藏起来，把日子进行下去。

窗外阳光明媚，这样的冬阳下，奶奶活着的时候总喜欢晒太阳……

在残破的断墙下，奶奶坐着一把大椅子，闭了眼晒着，长大着嘴巴，我找来细竹签，把她那几颗龋齿里的食物残渣慢慢剔出来。她笑眯眯地合上嘴巴，塌陷的嘴巴时不时会动一下。我好奇地伸长了脖子爬在她膝头上不眨眼睛的瞅着，数着动了几下。奶奶睁开了眼睛，笑着用她温暖的大手摸着我的脑袋说："我刚做了一个梦……"

一梦醒来，窗外依然阳光明媚，奶奶手上的余温似乎还在我的额头，我似乎还是那个扎小辫的女孩……可是奶奶已经不在，屋里只有我一个人，手机上丈夫发来短信："我已到，一切顺利。"

寂静的乌云寺

张文明

由于工作的缘故,我们遗址普查小组几人又要驱车远离繁华,走向历史的深处,循迹岁月的遗痕。

车子出县城,沿油路向北部急驶。一路映入眼帘的除了山还是山,这些黄土塑造出来的地貌特点非常丰富,有的像卧虎小憩,有的形如渔船,有的看似灵龟……总之,敞开你想象的翅膀,每座山都会赋予灵性,都是最美的艺术品。坐在车里大饱流动的山流动的景,让人陶醉。

不知何时,车子已驶入山路,道路随山曲转,路面凹凸不平,车子颠簸如浪里行船。透过车轮卷起的黄土,却见山野入秋,庄稼割过,静谧中含着一些寂寞,只有阳光在切割过的根茬上烁烁闪亮。偶见人迹,大都一片忙碌。

也许是连日来普查工作的劳累,也许是车子颠簸的缘故,我的同事们在这秋风清凉,菊花遍开的秋日上午便开始打"迷糊"。我也受之影响,渐入"佳境"。车内的气氛静默。不知又行进了多远,在迷梦中听见开车的师傅说:前边的山底下有座乌云寺和瓔珞宝塔,你们可以看看,也顺便透透气。一句话让大家"来了"精神,都表示愿意前往,寻幽探胜。

说真的,瓔珞宝塔我还略知一二,乌云寺起初倒没听说过,是后来在《民国固原县志》中看到过一段记载:"乌云寺,在城东 100 里。上有宝塔一座,石

作者:张文明,1978 年 10 月生。现在彭阳县史志办任职。参与组织编写《彭阳县志》《彭阳史地文集》《彭阳年鉴 2011》《彭阳年鉴 2012》等史志资料。在区内外发表文章 30 多篇。

匾一，文曰‘瓔珞宝塔’四字。明嘉靖年造。圆庐寂尔，观塔影倒插晴空，令人作超尘想。”这寥寥数字在当时读来虽未感觉出有什么极致大景，但确实也留给了我几分神秘和遐想，使我产生了兴趣，动了拜访的念头。今天，乌云寺就在眼前，怎能错过如此大好的机会。

于是，我们相约前往。绕过一道山梁，在视线的扫描和追寻中，只有一座破败的小庙映入眼帘，没有恢宏的外部建筑和云集的香客，俨然是一处有着三孔窑洞的农家庄院。看到山坡上有赶驴驮水的农夫，便上前打听。几经询问，才知道我们已来到冯庄乡茨湾村，这座庙就是乌云寺。至于是什么人、什么时候建了这座庙，又是什么时候、什么原因而显得如此苍寂，他也说不清楚。

苍寂归苍寂，但这里毕竟是佛地。既然来了，拜佛是必然的。掀开中间一孔窑洞虚掩着的门，抖落的灰尘沾满了我的衣袖，神龛前的灯油已干，看来好久没有人来进香了。窑洞中供奉的是哪位神灵，我们无存得知。学着香客的样子，我点燃了神龛旁边的蜡烛，燃着了几炷香敬上，叩首作揖，一个完整的敬佛仪式完成。这时，旁边的同事对我说，佛祖一定知道你是个新教徒，因为你没有磕头。我说，敬香磕头只是形式，内心的感觉才是内容，……其实，与佛的感觉是冥冥之中的事情，谁也说不清楚。而这一刻我能感受到的只有乌云寺的苍寂——当年的乌云和尚究竟带走了怎样的繁华，致使如今听不到晨钟暮鼓，看不到庙内有僧人参禅，也看不到有信徒来添香续灯，也感受不到善男信女的虔诚和佛光的显照。

就在我为这种苍寂寻求更好地解释时，我想到了佛语“原本图清静，何必惹浮尘”，使我顿时明白乌云寺的这种“苍寂”其实就是一种“佛境”。在这种“佛境”里，我们放下沉甸甸的欲望，逃离纷扰的俗世，极其虔诚的向另外两孔窑洞中的神灵上香膜拜，想把自己的愿望融进这氤氲的香火之中。说真的，我们并不是渴求什么，只是求一种淡定，求一种宁静。幸福是靠我们自己的双手创造的，神灵指引我们的只是要拥有一颗平常心。

在香烟缭绕中，传来了几声清脆的塔铃声，悠扬悦耳，仿佛是佛语清音，专为穿破这苍寂而来。我知道这是璎珞宝塔在提醒我们，它才是这里的主角，只要能与它相亲相近，我们就不会失望而归。宝塔在寺院的右边，雄然耸落，自有一分庄严肃穆。听同事说，凡到此地的人，都是为宝塔而来。仰望透着灵气的宝塔，心中涌起几分激动。塔身为七层八角楼阁式空心砖塔，在阳光的映衬下，看上去好似用珠玉装饰而成，显得十分耀眼。也许是我对塔的理解只停留在一个建筑物华丽的外表之上，在我看来这座宝塔便是这里的全部了。寺与塔的完美结合，使佛门清净之地又多了一分浪漫。

每座塔，都有很多故事，都代表了百姓祈福感恩情怀。相传璎珞宝塔是明代本地科举中官之人张侃为感念寡嫂高氏的劝学之恩，竭尽其资修建而成，并以嫂嫂的随身佩饰璎珞命名，自题“璎珞宝塔”，后人称之为“北山文笔”。尽管这是历史留传的说法，但也从侧面可以看出，明清时期固原东山境内可谓文风称盛。当张侃用感恩的心建造起这座塔时，便赋予了这块土地更多的灵气，在古人与今人之间传承着中华民族的高尚美德。置身于塔脚，在静静地伫立中，我感觉被塔罩住了，多了一分安详、静谧。清脆的塔铃声，似平安夜的钟声洗涤心灵的污垢，似纤纤素手敲响的优雅编钟诉说着历史的沧桑。

这是我迄今为止见过的最有灵性、最有文化底蕴的一座塔了。塔为寺之魂，寺为山之脉，优美迷人的画卷百年来引人神往。而今，经过岁月洗礼的璎珞宝塔更像一位智者伫立在那里，用塔铃清音调和着乌云寺的寂静，见证着乌云寺的兴衰，迎候着来往的游客。

在难得的静谧中，时日已过大半。我们离去时，塔映斜阳，寺静，铃动……

剪　影（外二章）

文小荣

很久没有你的消息，心灵的原野上一片荒芜，偶有杂草摇曳，那也是我思念的风在徐徐吹拂。渴望你给我一个真挚的微笑，哪怕一纸简短的告安，我也会立刻绿意丛生，把这一瞬化为终生的永恒。

此刻，我翻开记忆的扉页，一行大雁凌空而去，留给我无限的思念。我抚摸的地方，有一种灼烫的情致渐渐焚化灵魂之垒。

如果你真的离去了，何以要留下如此残酷的火焰？

小路上已长出丛密的思念，夏晨的露珠如我晶莹的泪久久匍匐在爱情的枝蔓上。我默祷苍天，不要起风不要吹去这亲密的滋润，不要艳阳高照不要炙干这最后的依恋。

珍藏已久的记忆又默默折起这一份温情。

如果你真的离去，何以又要留下这牵人的泪滴？

遍觅你的踪迹，徘徊于夕阳的余晖里，难道我也要面对如血的残阳感喟“夕阳无限好，只是近黄昏”的苍凉韵意？

不，这种结局太悲惨，你不会给我留下如此怅然的断想。我的手中正捏紧你的行踪，我的心中正感怀你无限的情意，我的眼里正溢出绯红的相思，一切都不会太远，时间之手正在聚拢我们彼此的灵魂。

作者：文小荣，1977 年 9 月生，政协彭阳县《参政议政要报》副主编，在《朔方》《六盘山》等刊物发表散文诗 20 多篇。

如果你没有听见我悠长的呼唤，何以会应答于我的心间？

刹那间，我看见了你的剪影，在黄昏里由朦胧而清晰，面向我，背对夕阳。

那是一个瞬间与永恒交替的变格，是一个红色的梦跃然现实，是一种巨大的惊喜塞满咽喉，是一种久蓄心怀的情感即将破体而出的幸福。

如果你真的将我忘记，何以又步伐坚定地迈向我？

无语相对，黄昏徐徐落幕，那长长的剪影却远远地浓缩在了我的眼前。

走进黄昏

黄昏，表示着一天的即将结束；黄昏，象征着一个岁月接近了尾声；黄昏，也代表着阳光走了一程在散发着最后的余晖……只要你走进黄昏，用心去体会，你就会感觉自己走进了另外一个世界。

无论哪个季节的黄昏，都有它独特的美丽。

常常喜欢一个人走进温柔的黄昏，走进橘红色的夕阳，目光里噙着对岁月的感叹，双足剪开黄昏的柔光，幻想裹在风里逡巡人生的每一个驿站，沉思溶在浪花中扑打瀚海里不沉的岛屿。

的确，黄昏是一天中最辉煌、最美丽的时刻，黄昏给人以悠闲的诗意，给人以宁静的温馨，给人以无限的遐想……黎明固然绚丽，但它给人似冷漠；骄阳固然热烈，却没有人拥抱它的热情；夜晚固然恬淡，但它却无法闪烁出生命在世界里拼搏的那种伟大的绚丽和光芒。

独对夕阳的时候，你就可以清楚地认识自己。

独对夕阳的时候，你就可以清晰地回忆过去。

享受黄昏，可以驱逐许多苦楚和忧愁。于是，那么多的忧郁被冷静稀释，那么多的伤感被冷静抗平，太多的沉重也被冷静甩掉。

我喜欢独对夕阳享受黄昏，一个人静静地坐在夕阳的余晖里，把自己所有的心事都掏出来慢慢梳理，就如在漫长的人生旅途中，做一次短暂的小憩，抖落身上黏附的尘埃，驱散心灵缠绕的阴影。然后留下一份清纯、一份潇洒，给爱过自己和被自己爱过的人，伤害过自己和被自己伤害过的人……

每个人都有或喜或悲的时刻，可谁又能够想到，当自己心灵上承受巨大负荷的时候，就应该去恬静的黄昏里，把内心所驮载不了的那一部分沉重卸下来，把心中所不愿让别人知道的心情倾诉出来，让黄昏分担痛苦，让夕阳分享幸福。这时，美妙的大自然就会把一个纯真无邪、无忧无虑的你还给自己。

也许，唯有独对夕阳的那一刻，心灵才是最轻松、最明亮的。

真　诚

时光在飞，我正在跨越青春的门槛，日子在走，我也好久没有留心。蓦然回首，发现记忆中许多美好的东西已随岁月流走，只留下浅浅的屐痕，而心灵深处那份执着的真诚，却依然真切，而且永远真切。

我早已把真诚放大成永恒。世界是美好的，世界的美好是由人与人之间的真诚与微笑组成的。拥有一颗真诚之心，你就会发现世间许多美丽，从而也会感动于这份美丽，感动于你自己。在这个喧嚣而嘈杂的城市，人际关系越来越表面化、格式化，有时候，很违心地恭维别人那并不漂亮的衣服，有时候，很夸张地面对并不幽默的话语发出大笑，有时候……但我们是否意识到，这其实是一种失去。

真诚，会衍生出欢快的笑，离别的泪，淡淡的苦和浓浓的甜；真诚，像一支浓情的笔，勾勒出一片美丽的彩虹；真诚，似一首嘹亮的歌，唱出生活的浓情和美好。

面对真诚，在人生的路上且歌且行，不是很好的吗？

对于这个世界，我不会再睁大一双惊奇的眼睛，而是渐渐学会了用淡漠和冷静来面对一切，我的窗子紧闭着，不再飞进斑斓的蝴蝶，我的心灵也过早地老去，不再飘向悠远。

生命悄悄地从带着寒意的风中开始，奔驰在脚下的热土已被风挑走，山水也在朦胧的面纱中报以羞赧。

一年里，有多少花开的季节，有多少失落的夜晚；一生中，真正属己的时光没有多少，我们却都在重复自己的生活，其实是在重复别人的生活。窗外的一切姿态依旧，秋去冬来，迈着步子在街上徘徊，却总会在茫茫人流中迷失。在记忆风尘中追寻，却总会被随时袭来的冷潮吞没，拾起两枚滴落的叶子，却不是珍藏心底那一枚，抬头仰望蓝天飞扬的白云，却找不到属于我的那片……就这样，满心惆怅地独行于一个个陌生的路口。

宁静的小学

王能能

宁静跟宁静有时候是不一样的。

一开始,小学很宁静,心却纷乱不堪。

后来,小学依然宁静,心也跟着宁静下来。

现在回想,已经是去年了。记得九月六日那天,我刚被分到这所小学的时候,内心一片荒凉。视线被一座大山堵住,似乎随时都会将山前的小学吞没。一段斜坡土路艰难地朝着校门爬行,进了铁栏杆门是操场,上了台阶是教室,教室后面一半是教师宿舍,另一半也挪作教室用,再就没有别的什么了。几块可能是花园的土地空落着,枯黄的松树也显得孤孤单单,墙上"百年大计,教育为本"的字迹已模糊不清。如果不是一面半旧的红旗高高飘扬,谁也可能不会想到这是座学校。

这就是我远离家乡所要教书的小学?是的,简单而宁静的小学。站在九月的风里,我那么不情愿又无比肯定地告诉自己。

简单倒也好,我本就喜欢简单,可这宁静于我却有些突如其来,它伴着孤独和恐惧。偌大的校园,要我一个人留守,这未免有些残忍,毕竟我才刚毕业,突然离开群体生活被置身于一个陌生的环境,除了恐惧,就剩孤独。每晚都要仔细将门锁好,不敢开灯,不敢发声,怕外面会有一个以为里面有

作者:王能能,1989 年生。2011 年毕业于宁夏师范学院人文学院。在区内外发表散文多篇。现任《彭阳文学》杂志散文编辑。

人的人。

第一个周末，我就一个人留守在这个还不怎么熟悉的山村小学，第二天就是教师节。白天下过雨，夜微凉，还停着电。借着临近八月十五的月光，我看到一棵杨树叶飘落在这样一个夜晚，暗藏心事。巧的是，我的年龄正与八加十五相符，应该还算得上年轻。这样看来，是这个夜晚于这个年龄有些残忍而不是这个年龄于这个夜晚有多奢华了。于是，那个天亮等了很久才到来。

以后，周末就成了一个结，并且那种不安从周五就开始蔓延。没有孩子们的吵闹，校园显得更加空洞寂寥。偶有一声响动，心就会一紧，然后悄悄将窗帘掀开一点小缝向外窥探，结果不是那几只轮班换岗搜寻孩子们掉的馍馍渣的野狗们就是那个脑子有问题还身材高大的傻子游魂一般。所以即使白天，我也只能将门上锁，出去时也需要掀开窗帘仔细侦察一番才迅速离开。

可出去又能去哪里呢？在这样一个遥远而又陌生的不同民族地方，我内心里还是有些戒心的。多少次站在铁栏杆门前，目光被扯向远方。我知道远方的路就是回家的路。可是远方好远，家好远……

就算这样，我也知道孩子们是无辜的，看着他们无知的、澄澈的眼睛，我坚持了，直到最后一片时间的花瓣静静绽开，伴着最后的黄昏和音乐，为自己做了一顿面，带了告别的滋味。

翻过年再来到这里，小学依然宁静，却略带亲切，像是回家。

问好慈祥的老教师，迎接孩子们红彤彤的笑脸，感受自己温馨的小屋，躺在温暖的小屋，手捧一本比小屋更让人温暖的书。才知道，锁住的不止是门，还有心，把心打开，阳光美好而温暖。同事带我去她家做我喜欢吃的饭菜，邻居阿姨从墙头递给我热乎乎的煮洋芋，学生给我带来香喷喷的粘玉米，还有甜甜的麦芽糖，以及充满神圣的寺里分的油香……他们的热情朴实，让我还有什么理由不安心在这里生活？

有孩子在周记中写道:“我多么希望自己有一枝马良那样的神笔，那样我就可以为王老师画一辆飞快的汽车,让她每周都能回家。”这样的话让我在不安中得到了些许安慰,我知道孩子们虽然小,但却有一颗纯真的、懂得理解的心。所以我决定安下心来,认真教书,用心感受这份宁静。

五月,桃花盛开。学校后面的山已开始泛绿,像自然赋予的一幅巨画,作为背景映衬着山前的小学，半旧的红旗在绿色的衬托下似乎更加鲜艳了。每一个阳光明媚的周末,我都会把被子拿出去晾晒,暖暖的阳光渗入松软的被子里,连梦都是那么香甜。那满满一院子的太阳,任凭你搭条凳子,将自己安放在阳光里,听音乐,看书,眯眼休息,舒心地享受每个宁静的午后,还有小狗陪在身边。

尽管,我依然有更多美好的渴望,但我想我已深深恋上了这里。在这里的人,也许都会多出一份感悟。比如,当一群麻雀准时啄醒黎明,有的甚至从通风口飞进屋里,叽叽地叫个不停,你会觉得它们比闹钟多了一份淘气,多了一份生命的气息。傍晚,总有那几只鸽子悠闲地在校园里觅食,即使我从它们身边经过,它们也不惊不扰,人与自然的和谐还用在哪里去体现？还有那炊烟,在宁静的村庄上空渐渐飘散,带着朴实的乡村气息,而天空依然那么蓝。

突然,我不再埋怨这寂寞,而是觉得这寂寞对我来说就是一种美好存在的状态。于是,我有了一个梦想:等到春暖时在房前屋后种上菜,用自己的劳动享受最天然的美味,或者还可以重拾画笔,教孩子们用心描画最美的春天。

好吧,从明天起,种菜、画画、读书、教孩子……

两棵树

我没有见过海棠树,印象中它很美。

想起它因了院子里的一棵海红树。

老家的院子常年没人住，回去只能看到满院疯长的冰草。这次却出奇的有了一个小生命,并且孕育出了许多小果子,很是让人欣喜。它仅仅是一棵树,在常人眼里普通至极,都说只是一颗海红树罢了。而我,却莫名地怜爱它。

说来也怪,这棵小苗也就去年才长开,今年就给我们送上这么多小礼物。暑假办补课班那会儿,孩子们经常是果子绿绿的就摘了吃,小枝叶也跟着遭殃。无奈,我只好把禁止摘果子作为一条校规,惹了可爱的孩子们,却也留下了满树的希望。本想着孩子们要能等到果子红,吃就吃了。可直到放假,也没见那些小东西们露个笑脸。

孩子们放假后我的日子过得很清闲。每天吃饭、睡觉,然后坐在院子里看看书、写点小心情。累了也躺在椅子上晒会儿太阳,看看蓝天白云,听听虫吟鸟叫。可不管做什么,最终都会在那棵树,准确地说是在那些小果子上多一些停留。

看看,摸摸,闻闻。

终于有一天,我看见小家伙们长红脸蛋了,忍不住摘一颗吃,到底还是有些涩的。熟透了的海红紫红紫红的,吃起来绵绵的,而且捂在箱子里不怕坏。记得奶奶在世的时候就常常将海红存放在她的小木匣子里，等我们回去拿给我们吃。每次,可喜欢闻刚打开箱子猛扑出来的海红味了,带着一股淡淡的酒香,蕴藏的却是浓浓的思念。我想这东西放不坏且越存越香,可能正是这股酒香的缘故吧。

思念,也一样。

日子就这样过着,慢慢地,小家伙们开始悄悄绽放笑脸,红脸蛋一天比一天多。在这个绿色为主色调的季节里，那些红红的小果子就像一个个小红灯笼,俏丽地挂在枝头,煞是好看。我像那个种兰花草的姑娘一样,一日看三回,傻傻地盼着果子长大、变红,然后等待成熟与收获。

可我竟然被骗了。

那天，看见树下躺着几颗红红的果子，以为是瓜熟蒂落，捡起来狠狠咬了一口，正嚼着，一只虫子从剩下的半颗里爬出来，慢悠悠地，似乎还在对着我笑。我哭笑不得，似乎也无能为力，满树的果子只能任虫子们糟蹋。有时候正在看书，一颗颗果子掉下来，砸在心上，沉甸甸的，很是让人难受。看着树下的果子越来越多，而树上的也越来越少，我着急了，踩了凳子摘了来吃，可虫子比我聪明，留下的都是又绿又涩的。

其实，那几个果子可能不及超市买的好看，也不一定有超市买的好吃，可终归是自家院子长的，是个盼头，也是个念想，是个安慰。看着满地的红果子，我即使能像黛玉葬花那样葬了它们，却只怕写不出个“葬海红吟”来。于是，就留着满地红泥来年报答树的恩情吧。

从此，我的心里一直种着两棵树，一棵是海红树，另一棵像极了海棠树。

初巢的温暖

刘文泰

上小学时我对假期的渴望远远超越了现在对现实物质生活的渴望。那时不懂什么叫天性，如今，看到自己的孩子在假期里疯玩，我才明白，孩子的天性就是喜欢玩。

记得那时，我们兄弟几个在假期里常玩的游戏就是捉麻雀。

在北方的农村，每家都有几个大炕。我家弟兄多，棉衣不够穿，天冷了就都挤在热炕上。这个季节，麻雀无处觅食，不时光顾庄院，特别是到了下雪天，老听它们叽叽喳喳叫个不停。我们抓住这个机会，用扫帚扫开一块空地，把一根细绳拴在铁锹的木柄上，用铁锹头撑起一个筛子，再在筛子下面撒上一些秕谷子。这一切准备停当，我们把绳子的另一头从窗户中伸进来，紧紧地捏在手里，趴在炕沿，就等着麻雀自投罗网。这是一个激动人心的时刻，我们屏住呼吸，眼睛一眨不眨地盯着那筛子和筛子底下的秕谷子。一会儿，成群的麻雀落在了院子的空地上，向筛子下面的食物一步步逼近，探头探脑，像电影里鬼子进村的模样刚好侦探到食物了。殊不知，刚好让我们来了个瓮中捉鳖。我们欣喜若狂，将寒冷与饥饿早就抛到了脑后，孩子天性的释放就在那一瞬间。

有一次，我捉到了一只刚出巢的幼雀，毛茸茸的，还不会飞，只会挪步。

作者：刘文泰，现任教于彭阳二中。在《固原日报》等报刊发表散文多篇。

我们将它放在炕桌上玩，几只老麻雀在门前飞来飞去，叫个不停。吵闹声惊醒了母亲。她看到我们把小麻雀“折磨”得不像样子，厉声阻止我，并让我将它放到院子的墙头上。母亲说放到墙头上，老麻雀见了后，一定会将它带走。待我把它放在了墙头上，一只老麻雀立刻飞了来，围着幼雀来回飞转，嘴里发出揪心的尖叫声，还不时用翅膀拍打着幼雀，试图把它们带走，但尝试了几次都失败了。天黑了，我困了，睡着了。第二天早晨，我急着去看我的胜利品，远远地看到那只幼雀变成了一只大麻雀，怀着好奇的心情走了过去，眨眼一看，确实是只大麻雀，我用木棍拨了它一下，没动，又拨了一下，它从墙上掉了下来，而那一幼雀却从大麻雀的翅膀中掉了出来，令我吃惊的是，幼雀还在叽叽喳喳地叫着，而大麻雀早已冻僵了。

随着岁月的流逝，我渐渐地懂得了，幼雀享受着的是生命的亲情。而我呢？年幼时不懂得亲情，更不懂得享受亲情。随着年纪的增长，我明白了许多道理，在疲惫中学会了享受亲情，更体会到了初巢的温暖。

后 记

《彭阳文化丛书》是彭阳建县30年来第一套较为完整的文艺作品集成。编辑工作始于2012年9月,完稿于2013年7月。在不到一年的时间里,编辑们席不暇暖,星夜劳作,终于成书。定稿之日,如释重负,感慨系之。

彭阳古有“东山文化之乡”的美称,历史文化积淀丰厚,地域文化光彩夺目。长期以来,彭阳文艺工作者在对传统文化继承、体验和感悟的同时,加强对现代文化的开发、积累和应用,促使了彭阳文艺工作的蓬勃发展。在党的十七大提出“推动社会主义文化大发展大繁荣”精神的引领下,彭阳文艺工作者自觉坚持“二为”方向、“双百”方针和“三贴近”原则,牢牢把握繁荣先进文化、建设和谐文化主题,自觉担当重任,在演绎彭阳文化的前世今生、古今延续,诠释彭阳文化的开放性、包容性、兼容性、不可替代性和发展当代先进文化上勇于创新,成绩斐然,成果纷呈。《彭阳文化丛书》的编辑出版,便是最有力、最具体的证明。

《彭阳文化丛书》全书共有七卷,分别为小说卷、散文卷、诗歌卷、报告文学卷、文学评论卷、书法卷和美术工艺卷。书中收录的作品大多出自彭阳本土文艺工作者之手,同时也收录了部分区内外著名作家、评论家有关彭阳的文艺作品。作家们通过对彭阳的深情描述、叙写以及书法、绘画的形神兼备,集中地再现了广大文艺工作者在建县30年来不同发展阶段的不同历史情怀。因之,这是一套经典的彭阳之书,一套厚重的彭阳之书,一套值得收藏的彭阳之书。适值彭阳县建县30周年,谨将这套特殊的礼物献给所有关心彭阳、热爱彭阳、建设彭阳、奉献彭阳的人们。

《彭阳文化丛书》的编辑出版，倾注了各级领导的心血和智慧。彭阳县县委书记张国彦、县长赵晓东在百忙中为该书作序，在内容选编上提出了明确要求，并给予了精心指导；县委常委、宣传部部长马文山始终关心丛书的编辑出版，多次组织召开编纂会议，协调解决该丛书编辑中存在的困难和问题，并以序的形式，对该书做了高度的概括和定位；县文联领导既组织协调，又亲身参与具体工作；文联各专业协会成员在丛书稿件收录、编排、校对上全心投入，废寝忘食；宁夏人民出版社责任编辑刘建英、陈浪、管世献和李彦斌等对丛书进行了认真编校、审读；银川天之健文化传媒有限公司相关人员对丛书进行了精心设计、排版。在此，一并表示深切谢意！

对于编者们而言，编辑出版这样一套涵盖彭阳建县30年来优秀的文艺作品丛书是第一次。可以说，编辑《彭阳文化丛书》的过程，也是编者们学习、赏析、推介彭阳文化的延续与拓展的过程。中国作家协会主席、著名作家铁凝曾说："好的文学有能力表现一个民族最富活力的呼吸，有能力传达一个时代最生动、最本质的情绪，有能力呈现一个民族在自己的时代所能达到的最高想象力。"文学作品如此，艺术作品亦如此。《彭阳文化丛书》做到了。然而，由于编者水平有限，这套丛书还远未真正做到客观、全面地反映彭阳文化发展的状况，难掩挂一漏万、"冰山一角"之嫌。尤其在编辑过程中，遇到一些实际问题又不得不进行技术处理，难免留下遗憾的地方，祈望专家和读者指正。

编　者

2013年7月